21世纪高职高专会计专业"十二五"规划教材

财 务 管 理

主　编◎晋江涛

副主编◎丁丽娜　金　洁

刘　洋　史立英

姚　倩

参　编◎袁　双　张星月

U0116157

天津大学出版社
TIANJIN UNIVERSITY PRESS

内容提要

本书系统阐述了现代企业财务管理学的基本理论和基本方法,主要包括财务管理概述,财务管理的价值观念,财务分析,项目投资管理,证券投资,短期投资管理,收入、利润及股利分配管理,财务预测与财务计划,财务预算,筹资决策等内容。本书结构体系完整,脉络清晰,通俗易懂,注重理论联系实际,充分体现了我国财务会计理论与实践、制度与准则等方面的最新变化。

本书既适合作为高职高专院校、成人高校和函授学校财务会计专业教材,也可作为企业经济管理干部参加财务管理知识培训的教材与参考用书。

图书在版编目(CIP)数据

财务管理/晋江涛主编. —天津:天津大学出版社,2010.8
21世纪高职高专会计专业"十二五"规划教材
ISBN 978-7-5618-3613-2

Ⅰ.①财… Ⅱ.①晋… Ⅲ.①财务管理—高等学校:技术学校—教材 Ⅳ.①F275

中国版本图书馆 CIP 数据核字(2010)第 143745 号

出版发行	天津大学出版社
出 版 人	杨欢
地　　址	天津市卫津路 92 号天津大学内(邮编:300072)
电　　话	发行部:022-27403647　　邮购部:022-27402742
网　　址	www.tjup.com
印　　刷	北京市通州京华印刷制版厂
经　　销	全国各地新华书店
开　　本	185mm×260mm
印　　张	15.5
字　　数	358 千
版　　次	2010 年 8 月第 1 版
印　　次	2010 年 8 月第 1 次
定　　价	28.00 元

21 世纪高职高专会计专业"十二五"规划教材

编审委员会

主 任 委 员

许久霞　长春职业技术学院商贸学院副院长、教授
潘玉耕　烟台职业学院党委书记、研究员

副主任委员

郭　兰　保定职业技术学院教务处处长、教授
李小丽　西安欧亚学院金融与贸易学院金融教研室主任、副教授
陈春干　苏州高博软件技术职业学院国际商务系副主任、高级经济师
张述凯　山东工业职业学院工商管理系主任、副教授

委　　　员

（排名不分先后）

王　勇　淄博职业学院工商管理系主任、教授
朱彩云　黑龙江旅游职业技术学院旅游商贸系主任、教授
刘　兵　黑龙江农业职业技术学院教授
李晓红　石家庄铁路职业技术学院教授
安春梅　甘肃联合大学经济与管理学院院长、教授
王海岳　南通职业大学民营企业研究所所长、教授
李　君　大连艺术职业学院国际商务系主任、副教授
李保龙　山西煤炭职业技术学院财经系主任、副教授
郑晓青　吉林工业职业技术学院商学院院长、副教授
沈　莹　辽宁信息职业技术学院工商管理系副主任、副教授
卢　晞　海南经贸职业技术学院工商管理系主任、副教授
胡永和　忻州职业技术学院财经系主任、副教授
孙茂忠　烟台职业学院副教授
张开涛　山东华宇职业技术学院经济管理系主任、副教授
刘春霞　黑龙江旅游职业技术学院旅游商贸系教研室主任、副教授
程　奎　新疆机电职业学院副院长、副教授
何晓东　甘肃民族师范学院政法经济管理系主任、副教授

［出版说明］

我国的高等职业教育按照"以服务为宗旨，以就业为导向，以能力培养为主线"的高职教育理念，已经走出一条产学结合、有中国特色的高职教育发展之路。高等职业教育已成为我国培养高技能型人才的主要形式。高等职业教育的全面深化改革，急需高质量、彰显高职特色、真正实现高职人才培养目标的新型系列优秀教材。

天津大学出版社为适应社会对高技能型经济管理类人才的迫切需求，贯彻落实《教育规划纲要》（2010—2020 年）的精神，按照教育部要求，组织一批知名专家学者编写了 21 世纪高职高专经济管理类"十二五"规划教材，覆盖财务会计、市场营销、电子商务、物流管理、连锁经营、财政金融、经济贸易、旅游管理、餐饮管理与服务等专业。

为确保高质量教材进课堂，天津大学出版社积极践行先进的高职教育理念，努力提升教材开发的科学性、针对性和实效性，重在学生专业技能及职业素质的培养，提升学生的职场竞争力。本套教材有以下特点：

1. 定位准确，理念先进

根据高职教育培养目标准确进行教材定位，以学生为中心，体现"够用为度、注重实践"的原则，秉承围绕工作过程、以就业为导向、以能力本位为核心、注重校企合作的高职教材开发理念，以"突出实用性"作为本套教材的编写宗旨。

2. 内容实用，课证融合

以职业能力需求主导教材内容的选择，最大限度地创设职场环境，实现教学和专业工作的近距离对接；与时俱进，吸收专业领域的最新知识、技术和方法，注重学生的可持续发展；紧密结合国家职业资格考试和职业技能等级认定对知识、技能的要求，与学生顺利获得相应的专业等级技能证书有效衔接。

3. 体例新颖，形式活泼

以目标、任务、问题为驱动，以流程图、实际案例、实训及活动设计相结合的方式组织教材的编写，图文并茂、版式灵活，集实用性、科学性、易学性为一体。

4. 校企合作，打造精品

院校专业带头人及骨干教师基于对实际工作岗位的调研分析，与企业一线专家共同研编教材。重点支持品牌专业、特色专业以及国家示范院校教材的建设，争创精品教材。

本套教材适用于高职高专院校经济管理类相关专业。我们竭诚希望广大读者给予支持和指导，以使其日臻完善，共同为繁荣我国的高职教育事业尽绵薄之力。

天津大学出版社

本教材根据最新修订的《公司法》《证券法》以及新颁布的《企业所得税法》《企业会计准则》《企业财务通则》的内容编写而成，充分考虑到高职高专教育的特点，并结合相关专业工作岗位的实际需要，以理论必需、够用、突出实际应用能力的培养作为编写的原则，力求使学生通过对实际案例的分析掌握和理解财务管理的基本理论，增加学生结合实际问题进行思考的机会，注重训练和培养学生的思维能力，使其掌握一些解决实际问题的基本思路，从而真正做到学以致用。

具体来说，本教材具有如下特点。

1. 突出了教材的先进性、科学性。本教材充分体现了我国财务会计方面的最新变化，力求和最新修改的财务会计准则、制度及最新理论实践的研究成果保持一致。

2. 充分体现了高职高专的教学理念。紧密结合高职高专财务会计专业的实际，按照教育部对我国高职高专教育的教学要求，根据高职高专教育的教学特点进行教材的框架设计，内容详略得当、深浅适度、通俗易懂。高职高专的教学强调实践动手能力，教材的编写尽量和实际工作岗位相联系，注重理论联系实际，实用性强。

3. 结构合理、脉络清晰。本教材的编写着重体现实践性，内容通俗易懂，框架设计令人耳目一新。教材每一章的体例安排如下：学习目标提出应该重点掌握的知识点；案例导入让学生带着问题去学习；本章小结通过概括相应章节的内容要点来帮助学生巩固所学内容；基础与提高部分可帮助学生理解、掌握所学的理论知识；技能实训和案例讨论则帮助学生提高实践能力。

4. 适用面较宽。本教材知识面广，既适合作为高职高专院校财务会计专业、成人院校财务管理专业教材，也可供财经院校教师、经济管理干部及自学者参考使用。

5. 博采众长。本教材的编写借鉴了国内外众家所长，尤其是借鉴了会计职称考试和注册会计师辅导教材的知识结构，并参考借鉴了发达国家财务管理理论成果，在参考和吸取国内外相关教材优点的同时，紧密结合当前财务管理理论发展的实践，做到既符合国际理论发展潮流，又切实反映我国企业财务管理的实际情况。

本教材包括财务管理概述，财务管理的价值观念，财务分析，项目投资管理，证券投资，短期投资管理，收入、利润及股利分配管理，财务预测与财务计划，财务预算，筹资决策共 10 章内容。全书由承德石油高等专科学校晋江涛担任主编，负责教材整体框架的设计，教材大纲的确定、组织编写等工作；承德石油高等专科学校丁丽娜、沙洲职业工学院金洁、河北交通职业技术学院刘洋、承德石油高等专科学校史立英、辽宁经济职业学院姚倩担任副主编。

在教材的编写过程中，得到了承德市水务局袁双、保定高级劳动技工学校张星月的大力支持，他们在材料的搜集、汇总、校稿等方面做了大量的工作，在此表示由衷的感谢。

财务管理理论和实务的涉及面非常宽广，内容又在不断地充实更新，由于时间、篇幅的关系及编者水平有限，书中难免存在不妥之处，望广大读者批评指正。

编　者

目 录
CONTENTS

CONTENTS

第1章 财务管理概述

学习目标

理解和掌握财务管理的概念、内容及目标；熟悉财务管理的职能、利率的组成；了解财务管理的环境。

案例导入

天桥商场是一家老字号商业企业，成立于 1953 年。20 世纪 50 年代，天桥商场是全国第一面"商业红旗"。80 年代初，天桥商场第一个打破中国 30 年工资制，将商业 11 级改为新 8 级。1993 年 5 月，天桥商场股票在上海证券交易所上市。1998 年 12 月 30 日，北大青鸟有限责任公司和北京天桥百货股份有限公司发布公告，宣布北大青鸟通过协议受让方式受让北京天桥部分法人股股权。北大青鸟出资 6 000 多万元，拥有了天桥商场 16.76% 的股份，北大天桥百货商场更名为"北京天桥北大青鸟科技股份有限公司"（简称青鸟公司）。此后天桥商场的经营滑落到盈亏临界点，面对严峻的形势，公司决定裁员，以谋求长远发展。于是就有了下面的一幕。

1999 年 11 月 18 日下午，北京天桥商场里面闹哄哄的，商场大门也挂上了"停止营业"的牌子。11 月 19 日，很多顾客惊讶地发现，天桥商场在周末居然没开门。据一位售货员模样的人说："商场管理层年底要和我们终止合同，我们就不给他们干活了。"员工们不仅不让商场开门营业，还把货场变成了群情激奋的论坛。1999 年 11 月 18 日至 12 月 2 日，对北京天桥北大青鸟科技股份有限公司管理层和广大员工来说，是黑色的 15 天！在这 15 天里，天桥商场经历了 46 年来第一次大规模裁员，被迫停业 8 天之久，公司管理层经受了职业道德与人道主义的考验，作出了在改革的道路上前进的抉择。

经过有关部门的努力，对面临失业职工的安抚有了最为实际的举措。公司董事会开会决定，同意给予终止合同职工适当的经济补助，参照解除劳动合同的相关规定，对 283 名终止劳动合同的职工给予人均 1 万元、共计 300 万元左右的一次性经济补助。这场风波总算平息。

思考： 你怎样看待企业的财务管理目标及其财务目标的转变？

1.1 财务管理的概念、对象和内容

1.1.1 财务管理的概念

财务管理是对企业财务活动所进行的管理，是企业管理的重要组成部分。企业财务活动表现为企业再生产过程中的资金运动，它是一种客观存在的经济现象，其存在的客观基础是商品经济。

企业的再生产过程表现为价值运动或资金运动的过程，而资金运动是通过一定的财务活动内容来实现的。企业的资金运动表现为资金的循环和周转。企业的生产经营活动包括供应过程、生产过程和销售过程。在供应过程中，企业以货币资金购买材料等各种劳动对象，为进行生产储备必要的物资，货币资金就转化为储备资金。在生产过程中，工人利用劳动资料对劳动对象进行加工。这时，企业的资金即由原来的储备资金转化为在产品形式的生产资金。同时，在生产过程中，一部分货币资金由于支付职工的工资和其他费用而转化为在产品，成为生产资金。此外，在生产过程中，厂房、机器设备等劳动资料因使用而磨损，这部分磨损的价值（通常称为折旧）转移到在产品的价值中，也构成生产资金的一部分。当产品制造完成后，生产资金又转化为成品资金。在销售过程中，企业将产品销售出去，收回货币资金，成品资金又转化为货币资金，从而完成一次资金的循环。随着企业再生产过程的不断进行，上述资金运动过程不断重复进行，这就是资金的周转。企业资金只有不断地循环和周转才能既保存自己的价值又实现其价值的增值。资金循环与周转的速度越快，资金利用效果就越好，企业经济效益就会越高。

企业进行生产经营活动，必须具备必要的人力资源、物质资源、货币资金、信息等各项生产经营要素。在企业生产经营活动过程中，这些要素随之发生运动和变化。生产经营要素的运动和变化，直观地体现为企业向社会提供产品或服务，而本质上则体现为企业的资金运动；这些资金运动构成了企业生产经营活动的一个特定方面，即企业的财务活动。任何一个企业，要不断提高经济效益，使之在激烈的市场竞争中立于不败之地，就必须设置专门的机构，配备专门的人员来组织、指挥和监督企业的财务活动，处理、协调企业与其利益相关者之间的财务关系。从这个意义上说，财务管理就是组织企业财务活动、处理企业与其利益相关者之间的经济利益关系的一项经济管理工作，是企业管理的重要组成部分。

1.1.2　财务管理的对象

财务管理主要是资金管理，其对象是资金及其流转。资金流转的起点和终点是现金，其他资产都是现金在流转中的转化形式，因此，财务管理的对象也可说是现金及其流转。财务管理也会涉及成本、费用、收入和利润问题。从财务的观点来看，成本和费用是现金的耗费，收入和利润是现金的来源。财务管理主要在这种意义上研究成本和收入，而不同于一般意义上的成本管理和销售管理，也不同于计量收入、成本和利润的会计工作。

1. 现金流转的概念

在建立一个新企业时，必须先要解决两个问题：一是制订规划，明确经营的项目和规模；二是筹集必需的现金，作为最初的资本。没有现金，企业的规划无法实施，不能开始运营。企业建立后，现金变为经营用的各种资产，在运营中这些资产又陆续变回现金。

在生产经营中，现金变为非现金资产，非现金资产又变为现金，这种流转过程称为现金流转。这种流转不断循环，称为现金循环或资金循环。

现金转变为非现金资产，然后又恢复到现金，所需时间不超过一年的流转，称为现金的短期循环。短期循环中的资产是短期资产，包括现金本身和企业正常经营周期内可以完全转变为现金的存货、应收账款、短期投资及某些待摊和预付费用等。

现金转变为非现金资产，然后又恢复到现金，所需时间在一年以上的流转，称为现金的长期循环。长期循环中的非现金资产是长期资产，包括固定资产、无形资产、递延资产等。

2. 长期循环和短期循环的联系

现金是长期循环和短期循环的共同起点，在换取非现金资产时分别转化为各种长期资产和短期资产。它们被使用时，分别记入"在产品"和各种费用账户，又汇集在一起，同步形成"产成品"，产品经出售又同步转化为现金。

转化为现金以后，不管它们原来是短期循环还是长期循环，企业可以视需要重新分配。折旧形成的现金可以买材料，原来用于短期循环的现金收回后也可以投资于固定资产。

3. 现金流转不平衡

如果企业的现金流出量与流入量相等，财务管理工作将大大简化。实际上这种情况极少出现，不是收大于支，就是支大于收，企业在一年中会多次遇到现金流出与现金流入不平衡的情况。

现金流转不平衡既有企业内部的原因，如赢利、亏损或扩充等；也有企业外部的原因，如市场变化、经济兴衰、企业间竞争等。

（1）影响企业现金流转的内部原因。

①赢利企业的现金流转。赢利企业，如不打算扩充规模，其现金流转一般比较顺畅。它的短期循环中的现金收支大体平衡，税后净利使企业现金多余出来，长期循环中的折

旧、摊销等也会积存现金。

赢利企业也可能由于抽出过多现金而发生临时流转困难。例如，付出股利、偿还借款、更新设备等。此外，存货变质、财产失窃、坏账损失、出售固定资产损失等，会使企业失去现金，并引起流转的不平衡。

②亏损企业的现金流转。从长期来看，亏损企业的现金流转是不可能维持的。从短期来看，亏损企业又分为两类：一类是亏损额小于折旧额的企业，在固定资产重置以前可以维持下去；另一类是亏损额大于折旧额的企业，不从外部补充现金将很快破产。

③扩充企业的现金流转。任何要迅速扩大经营规模的企业，都会遇到相当严重的现金短缺情况。固定资产扩充、存货增加、应收账款增加、营业费用增加等，都会使现金流出扩大。

财务主管的任务不仅是维持当前经营的现金收支平衡，而且要设法满足企业扩大的现金需要，并且力求使企业扩充的现金需求不超过扩充后新的现金流入。

首先，应从企业内部寻找扩充项目所需的现金，如出售短期证券、减少股利分配、加速收回应收账款等。其次，内部筹集的现金不能满足扩充需要时，可以从外部筹集。从外部筹集的现金，要承担资本成本，将来要还本付息、支付股利等，引起未来的现金流出。企业在借款时就要注意到，将来还本付息的现金流出不要超过将来的现金流入。否则，就要借新债还旧债，利息负担会耗费掉扩建形成的现金流入，使项目在经济上失败。

（2）影响企业现金流转的外部原因。

①市场的季节性变化。通常来讲，企业的生产部门力求全年均衡生产，以充分利用设备和人工，但销售总会有季节性变化。因此，企业往往在销售淡季现金不足，销售旺季过后积存过剩现金。

企业采购所需的现金流出也有季节性变化，尤其是以农产品为原料的企业更是如此。集中采购而均匀耗用，使存货数量周期性变化；采购旺季有大量现金流出，而现金流入不能同步增加。

企业人工等费用的开支也会有季节性变化。有的企业集中在年终发放奖金，要用大量现金；有的企业利用节假日加班加点，要加倍付薪；有的企业使用季节性临时工，在此期间人工费大增。财务主管要对这些变化事先有所准备，并留有适当余地。

②经济的波动。任何国家的经济发展都会有波动，时快时慢。在经济收缩时，销售下降，进而生产和采购减少，整个短期循环中的现金流出减少了，企业有了过剩的现金。如果预知不景气的时间很长，推迟固定资产的重置，折旧积累的现金也会增加。这种财务状况给人以假象。随着销售额的进一步减少，大量的经营亏损很快会接踵而来，现金将被逐步销蚀掉。

当经济"热"起来时，现金需求迅速扩大，积存的过剩现金很快被用尽，不仅扩充存货需要大量投入现金，而且受繁荣时期乐观情绪的鼓舞，企业会对固定资产进行扩充性投资，并且往往要超过提取的折旧。此时，银行和其他贷款人大多也很乐观，愿意为赢利企业提供贷款，筹资不会太困难。但是，经济过热必然造成利率上升，过度扩充的企业背负巨大的利息负担，会首先受到经济收缩的打击。

③通货膨胀。通货膨胀会使企业遭遇现金短缺的困难。由于原料价格上升，保持存货所需的现金增加，人工和其他费用的现金支付增加，售价提高会使应收账款占用的现金也增加。企业唯一的希望是利润也会增加，否则现金会越来越紧张。

提高利润，不外乎是增收节支。增加收入又受到市场竞争的限制。企业若不降低成本，就难以应对通货膨胀造成的财务困难。通货膨胀造成的现金流转不平衡，不能靠短期借款解决，因为不是季节性临时现金短缺而是现金购买力被永久地"蚕食"了。

④竞争。竞争会对企业的现金流转产生不利的影响。但是，竞争往往是被迫的，企业经营者不得不采取他们本来不想采取的对策。

价格竞争会使企业立即减少现金流入。在竞争中获胜的一方会通过多卖产品挽回其损失，实际是靠牺牲别的企业的利益加快自己的现金流转。失败的一方，不但蒙受价格下降的损失，还受到销量减少的打击，现金流转可能严重失衡。

广告竞争会立即增加企业的现金流出。最好的结果是通过广告促进销售，加速现金流回。但若竞争对手也作推销努力，企业广告也只能制止其销售额的下降。有时广告并不能完全阻止销售额下降，只是下降得少一些。

增加新产品或售后服务项目，用软办法竞争，也会使企业的现金流出增加。

1.1.3　财务管理的内容

财务管理的内容主要包括财务活动的管理控制和财务关系的处理两个方面。

1. 企业财务活动的管理控制

企业的财务活动具体包括资金的筹集、运用、回收及分配等一系列行为。这些财务活动不断进行，同时伴随着企业的资金运动。根据资金运动的性质，可以将财务活动分为以下四个方面。

（1）筹资活动。筹资活动是指企业为了满足生产经营活动的需要，从一定的渠道，采用特定的方式，筹措和集中所需资金的过程。企业发行股票、发行债券、取得借款、赊购、租赁等都属于筹资。筹集资金是企业进行生产经营活动的前提，也是资金运动的起点。企业筹资决策要解决的问题是如何取得企业所需要的资金，包括向谁、在什么时候、筹集多少资金。筹资决策和投资、股利分配有密切关系，确定筹资数量的多少要考虑投资需要，在利润分配时加大保留盈余可减少从外部筹资。一般而言，企业可以从三个方面筹集并形成三种性质的资金：一是从所有者处取得权益性资金；二是从债权人处取得债务性资金；三是从企业获利中留存一部分权益性资金。企业筹集的资金可以是货币资金，也可以是实物资产或无形资产。从资金的运动状态看，筹资活动表现为资金的流入。

（2）投资活动。投资是指企业以收回现金并取得收益为目的而发生的现金支出，包括短期投资和长期投资。企业增加存货、应收账款或购买短期证券发生的现金流出，其循环不超过一年或一个营业周期的形成企业的短期投资。企业购买设备、建造厂房、购买无形资产，资金循环超过一年或一个周期的便形成了企业的长期投资。投资又可以进一步分为对内投资和对外投资，企业把资金用于购买固定资产、存货等称为对内投资，企业把资金用于购买其他企业的股票、债券或与其他企业联营称为对外投资。

（3）营运资本的管理。营运资本是指流动资产和流动负债的差额，是企业用于维持正常经营所需要的资金，即企业在生产经营中可用于流动资产的净额。营运资本的管理就是对企业流动资产和流动负债的管理。它既要保证有足够的资金满足生产经营的需要，又要保证能按时按量偿还各种到期债务。要搞好营运资本管理，必须解决好流动资产和流动负债两个方面的问题。第一，企业合理控制流动资金的需要量，包括现金、应收账款、存货的管理。第二，企业应该怎样进行流动资金的融资，合理确定流动资金的来源即流动负债的管理。

（4）利润分配活动。企业通过资金的投放和使用必然会取得各种收入。企业的收入首先要用以弥补生产耗费及期间费用，缴纳流转环节税费，剩余部分形成企业的营业利润。营业利润和对外投资净收益、营业外收支净额构成企业的利润总额。利润总额首先要按国家规定缴纳所得税，税后利润要提取公积金和公益金，用于扩大积累、弥补亏损和改善职工集体福利设施，其余利润分配给投资者或暂时留存企业。企业的资金分配中很重要的一项是股利分配，股利分配是指在公司赚得的利润中，有多少作为股利发放给股东，有多少留在公司作为再投资。过高的股利支付率会影响企业再投资的能力，使未来收益减少，造成股价下跌；过低的股利支付率可能会引起股东的不满，股价也会下跌。

股利决策受多种因素的影响，包括税法对股利和出售股票收益的不同处理、未来公司的投资机会、各种资金来源及其成本、股东对当期收入和未来收入的相对偏好等。公司应根据具体情况确定最佳的股利政策，这是财务决策的一项重要内容。

筹资活动、投资活动、营运资本管理和利润分配活动等共同构成了财务活动的主要内容，同时这些财务活动之间也是紧密相关的，如筹资活动是投资活动的前提与基础，资金营运活动是投资活动取得成功的保证，分配活动是其他财务活动的必然结果和归宿，同时也为其他财务活动的正常开展提供了动力。总之，以上财务活动伴随着企业生产经营活动反复进行，按既有的轨迹不断地运动，共同构成了企业财务管理的主要内容。

2. 财务关系的处理

企业在筹资、投资、营运和分配等财务活动中必然要与企业的利益相关者之间发生广泛的经济联系，从而产生与利益相关者之间的经济利益关系。这种经济利益关系也叫做财务关系，主要包括以下几个方面。

（1）企业与政府之间的财务关系。企业与政府之间的财务关系主要体现在两个方面。一是政府为了实现其职能，以社会管理者的身份无偿参与企业收益的分配；企业必须按照法律规定向国家缴纳各种税费，包括所得税、流转税、资源税、财产税、行为税、矿产资源补偿费和教育费附加等。二是政府作为投资者，通过其授权部门或机构以国有资产向企业投入资本金，并根据其投资比例参与企业利润的分配。前者体现的是强制的、无偿的分配关系，后者则是体现所有权性质的投资与受资的关系。

（2）企业与投资者之间的财务关系。企业与投资者之间的财务关系是指企业的投资者，包括国家、法人、个人和外商向企业投入资金，企业向其支付投资报酬而形成的经济利益关系。现行有关法律明确规定，投资者凭借其出资，有权参与企业的重大经营管理决策，分享企业的利润并承担企业的风险；被投资企业必须依法保全资本，并有效运用资本实现赢利。投资者是企业最重要的利益相关者，因为投资者拥有企业的所有权。企业与投资者之间的财务关系体现为所有权性质的投资与受资的关系。

（3）企业与债权人之间的财务关系。企业与债权人之间的财务关系，主要是指企业占用债权人资金或向债权人借入资金，并按借款合同的规定按时支付利息和本金所形成的经济关系。企业除利用投资者投入的资本进行经营活动外，还要借入一定数量的债务资本，以扩大企业经营规模，并相应地降低企业的资本成本。企业的债权人主要有本公司债券持有人、贷款银行、商业信用提供者及其他出借资金给企业的单位和个人。企业利用债权人的资金，要按约定的利率，及时向债权人支付利息、偿还本金。企业与债权人的财务关系在性质上属于债务与债权关系。

（4）企业与受资企业之间的财务关系。企业与受资企业之间的财务关系，主要是指企业以购买股票或直接投资的形式向其他企业投资所形成的经济利益关系。企业向其他企业投资，应按约定履行出资义务，并根据其出资额参与受资企业的经营管理和利润分配。企业与受资企业的财务关系在性质上也属于所有权性质的投资与受资的关系。

（5）企业与债务人之间的财务关系。企业与债务人之间的财务关系，主要是指企业以债券投资、提供借款或商业信用等形式将资金出借给债务人所形成的经济利益关系。企业将资金出借后，有权要求债务人按约定的条件还本付息。企业与债务人的关系体现的是债权与债务关系。

（6）企业与职工之间的财务关系。企业与职工之间的财务关系，主要是指职工向企业提供劳务，企业向职工支付劳动报酬的过程中所形成的经济关系。职工是企业的劳动者，应该履行自己的工作责任，企业应向职工及时足额支付工资、津贴、奖金等劳动报酬。企业与职工之间的财务关系，体现着职工个人与企业在劳动成果上的分配关系。

上述财务关系广泛存在于企业财务管理中，体现了企业财务管理的实质，从而构成了企业财务管理的另一重要内容。企业应该通过正确处理和协调与利益相关者之间的财务关系，创造良好的财务管理的内、外部环境，为最终实现企业的财务管理目标服务。

1.2　财务管理的目标与职能

1.2.1　财务管理的目标

在现代企业财务管理理论和实践中，不同的企业处于不同的发展阶段，存在着不同的财务管理总目标，其中具有代表性的有以下几种。

1. 利润最大化

利润是企业在一定期间内全部收入和全部费用的差额，它反映了企业当期经营活动中投入与产出配比相减的结果，在一定程度上体现了企业经济效益的好坏。利润既是资本获得报酬的来源，又是提供企业职工劳动报酬的来源，也是企业增加资本积累、扩大经营规模的源泉。在自由竞争的资本市场中，利润的高低决定着资本的流向；企业获取利润的多少表明企业竞争能力的大小，决定着企业生存和发展的空间和前景。同时，利润最大化目标易于理解和衡量，便于在管理实践中应用。因此，以利润最大化作为企业财务管理的总目标有其可取之处。但是以利润最大化为目标在财务管理实践中也存在着一些缺陷：首先，没有考虑利润的取得时间。例如，今年获利 100 万元和明年获利 101 万元，哪一个更符合企业的目标？若不考虑货币的时间价值，就难以作出正确判断。其次，没有考虑所获利润和投入资本额的关系。例如，同样获得 100 万元利润，一个企业投入资本 500 万元，另一个企业投入 600 万元，哪一个更符合企业的目标？若不与投入的资本额联系起来，就难以作出正确判断。再次，没有考虑获取利润和所承担风险的关系。例如，同样投入 500 万元，一个本年获利 100 万元，另一个本年获利 110 万元；前一个企业获利已全部转化为现金，后一个企业获利则全部是应收账款，并可能发生坏账损失，哪一个更符合企业的目标？若不考虑风险大小，就难以作出正确判断。最后，一味追求利润最大化会导致企业短期行为的发生，不利于企业持久、稳定的发展。

2. 每股利润最大化

每股利润或称每股盈余是一定时期税后利润与普通股股数的比值。以每股利润最大化作为财务管理目标，可以克服利润最大化目标不能反映企业获取的利润额同投入资本额之间的投入产出比的缺陷，有利于正确衡量企业经济效益水平，评价企业经营状况、赢利能力和发展前景，有利于不同资本规模企业之间或同一企业不同时期之间的比较分析，从而为决策提供更有针对性的资料信息。然而，同利润最大化目标一样，资本利润率或每股利润最大化目标仍然没有考虑资金的时间价值和风险因素，也不能避免企业的短期行为。

3. 股东财富最大化

这种观点认为：股东财富最大化或企业价值最大化是财务管理的目标。

股东创办企业的目的是增加财富，如果企业不能为股东创造价值，他们就不会为企业提供资金。没有了权益资金，企业也就不存在了。因此，企业要为股东创造价值。

股东财富可以用股东权益的市场价值来衡量。股东财富的增加可以用股东权益的市场价值与股东投资资本的差额来衡量，它被称为"权益的市场增加值"。权益的市场增加值是企业为股东创造的价值。

有时这种财务目标被表述为股价最大化。在股东投资资本不变的情况下，股价上升可以反映股东财富的增加，股价下跌可以反映股东财富的减损。股价的升降，代表了投资大众对公司股权价值的客观评价。它以每股的价格表示，反映了资本和获利之间的关系；它受预期每股盈余的影响，反映了每股盈余的大小和取得的时间；它受企业风险大小的影响，可以反映每股盈余的风险。值得注意的是企业与股东之间的交易也会影响股价，但不影响股东财富。例如分派股利时股价下跌，回购股票时股价上升等。因此，假设股东投资资本不变，股价最大化与增加股东财富具有同等意义。

有时这种财务目标还被表述为企业价值最大化。企业价值的增加，是由权益价值增加和债务价值增加引起的。债务价值的变动是利率变化引起的，而利率不是企业的可控因素。假设利率不变，则增加企业价值与增加权益价值具有相同意义。假设股东投资资本和利息率不变，企业价值最大化与增加股东财富具有相同的意义。

关于财务目标的分歧之一是如何看待其他利益相关者的要求，包括债权人、顾客、职工、政府等。有一种意见认为，企业应当有多个目标，分别满足不同利益相关者的要求。

主张股东财富最大化，并非不考虑其他利益相关者的利益。各国公司法都规定，股东权益是剩余权益，只有满足了其他方面的利益之后才会有股东的利益。企业必须交税、给职工发工资、给顾客提供他们满意的产品和服务，然后才能获得税后收益。其他利益相关者的要求先于股东被满足，因此必须是有限度的。如果对其他利益相关者的要求不加限制，股东就不会有"剩余"了。除非股东确信投资会带来满意的回报，否则股东不会出资，其他利益相关者的要求也无法实现。不可否认，股东和其他相关利益人之间既有共同利益，也有利益冲突。股东可能为自己的利益伤害其他利益相关者，其他利益相关者也可能伤害股东利益。因此，要通过立法调节他们之间的关系，保障双方的利益。企业守法经营就可以说基本满足了其他利益相关者的要求，在此基础上追求自身利益最大化，也会有利于社会。当然，仅有法律是不够的，还需要道德规范的约束以及增强企业的社会责任感。

1.2.2　财务管理目标的协调

企业是所有者（即股东）的企业，财务管理的目标也就是股东的目标。股东委托经营者代表他们管理企业，为实现他们的目标而努力，但经营者与股东的目标并不完全一致。债权人把资金借给企业，并不是为了"股东财富最大化"，与股东的目标也不一致。公司必须协调这三方面的利益冲突，才能实现"股东财富最大化"的目标。

1. 所有者与经营者的矛盾与协调

在现代企业中，由于两权分离，所有权和管理权分别由所有者和经营者所有。作为所有者，其利益在于企业价值最大化；作为经营者，则希望高报酬、多闲暇、少劳累。显然，这两个利益主体之间的利益存在冲突。经营者和所有者之间的这种利益冲突常常会导致经营者采取背离所有者目标的行为，如工作不卖力、挥霍股东的钱财等。一般可采用两种方式防止经营者背离股东的目标。

（1）监督。经营者背离股东的目标，其条件是双方的信息不对称，主要是经营者了解的信息比股东多。股东应获取更多的信息，对经营者进行监督，在经营者背离股东目标时，减少其各种形式的报酬，甚至解雇他们。

但是，全面监督在实际上是行不通的。股东是分散的或者远离经营者，得不到充分的信息；经营者比股东有更大的信息优势，比股东更清楚什么是对企业更有利的方案。全面监督管理行为的代价是高昂的，很可能超过它所带来的收益，因此监督不能解决全部问题。

（2）激励。防止经营者背离股东利益的另一种方式是采用激励措施，使经营者分享企业增加的财富，鼓励他们采取符合股东最大利益目标的行动。例如，企业赢利率或股票价格提高后，给经营者以现金、股票期权奖励。支付报酬的方式和数量的大小有多种选择。报酬过低，不足以激励经营者，股东不能获得最大利益；报酬过高，股东付出的激励成本过大，也不能实现自己的最大利益。因此，激励虽然可以减少经营者违背股东意愿的行为，但也不能解决全部问题。

通常，股东同时采取监督和激励两种方式来协调自己和经营者的目标。尽管如此仍不可能使经营者完全按股东的意愿行动，经营者仍然可能采取一些对自己有利而不符合股东最大利益目标的决策，并由此给股东带来一定的损失。监督成本、激励成本和偏离股东目标的损失之间此消彼长，相互制约。股东要权衡轻重，力求找出能使三项之和最小的解决办法，它就是最佳的解决办法。

2. 所有者与债权人的矛盾与协调

所有者的财务目标与债权人期望实现的目标发生冲突的表现通常有以下几种情况。第一种情况，股东不经债权人的同意，投资于比债权人预期风险更高的新项目。如果高风险的计划侥幸成功，超额的利润归股东独享；如果计划不幸失败，公司无力偿债，债权人与股东将共同承担由此造成的损失。第二种情况，股东为了提高公司的利润，不征得债权人的同意而指使管理者发行新债，致使旧债券的价值下降，使旧债权人蒙受损失。旧债券价值下降的原因是发行新债后公司负债比率加大，公司破产的可能性增加，如果企业破产，旧债权人和新债权人要共同分配破产后的财产，使旧债券的风险增加。为协调所有者与债权人的上述矛盾，通常采用的方法如下。

（1）在借款合同中加入限制性条款。如规定借款的用途、借款的担保条款和借款的信用条件，规定不得举借新债或限制举借新债的数额等。

（2）当债权人发现公司有侵蚀其债权价值的意图时，拒绝进一步合作，不再提供新的借款或提前收回借款，以保护自身的权益。

3. 企业与社会的矛盾与协调

企业的目标和社会的目标在许多方面是一致的。企业在追求自己的目标时，自然会使社会受益。例如，企业为了生存，必须要生产出符合顾客需要的产品，满足社会的需求；企业为了发展，要扩大规模，自然会增加职工人数，解决社会的就业问题；企业为了获利，必须提高劳动生产率，改进产品质量，改善服务，从而提高社会生产效率和公众的生活质量。

企业的目标和社会的目标也有不一致的地方。例如，企业为了获利，可能生产伪劣产品；可能不顾工人的健康和利益；可能造成环境污染；可能损害其他企业的利益等。

企业与社会的矛盾需要从法律制约、道德约束、舆论监督和行政监督等方面多层面、全方位地来协调。

1.2.3 影响财务管理目标实现的因素

企业要实现财务管理总目标，必定要受到企业内、外部各种因素的影响，其中外部因素主要是外部环境，其具体内容将在本章 1.3 阐述；内部因素主要是企业管理者可以控制的因素，主要包括以下几点。

1. 投资报酬率

投资报酬率是单位投资额所获得的报酬水平。投资报酬率与管理者的投资决策、经营理念、管理战略和战术直接相关。

2. 风险

广义的风险是事物在一定条件下和一定时期内出现各种不同结果的不确定性大小，狭义的风险是指在一定条件下和一定时期内发生损失的可能性大小。生产经营过程中必然要作出许多经营决策，任何经营决策都是面向未来的，都不可避免地存在不同程度的经营风险，因此企业在进行经营决策时，必须权衡经营风险和经济报酬。

3. 投资项目

投资项目是决定企业报酬率和风险的首要因素。一般说来，被企业采纳的投资项目，都会增加企业的报酬，否则企业就不应该投资该项目。与此同时，任何项目都有风险，区别只在于风险大小不同。因此，投资项目的报酬率和风险会影响企业的投资计划，从而影响企业财务目标的实现程度。

4. 资本结构

资本结构是指所有者权益和负债的比例关系。资本结构也会影响企业的报酬率和风险。一般情况下，当债务的利息率低于企业投资的预期报酬率时，企业可以通过借债取得资金而提高公司的预期每股盈余，但同时预期每股盈余的风险也会扩大。因为一旦情况发生变化，如销量萎缩、管理失误等，实际的报酬率低于借款利率，则负债不但不能提高每股盈余，反而会使每股盈余减少，企业甚至可能因不能按期偿还债务本息而破产。

5. 股利政策

股利政策是指企业对于当期获得盈余的分配策略。就股东而言，既希望当期多分红，又希望每股盈余在未来不断增长。但两种愿望是有矛盾的，前者是当前利益，后者是长远利益。当前多分红，会减少资本的积累，提高资金成本，削弱企业的发展后劲，每股盈余在未来的增长可能性就变小；而减少分红，加大保留盈余比例，虽然会提高未来的报酬率，但再投资的风险比立即分红要大。因此，股利政策会对公司的报酬率和风险产生重大影响。

总之，企业的报酬率和风险，是由企业的投资项目、资本结构和股利政策决定的。财务管理正是通过筹资决策、投资决策、营运管理决策和股利决策来提高报酬率，降低风险，实现其财务管理目标的。

1.2.4 财务管理的职能

1. 财务预测

财务预测是财务人员根据企业财务活动的历史资料，考虑现实条件和管理要求，对企业未来的财务活动和财务成果做出科学预计和测算的过程。其作用在于通过测算，为企业财务决策、财务预算、财务控制、财务分析提供可靠的依据。企业财务预测的主要内容包括资金预测、成本费用预测、价格收入预测、利润预测等。

2. 财务决策

财务决策是在财务活动中，为实现企业某一财务目标，从一个或若干个备选财务方案中，确定选择最佳方案的分析判断过程。在现代企业财务管理系统中，财务决策是核心，它决定着企业未来的发展方向，关系到企业的兴衰成败。财务决策的工作步骤包括：确定决策目标；提出备选方案；选择最优方案。

3. 财务预算

财务预算是运用先进的技术手段和方法，对预算目标进行综合平衡，制定出主要的计划指标的过程。财务预算是以财务预测提供的信息和财务决策确立的方案为基础编制的，是财务预测和财务决策所确定的经营目标的系统化、具体化，是控制、分析财务收支的依据，是落实企业奋斗目标和保证措施的必要环节。财务预算的主要工作步骤包括：分析财务环境，确定预算指标；协调财务能力，组织综合平衡；选择预算方法，编制财务预算。

4. 财务控制

财务控制是以财务制度或预算指标为依据，采用特定的手段和方法，对各项财务收支进行日常的计算、审核和调节，找出差异，采取措施将其控制在制度和预算规定的范围之内，发现偏差时及时进行纠正，以保证企业财务目标实现的过程。财务控制的主要工作步骤包括：分解指标，落实责任；计算误差，实时调控；考核业绩，奖优罚劣。

5. 财务分析

财务分析是根据有关信息，运用特定方法，对企业财务活动的过程和结果进行分析研究，评价预算完成情况，分析影响预算执行的因素及变化趋势的过程。通过财务分析，企业可以掌握各项财务预算和财务指标的完成情况，以不断改善财务预测和财务预算工作，提高财务管理水平。财务分析的一般步骤包括：明确目标，收集资料，掌握信息；计算对比，作出评价；分析原因，明确责任；提出措施，改进工作。

①1.3 财务管理的环境

企业的财务管理环境又称理财环境，是指对企业财务活动产生影响作用的企业外部条件。财务管理环境是企业财务决策难以改变的外部约束条件，企业财务决策更多的是适应它们的要求和变化。财务管理的环境涉及的范围很广，其中最重要的是法律环境、金融市场环境和经济环境。

1.3.1　法律环境

财务管理的法律环境是指企业和外部发生经济关系时所应遵守的各种法律、法规和规章。企业在其经营活动中，要和国家、其他企业或社会组织、企业职工或其他公民，及国外的经济组织或个人发生经济关系。国家管理这些经济活动和经济关系的手段包括行政手段、经济手段和法律手段三种。在市场经济条件下，行政手段逐步减少，而经济手段，特别是法律手段日益增多，越来越多的经济关系和经济活动的准则用法律的形式固定了下来。同时，众多的经济手段和必要的行政手段的使用，也必须逐步做到有法可依，从而转化为法律手段的具体形式，真正实现国民经济管理的法制化。

企业的理财活动，无论是筹资、投资还是利润分配，都要和企业外部发生经济关系。在处理这些经济关系时，应当遵守有关的法律规范。

1. 关于企业组织的法律规范

企业组织必须依法成立。组建不同的企业，要依照不同的法律规范。它们包括《中华人民共和国公司法》（以下简称《公司法》）《中华人民共和国外资企业法》《中华人民共和国中外合资经营企业法》《中华人民共和国中外合作经营企业法》《中华人民共和国个人独资企业法》《中华人民共和国合伙企业法》等。这些法律规范既是企业的组织法，又是企业的行为法。

从财务管理来看，非公司企业与公司企业有很大不同。非公司企业的所有者，包括独资企业的业主和合伙企业的普通合伙人，要承担无限责任。他们享有企业的赢利（或承担损失），一旦经营失败必须抵押其个人的财产，以满足债权人的要求。公司企业的股东承担有限责任，经营失败时其经济责任以出资额为限，无论股份有限公司还是有限责任公司都是如此。

2. 关于税收的法律规范

任何企业都有法定的纳税义务。有关税收的立法分为三类：所得税的法规、流转税的法规、其他地方税的法规。

税负是企业的一种费用，会增加企业的现金流出，对企业理财有重要影响。企业无不希望在不违反税法的前提下减少税务负担。税负的减少只能靠精心安排以及筹资、投资和利润分配等财务决策，而不允许在纳税行为已经发生时去偷税漏税。精通税法对财务主管有重要意义。

除上述法律规范外，与企业财务管理有关的其他经济法律规范还有许多，包括各种证券法律规范、结算法律规范、合同法律规范等。财务人员要熟悉这些法律规范，在守法的前提下完成财务管理的职能，实现企业的财务目标。

1.3.2　经济环境

这里所说的经济环境是指企业进行财务活动的宏观经济状况。

1. 经济发展

经济发展的速度对企业理财有重大影响。近几年，我国经济增长比较快。企业为了跟上这种发展并在其行业中维持它的地位，至少要有同样的增长速度。企业要相应增加厂房、机器、存货、工人、专业人员等。这种增长，需要大规模地筹集资金，需要借入巨额款项或增发股票。

经济发展的波动，即有时繁荣有时衰退，对企业理财有极大影响。这种波动，最先影响的是企业的销售额。销售额下降会阻碍企业现金的流转，例如产成品积压不能变现，需要筹资以维持运营。销售额增加会引起企业经营失调，例如存货枯竭，需筹资以扩大经营规模。财务人员对这种波动要有所准备，筹措并分配足够的资金，用以调整生产经营。

2. 通货膨胀

通货膨胀不仅对消费者不利，也给企业理财带来很大困难。面对通货膨胀，企业为了实现期望的报酬率，必须加强收入和成本管理，同时使用套期保值等办法减少损失，如提前购买设备和存货、买进现货卖出期货等。

3. 利息率的波动

银行贷款利率的波动以及与此相关的股票和债券价格的波动，既给企业以机会，也是对企业的挑战。

在为过剩资金选择投资方案时，利用这种机会可以获得营业以外的额外收益。例如，在购入长期债券后，由于市场利率下降，按固定利率计息的债券价格上涨，企业可以出售债券获得较预期更多的现金流入。当然，如果出现相反的情况，企业会蒙受损失。

在选择筹资来源时，情况与此类似。在预期利率将持续上升时，以当前较低的利率发行长期债券，可以节省资本成本。当然，如果后来事实上利率下降了，企业要承担比市场利率更高的资本成本。

4. 政府的经济政策

我国政府具有较强的调控宏观经济的职能。国民经济的发展规划、国家的产业政策、经济体制改革的措施、政府的行政法规等对企业的财务活动都有重大影响。

国家对某些地区、行业、经济行为的优惠、鼓励和倾斜构成政府政策的主要内容。从反面来看，政府政策也是对另外一些地区、行业和经济行为的限制。企业在财务决策时，要认真研究政府政策，按照政策导向行事，才能扬长避短。

问题的复杂性在于政府政策会因经济状况的变化而调整。企业在财务决策时为这种变化留有余地，甚至预见其变化的趋势，对企业理财大有好处。

5. 竞争

竞争广泛存在于市场经济之中，任何企业都不能回避。企业之间、各产品之间、现有产品和新产品之间的竞争，涉及设备、技术、人才、营销、管理等各个方面。竞争能促使企业用更好的方法来生产更好的产品，对经济发展起推动作用。但对企业来说，竞争既是机会，也是威胁。为了改善竞争地位，企业往往需要大规模投资，成功之后企业赢利增加，但若投资失败则竞争地位更为不利。

竞争是"商业战争"，检验了企业的综合实力，经济增长、通货膨胀和利率波动带来的财务问题，以及企业的相应对策都会在竞争中体现出来。

1.3.3 金融市场环境

广义的金融市场，是指一切资本流动的场所，包括实物资本和货币资本的流动。广义金融市场的交易对象包括货币借贷、票据承兑和贴现、有价证券的买卖、黄金和外汇买卖、办理国内外保险、生产资料的产权交换等。狭义的金融市场一般是指有价证券市场，即股票和债券的发行和买卖市场。

1. 金融市场与企业理财

（1）金融市场是企业筹资和投资的场所。金融市场上有许多筹集资金的方式，并且比较灵活。企业需要资金时，可以到金融市场选择适合自己需要的方式筹资。企业有了剩余的资金，也可以灵活选择投资方式，为其资金寻找出路。

（2）企业通过金融市场使长短期资金互相转化。企业持有的股票和债券是长期投资，在金融市场上随时可以转手变现而成为短期资金；远期票据通过贴现变为现金；大额可转让定期存单可以在金融市场卖出而成为短期资金。与此相反，短期资金也可以在金融市场上转变为股票、债券等长期资产。

（3）金融市场为企业理财提供有意义的信息。金融市场的利率变动，反映资金的供求状况；有价证券市场的行市反映投资人对企业的经营状况和赢利水平的评价。它们是企业经营和投资的重要依据。

2. 金融性资产的特点

金融性资产是指现金或有价证券等可以进入金融市场交易的资产。它们具有以下特点。

（1）流动性。流动性是指金融性资产能够在短期内不受损失地变为现金的属性。流动性高的金融性资产的特征是：容易变现，市场价格波动小。

（2）收益性。收益性是指某项金融性资产投资收益率的高低。

（3）风险性。风险性是指某种金融性资产不能恢复其原投资价格的可能性。金融性资产的风险主要有违约风险和市场风险。违约风险是指由于证券的发行人破产而导致永远不能偿还的风险，市场风险是指由于投资的金融性资产的市场价格波动而产生的风险。

上述三种属性相互联系、互相制约。流动性和收益性成反比，收益性和风险性成正比。现金的流动性最高，但持有现金不能获得收益。股票的收益性好，但风险大。政府债券的收益性不如股票，但其风险小。企业在投资时期望流动性高、风险小而收益高，但实际上很难找到这种机会。

3. 金融市场的分类和组成

（1）金融市场的分类。

①按交易的期限划分为短期资金市场和长期资金市场。短期资金市场是指期限不超过一年的资金交易市场，因为短期有价证券易于变成货币或作为货币使用，所以也叫货币市场。长期资金市场是指期限在一年以上的股票和债券交易市场，因为发行股票和债券主要用于固定资产等资本货物的购置，所以也叫资本市场。

②按交割的时间划分为现货市场和期货市场。现货市场是指买卖双方成交后，当场或几天之内买方付款、卖方交出证券的交易市场。期货市场是指买卖双方成交后，在双方约定的未来某一特定的时日才交割的交易市场。

③按交易的性质分为发行市场和流通市场。发行市场是指从事新证券和票据等金融工具买卖的转让市场，也叫初级市场或一级市场。流通市场是指从事已上市的旧证券或票据等金融工具买卖的转让市场，也叫次级市场或二级市场。

④按交易的直接对象分为同业拆借市场、国债市场、企业债券市场、股票市场、金融期货市场等。

（2）金融市场的组成。金融市场由主体、客体和参加人组成。

主体是指银行和非银行金融机构，它们是金融市场的中介机构，是连接筹资人和投资人的桥梁。

客体是指金融市场上的买卖对象。如商业票据、政府债券、公司股票等各种信用工具。

金融市场的参加人是指客体的供给者和需求者，如企业、事业单位、政府部门、城乡居民等。

4. 我国主要的金融机构

我国的金融机构，其业务范围、职能和服务对象等不同。

（1）中国人民银行。中国人民银行是我国的中央银行，它代表政府管理全国的金融机构和金融活动，经理国库。其主要职责是制定和实施货币政策，保持货币币值稳定；维护支付和清算系统的正常运行；持有、管理、经营国家外汇储备和黄金储备；代理国库和其他与政府有关的金融业务；代表政府从事有关的国际金融活动。

（2）政策性银行。政策性银行，是指由政府设立，以贯彻国家产业政策、区域发展政策为目的，不以营利为目的的金融机构。政策性银行与商业银行相比，其特点在于：不面向公众吸收存款，而以财政拨款和发行政策性金融债券为主要资金来源；其资本主要由政府拨付；不以营利为目的，经营时主要考虑国家的整体利益和社会效益；其服务领域主要是对国民经济发展和社会稳定有重要意义而商业银行出于营利目的不愿投资的领域；一般不普遍设立分支机构，其业务由商业银行代理。但是，政策性银行的资金并非财政资金，也必须有偿使用，对贷款也要进行严格审查并要求还本付息、周转使用。

我国目前有三家政策性银行：国家开发银行、中国进出口银行、中国农业发展银行。

（3）商业银行。商业银行是以经营存款、放款、办理转账结算为主要业务，以营利为主要经营目标的金融企业。商业银行的建立和运行，受《中华人民共和国商业银行法》规范。

我国的商业银行可以分成两类。

①国有独资商业银行，是由国家专业银行演变而来的。它们过去分别在工商业、农业、外汇业务和固定资产贷款领域中提供服务；近些年来其业务交叉进行，传统分工已经淡化。

②股份制商业银行，是 1987 年以后发展起来的。这些银行的股权结构各异，以企业法人股和财政入股为主，个别银行有个人股权。股份制商业银行完全按商业银行的模式运作，服务比较灵活，业务发展很快。

（4）非银行金融机构。目前，我国主要的非银行金融机构有以下五种。

①保险公司，主要经营保险业务，包括财产保险、责任保险、保证保险和人身保险。目前，我国保险公司的资金运用被严格限制在银行存款、政府债券、金融债券和投资基金范围内。

②信托投资公司，主要是以受托人的身份代人理财。其主要业务有经营资金和财产委托、代理资产保管、金融租赁、经济咨询以及投资等。

③证券机构，是指从事证券业务的机构，包括：证券公司，其主要业务是推销政府债券、企业债券和股票，代理买卖和自营买卖已上市流通的各类有价证券，参与企业的收购、兼并，充当企业财务顾问等；证券交易所，提供证券交易的场所和设施，制定证券交易的业务规则，接受上市申请并安排上市，组织、监督证券交易，对会员和上市公司进行监管等；登记结算公司，主要是办理股票交易中所有权转移时的过户和资金的结算。

④财务公司，通常类似于投资银行。我国的财务公司是由企业集团内部各成员单位入股，向社会募集中长期资金，为企业技术进步服务的金融股份有限公司。它的业务被限定在本集团内，不得从企业集团之外吸收存款，也不得对非集团单位和个人贷款。

⑤金融租赁公司，是指办理融资租赁业务的公司组织。其主要业务有动产和不动产的租赁、转租赁、回租租赁。

5. 金融市场上利率的决定因素

在金融市场上，利率是资金使用权的价格。一般说来，金融市场上资金的购买价格可用下式表示：

利率＝纯粹利率＋通货膨胀附加率＋变现力附加率＋违约风险附加率＋风险附加率

（1）纯粹利率。纯粹利率是指无通货膨胀、无风险情况下的平均利率。例如，在没有通货膨胀时，国库券的利率可以视为纯粹利率。纯粹利率的高低受平均利润率、资金供求关系和国家调节的影响。

①利息是利润的一部分，所以利息率依存利润率，并受平均利润率的制约。一般说来，利息率随平均利润率的提高而提高。利息率的最高限不能超过平均利润率。否则，企业无利可图，不会借入款项；利息率的最低界限大于零，不能等于或小于零，否则提供资

金的人不会拿出资金。至于利息率占平均利润率的比重，则决定于金融业和工商业之间的博弈结果。

②在平均利润率不变的情况下，金融市场上的供求关系决定市场的利率水平。在经济高涨时，资金需求量上升，若供应量不变则利率上升；在经济衰退时正好相反。

③政府为防止经济过热，通过中央银行减少货币供应量，则资金供应减少，利率上升；政府为刺激经济发展，增加货币发行，则资金供应增多，利率下降。

（2）通货膨胀附加率。通货膨胀使货币贬值，投资者的真实报酬下降。因此投资者在把资金交给借款人时，会在纯粹利息率的水平上再加上通货膨胀附加率，以弥补通货膨胀造成的购买力损失。因此，每次发行国库券的利息率随预期的通货膨胀率变化，它近似等于纯粹利息率加预期通货膨胀率。

（3）变现力附加率。资产能够顺利转化为现金而不受损失的能力叫变现力。如果该资产有较高的变现力，那么它的变现力风险就很小。一般来说，在违约风险和期限风险都相同的情况下，投资变现力弱的金融资产要承担更高的风险附加率。

（4）违约风险附加率。违约是指借款人未能按时支付利息或不能按期偿还贷款本金的行为。由于债务人违约使债权人遭受的损失叫违约风险。违约风险越大，投资人要求的报酬率越高。

（5）风险附加率。投资者除了关心通货膨胀率以外，还关心资金使用者能否保证他们收回本金并取得一定的收益。这种风险越大，投资人要求的收益率越高。实证研究表明，公司长期债券的风险大于国库券，要求的收益率也高于国库券；普通股票的风险大于公司债券，要求的收益率也高于公司债券；小公司普通股票的风险大于大公司普通股票，要求的收益率也大于大公司普通股票。风险越大，要求的收益率也就越高，风险和收益之间存在对应关系。风险附加率是投资者要求的除纯粹利率和通货膨胀率之外的风险补偿。

本章小结

本章主要介绍了财务管理的相关理论。

1. 财务管理是组织企业财务活动、处理企业与各方面财务关系的一项经济管理工作。财务活动包括筹资、投资、营运及分配活动。财务关系是企业在筹资、投资、营运和分配等财务活动中与有关方面发生的经济利益关系。

2. 财务管理总目标有利润最大化、资本利润率最大化或每股利润最大化、企业价值最大化或股东财富最大化、相关者利益最大化。

3. 财务管理的宏观环境是指影响企业财务活动的各种宏观条件或要素，主要包括经济环境、法律环境和金融环境。

基础与提高

● 单项选择题

1. 可以反映企业价值最大化目标实现程度的指标是（　　）。

   A. 利润　　　　　　B. 净资产收益率　C. 股票市值　　　　D. 市场占有率

2. 企业价值最大化目标强调的是企业的（　　）。

   A. 预期获利能力　　B. 实际利润率　　C. 实际利润额　　　D. 生产能力

3. 企业筹措和集中资金的财务活动是指（　　）。

   A. 分配活动　　　　B. 投资活动　　　C. 决策活动　　　　D. 筹资活动

4. 作为企业财务管理目标，每股利润最大化目标较之利润最大化目标的优点在于（　　）。

   A. 考虑了资金时间价值因素

   B. 考虑了风险价值因素

   C. 反映了创造利润与投入资本之间的关系

   D. 能够避免企业的短期行为

5. 为了弥补因债务人的资产流动性差而产生风险的补偿性利率是（　　）。

   A. 通货膨胀附加率　　　　　　　　　B. 变现力附加率

   C. 违约风险附加率　　　　　　　　　D. 风险附加率

● 多项选择题

1. 下列各项中，属于企业财务活动的有（　　）。

   A. 筹资活动　　　　B. 投资活动　　　C. 资金营运活动　D. 分配活动

2. 下列活动中，属于企业资金营运活动的有（　　）。

   A. 采购原材料　　　B. 销售商品　　　C. 购买国库券　　D. 支付利息

3. 利润最大化不是企业最优的财务管理目标，其原因包括（　　）。

   A. 没有直接反映企业创造剩余产品的多少

   B. 没有考虑利润和投入资本额的关系

   C. 没有考虑取得利润承受风险的大小

   D. 无法考虑资金时间价值

4. 金融市场根据交易的时间可以划分为（　　）。

   A. 资金市场　　　　B. 现货市场　　　C. 资本市场　　　　D. 期货市场

5. 财务管理目标有（　　）。

   A. 股东财富最大化　　　　　　　　　B. 企业利润最大化

   C. 企业价值最大化　　　　　　　　　D. 每股价格最大化

● 简答题

1. 什么是财务管理，它在企业管理中的地位和作用如何？

2. 财务管理的主要内容有哪些，它们之间的内在关系如何？

3. 财务管理的总目标有哪些？各有哪些优缺点？

4. 财务管理的具体目标有哪些？怎样才能实现这些目标？

5. 谈谈你对财务管理环境的认识。

技能实训

■ 实训项目

对公司财务管理体制的初步认识。

■ 实训方式

1. 个人阅读实训材料及实训分析中的问题后进行思考，然后分小组讨论自己对财务管理体制的认识。

2. 分小组讨论结束后，每位同学把讨论情况整理成书面材料上交。

3. 教师评分后总结。

■ 实训材料

湘北化学有 30 多个子公司，每一个子公司都有自己的财务、会计；财务都有财权，都是独立的账户，结果因为每一个分支企业都有财权，加之公司管理机制的混乱，公司整体费用长年居高不下，利润都被庞大的分支机构稀释掉了。结果老板一气之下在一夜之间撤掉了所有的子公司财权，财务工作由母公司统一管理。所有的会计全部收回母公司。签单的权力只有一个人握有，就是他自己。32 个子公司都在一个城市，一个人签单当然可以。但问题是他每天都必须花费 4～6 个小时来签单。加上各部门的审核时间、会计现金支取时间，费用申请往往历时四五天之久。同时，还存在一个常见的问题，由于老板不可能事事亲力，所以他对于一些费用使用的必要性持怀疑甚至否定的态度。当然，这也是人之常情。但是由于老板前沿信息、临场经验等的缺乏，他个人的一些判断难免偏颇，这就导致一些极好的生意机会因此而丧失了。而且如果每一份费用申请都是在四五天之后安排，肯定会影响业务的进展。另外在这样一个高度集权的状态下，一个经理人不得不用全部的精力，甚至是 120％ 的精力来管理财务，他自己也失去了提升个人素质、提升公司状况的机会。所以通过这种高度集权的形式，想要实现企业分散管理所带来的对企业整体效益的发展是非常有限的。

■ 实训分析

1. 你认为湘北化学的统一管理有必要性吗？在执行过程中，存在哪些问题？

2. 你能否为湘北化学提出一些改进建议？

第2章 财务管理的价值观念

学习目标

理解资金时间价值的概念及意义、风险及风险收益的概念；掌握资金时间价值的计算方法、风险衡量的方法、风险收益率的计算方法。

案例导入

1797 年，拿破仑在参观卢森堡第一国立小学的时候，向该校赠送了一束价值 3 路易的玫瑰花。拿破仑宣称，玫瑰花是两国友谊的象征，为了表示法兰西共和国爱好和平的诚意，只要法兰西共和国存在一天，他将每年向该校赠送一束同样价值的玫瑰花。当然，由于连年征战，拿破仑并没有履行他的诺言。

历史前进的脚步一刻也不曾停息，转眼间已是近一个世纪的时光。1894 年卢森堡王国郑重向法国政府致函，向法国政府提出这"赠送玫瑰花"的诺言，并且要索赔：要么从 1798 年算起，用 3 路易作为一束玫瑰的本金，以 5 厘复利计息全部清偿；要么在法国各大报刊上，公开承认拿破仑是个言而无信的小人。法国政府不想做出有损拿破仑形象的事情，但原本只有 3 路易的一束玫瑰花，本息已达 1 375 596 法郎。

1977 年 4 月 22 日，法国总统德斯坦回访卢森堡，将一张象征 4 936 784.68 法郎的支票交给了卢森堡，以此了却了持续 180 年的"玫瑰花诺言"案。自幼喜欢数学的拿破仑，对数学有着特殊的兴趣。然而，就是这样一位对数学颇有研究的皇帝，却不小心掉进了自己设下的陷阱。拿破仑至死也没有想到，自己只是一时"即兴"言辞，却给法兰西后人带来这样的尴尬。

思考：你怎样理解资金的时间价值及其作用？

2.1 资金的时间价值

2.1.1 资金时间价值的概念与意义

资金的时间价值，是指货币经历一定时间的投资和再投资所增加的价值，也称为货币的时间价值。

在商品经济中，有这样一种现象：即现在的1元钱和1年后的1元钱其经济价值不相等，或者说其经济效用不同。现在的1元钱比1年后的1元钱经济价值要大一些，即使不存在通货膨胀也是如此。为什么会这样呢？例如，将现在的1元钱存入银行，1年后可得到1.05元（假设存款利率为5%）。这1元钱经过1年时间的投资增加了0.05元，这就是货币的时间价值。当然，如果把货币资金用于投资报酬率更高的项目，相应的货币时间价值会更高。在实务中，人们习惯使用相对数字表示货币的时间价值，即用增加价值占投入货币的百分数来表示。例如，前述货币的时间价值为5%。

货币投入生产经营过程后，其数额随着时间的持续不断增长。这是一种客观的经济现象。企业资金循环和周转的起点是投入货币资金，企业用它来购买所需的资源，然后生产出新的产品，产品出售时得到的货币量大于最初投入的货币量。资金的循环和周转以及因此实现的货币增值，需要或多或少的时间：每完成一次循环，货币就增加一定的数额；周转的次数越多，增值额也越大。因此，随着时间的延续，货币总量在循环和周转中按几何级数增长，使得货币具有时间价值。

例如，已探明一个有工业价值的油田，目前立即开发可获利100亿元；若5年后开发，由于价格上涨可获利160亿元。如果不考虑资金的时间价值，根据160亿元大于100亿元，可以认为5年后开发更有利。如果考虑资金的时间价值，现在获得100亿元，可用于其他投资机会，平均每年获利15%，则5年后将有资金200亿元（$100 \times 1.15^5 \approx 200$）。因此，可以认为目前开发更有利。后一种思考问题的方法更符合现实的经济生活。

由于货币随时间的延续而增值，现在的1元钱与将来的1元多钱甚至是几元钱在经济上是等效的。换一种说法，就是现在的1元钱和将来的1元钱经济价值不相等。由于不同时间单位货币的价值不相等，所以，不同时间的货币收入不宜直接进行比较。需要把它们换算到相同的时间基础上，然后才能进行大小的比较和比率的计算。由于货币随时间的增长过程与复利的计算过程在数学上相似，因此，在换算时广泛使用复利计算的各种方法。

2.1.2 资金时间价值的计算

资金时间价值的计算涉及两个概念：现值（本金）和终值（本利和）。现值即现在的价值，是未来某一时点上的资金按一定的利率折算到现在的价值。终值即未来的价值，是现在一定量的资金按一定的利率折算到未来某一时点上的价值，也即本利和。

现值和终值的计算涉及利息的计息方式。目前的计息方式有两种：单利和复利。在单利方式下，只有本金计算利息。而在复利方式下，不仅本金计算利息，而且利息也要计算利息。

1. 单利终值和现值

任何有过在银行存款经历的人都应该熟悉单利这种计息方式。单利终值的计算公式如下：

$$F = P \cdot (1 + i \cdot n)$$

式中　F——本金与利息之和，终值；

　　　P——本金，现值；

　　　i——利率、贴现率；

　　　n——计算利息的期数。

【例 2-1】　某人将 1 000 元存入银行，当年利率为 4% 时，5 年后单利终值是多少？

解： $F = 1\ 000 \times (1 + 4\% \times 5) = 1\ 200$（元）

现值与终值的计算是互逆的。单利现值的计算公式为

$$P = F / (1 + i \cdot n)$$

【例 2-2】　某人欲在 5 年后从银行提取 1 200 元，，则在单利率为 4% 的情况下，现在须存入银行的资金为多少？

解： $P = 1\ 200 / (1 + 5 \times 4\%) = 1\ 000$（元）

2. 复利终值和现值

（1）复利终值。复利终值的计算公式为

$$F = P \cdot (1 + i)^n$$

式中　P——现值或初始值；

　　　i——报酬率或利率；

　　　F——终值或本利和；

　　　n——计算利息的期数。

上式是计算复利终值的一般公式，其中的 $(1 + i)^n$ 被称为复利终值系数，用符号 $(F/P, i, n)$ 表示。例如，$(F/P, 10\%, 3)$ 表示利率为 10% 的 3 期复利终值的系数。为了便于计算，可编制"复利终值系数表"（见附录 1）备用。该表的第一行是利率 i，第一列是计息期数 n，相应的 $(1 + i)^n$ 值在其纵横相交处。

【例 2-3】　某人将 10 000 元投资于一项事业，年报酬率为 10%，经过 1 年时间的期终金额为

$$F = P + P \cdot i = P \cdot (1 + i) = 10\ 000 \times (1 + 10\%) = 11\ 000 \text{（元）}$$

若此人并不提走现金，将 11 000 元继续投资于该事业，则第二年本利和为

$$F = [P \cdot (1 + i)](1 + i)$$
$$= P \cdot (1 + i)^2$$
$$= 10\ 000 \times (1 + 10\%)^2$$

$$=10\ 000\times1.21$$
$$=12\ 100\ (元)$$

同理第三年的期终金额为

$$F=P\ (1+i)^3$$
$$=10\ 000\times\ (1+10\%)^3$$
$$=10\ 000\times1.331$$
$$=13\ 310\ (元)$$

【例2-4】 某人有 1 200 元，拟投入报酬率为 8% 的投资机会，经过多少年才可使现有货币增加 1 倍？

解： $F=1\ 200\times2=2\ 400$

$$F=1\ 200\times\ (1+8\%)^n$$
$$2\ 400=1\ 200\times\ (1+8\%)^n$$
$$(1+8\%)^n=2$$
$$(F/P,\ 8\%,\ n)=2$$

查"复利终值系数表"，在 $i=8\%$ 的项下寻找 2，于是

$$(F/P,\ 8\%,\ 9)=1.999$$

所以 $n=9$，即 9 年后可使现有货币增加 1 倍。

这种方法只是近似地得出，更精确的方法是采用内插法来进行计算。查表得：

$$(F/P,\ 8\%,\ 9)=1.999\ 0$$
$$(F/P,\ 8\%,\ 10)=2.158\ 9$$

用内插法求得实际年数：

$$\frac{2.158\ 9-2}{10-n}=\frac{2.158\ 9-1.999}{10-9}$$

$$n=9.006\ 3\ (年)$$

【例2-5】 现有 1 200 元，欲在 19 年后使其达到原来的 3 倍，选择投资机会时最低可接受的报酬率为多少？

解： $F=1\ 200\times3=3\ 600$

$$F=1\ 200\times\ (1+i)^{19}$$
$$(1+i)^{19}=3$$
$$(F/P,\ i,\ 19)=3$$

查"复利终值系数表"，在 $n=19$ 的行中寻找 3，对应的 i 值为 6%，即

$$(F/P,\ 6\%,\ 19)=3$$

所以 $i=6\%$，即投资机会的最低报酬率为 6%，才可使现有货币在 19 年后达到原来的 3 倍。如果采用内插法

$$(F/P,\ 5\%,\ 19)=2.527$$
$$(F/P,\ 6\%,\ 19)=3.025\ 6$$

用内插法求得实际年利率：

$$\frac{3.025\ 6-3}{6\%-i}=\frac{3.025\ 6-2.527}{6\%-5\%}$$

$$i=5.95\%$$

在实际工作中，还存在着一定时期内资金多次收付的情况，即系列收付款项。系列收付款项又有各期金额相等和不相等两种情况。这里仅就不相等的情形举例。

如果各期期末的现金流量用 CF 表示，则可以得出系列收支终值的一般计算公式：

$$F=CF_1 \cdot (F/P,\ i,\ 1) +CF_2 (F/P,\ i,\ 2) +CF_3 (F/P,\ i,\ 3) +\cdots+$$
$$CF_n (F/P,\ i,\ n)$$

【例2-6】 某人第1、2、3、4年年末分别存入银行1 000、2 000、3 000、4 000元，银行年利率为5%，问第5年年末银行存款余额是多少？

解： $1\ 000\times (F/P,\ 5\%,\ 4) +2\ 000\times (F/P,\ 5\%,\ 3) +3\ 000\times (F/P,\ 5\%,\ 2) +4\ 000\times (F/P,\ 5\%,\ 1)$

$=1\ 215.5+2\ 315.2+3\ 307.5+4\ 200$

$=11\ 038.2$（元）

（2）复利现值。复利现值是复利终值的对称概念，指未来一定时间的特定资金按复利计算的现在价值，或者说是为取得将来一定本利和而现在所需要的本金。复利现值的计算与复利终值是互逆的，计算公式为：

$$P=F/(1+i)^n=F \cdot (1+i)^{-n}$$

式中，$(1+i)^{-n}$ 被称作复利现值系数或1元的复利现值，用符号 $(P/F,\ i,\ n)$ 表示。同样，为了计算方便，通常将 $(P/F,\ i,\ n)$ 制成"复利现值系数表"（见附录2），使用时直接查得即可。复利现值计算公式也可写作

$$P=F \cdot (P/F,\ i,\ n)$$

【例2-7】 某人欲在5年后获得40 000元的存款，则在利率为5%的情况下，现在须存入银行的资金为多少？

解： 查"复利现值系数表"，$(P/F,\ 5\%,\ 5) =0.783\ 5$

$P =F \cdot (P/F,\ i,\ n)$

$=40\ 000\times0.783\ 5$

$=31\ 340$（元）

实际工作中还存在着一定时期内资金多次收付的情况，即系列收付款项。系列收付款项又有各期金额相等和不相等两种情况。

先看各期金额不相等的系列收支。如果各期末的现金流量用 CF 表示，则可以得出系列收支现值的一般计算公式：

$$P=CF_1 \cdot (P/F,\ i,\ 1) +CF_2 (P/F,\ i,\ 2) +CF_3 (P/F,\ i,\ 3) +\cdots+$$
$$CF_n (P/F,\ i,\ n)$$

【例2-8】 某公司欲投资建设一新项目。经过预测分析，新生产线建成每年需要支出30 000、35 000、40 000、45 000、40 000元。贴现率为8%。计算支出的总现值。

解：第一年末收入的现值：$30\ 000 \times (P/F，8\%，1) = 25\ 425$

第二年末收入的现值：$35\ 000 \times (P/F，8\%，2) = 25\ 137$

第三年末收入的现值：$40\ 000 \times (P/F，8\%，3) = 24\ 344$

第四年末收入的现值：$45\ 000 \times (P/F，8\%，4) = 23\ 211$

第五年末收入的现值：$40\ 000 \times (P/F，8\%，5) = 17\ 484$

总支出的现值：　　　　　　　　　　　　115 601（元）

以上介绍的是系列不等额收支的现值和终值的计算方法。在理财活动中，经常会遇到等额的系列现金收支，比如分期付款赊购、分期偿还贷款、发放养老金、分期支付工程款、每年相同的销售收入等。要计算这些收支的现值（终值），完全可以采用系列不等额收支的现值（终值）的计算方法，但是这个过程麻烦而且枯燥。下面介绍几个简单的公式来解决这个问题。这就是年金现值和终值的计算。

3. 年金终值和现值

年金是指等额、定期的系列收支。年金按其收付发生的时点不同，可分为普通年金、预付年金、递延年金和永续年金等几种。

（1）普通年金。普通年金又称后付年金，是指各期期末收付的年金。

①普通年金终值的计算。例如，按图 2-1 的数据，其第三期末的普通年金终值计算为：在第一期末的 100 元，应赚得两期的利息，因此，到第三期末其值为 121 元；在第二期末的 100 元，应赚得一期的利息，因此，到第三期末其值为 110 元；第三期末的 100 元，没有计息，其价值是 100 元。整个年金终值是 331 元。

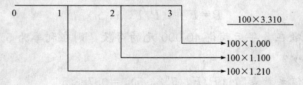

图 2-1　普通年金的终值

根据复利终值的计算方法计算年金终值，则第一年末 A 的终值为 $A \cdot (1+i)^{n-1}$，以次类推，最后一年年末 A 的终值为 A，普通年金终值 F 的一般计算公式为

$$F = A \cdot (1+i)^{n-1} + A \cdot (1+i)^{n-2} + \cdots + A \cdot (1+i)^{2} + A \cdot (1+i) + A \qquad (1)$$

等式两边同乘以 $(1+i)$，则有

$$F(1+i) = A \cdot (1+i)^{n} + A \cdot (1+i)^{n-1} + \cdots + A \cdot (1+i)^{3} + A \cdot (1+i)^{2} + A(1+i)$$

$$(2)$$

（2）式 — （1）式，可得

$$F(1+i) - F = A \cdot (1+i)^{n} - A$$

整理上式，有

$$F = A \times \frac{(1+i)^n - 1}{i}$$

式中 $\frac{(1+i)^n - 1}{i}$ 称作年金终值系数，用符号 $(F/A, i, n)$ 表示。为了计算方便，通常将 $(F/A, i, n)$ 制成"年金终值系数表"（见附录 3），以供查询。普通年金终值 F 的计算公式也可写作

$$F = A \cdot (F/A, i, n)$$

【例 2-9】　某人在 4 年内每年年末从银行贷款 10 万元，贷款年利率为 10%，则第 4 年年末应付本息总额是多少？

　　解：$F = 10 \times (F/A, 10\%, 4)$

　　　　$= 10 \times 4.641\,0$

　　　　$= 46.41$（万元）

有一种年金的变形是偿债基金，其在实际中应用较多。所谓偿债基金，就是为了在约定的未来某一时点清偿债务或积累一定数额的资金而必须分次等额形成的存款准备金。这里，未来某一时点债务或一定数额的资金就相当于年金终值 F，而分次等额的存款就是年金。

根据 $F = A \times (F/A, i, n)$，则有

$$A = F / (F/A, i, n)$$

【例 2-10】　某人 4 年后偿还 46.41 万元的债务，在利率为 10% 的情况下，从现在起每年年末存入银行多少钱才能偿还这笔债务？

　　解：这是在已知年金终值和年金终值系数的情况下求年金的问题。

$$A = 46.41 / (F/A, 10\%, 4) = 10 \text{（万元）}$$

②普通年金现值的计算。普通年金现值，是指为在每期期末取得相等金额的款项，现在需要投入的金额。

根据复利现值的计算方法计算年金现值，普通年金现值 P 的一般计算公式为

$$P = A/(1+i) + A/(1+i)^2 + A/(1+i)^3 + \cdots + A/(1+i)^{n-1} + A/(1+i)^n \quad (1)$$

等式两边同乘以 $(1+i)$，则有：

$$P(1+i) = A + A/(1+i) + A/(1+i)^2 + \cdots + A/(1+i)^{n-2} + A/(1+i)^{n-1} \quad (2)$$

（2）式－（1）式，则有

$$P(1+i) - P = A - \frac{A}{(1+i)^n}$$

整理上式，有

$$P = A \cdot \frac{1 - (1+i)^{-n}}{i}$$

式中 $\frac{1 - (1+i)^{-n}}{i}$ 被称作年金现值系数，用符号 $(P/A, i, n)$ 表示。为了计算方便，通常将 $(P/A, i, n)$ 制成"年金现值系数表"（见附录 4），以供查询。普通年金现值 P 的计算公式也可写作

$$P = A \cdot (P/A, i, n)$$

【例 2-11】 某人出国 3 月，请你代付房租，每月租金 1 000 元，设银行存款利率为 10%，他应当现在给你在银行存入多少钱？

解： $P = A(P/A, i, n) = 1\,000 \times (P/A, 10\%, 3)$

查表：$(P/A, 10\%, 3) = 2.487$

$$P = 1\,000 \times 2.487 = 2\,487 \text{（元）}$$

【例 2-12】 某人采用分期付款方式购买房屋一套，价款 50 万元，首付 10 万元，分期付款期限 5 年，在利率 5% 的情况下，每年年末应支付多少元？

解： 这是已知现值和年金现值系数求年金的问题。根据 $P = A \cdot (P/A, i, n)$，可知

$$A = P/(P/A, i, n)$$

查年金现值系数表，$(P/A, 5\%, 5) = 4.329\,5$

$A = 40/(P/A, 5\%, 5)$

  $\approx 9.238\,943 \text{（万元）}$

  $= 92\,389.43 \text{（元）}$

(2) 预付年金。预付年金是指在每期期初支付的年金，又称即付年金或先付年金。预付年金支付形式见图 2-2。

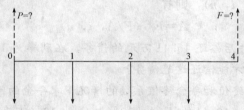

图 2-2　预付年金的终值和现值

①预付年金终值的计算。根据复利终值的计算方法计算预付年金终值，预付年金终值 F 的一般计算公式为

$$F = A \cdot (1+i)^n + A \cdot (1+i)^{n-1} + \cdots + A \cdot (1+i)^2 + A \cdot (1+i)$$

式中各项为等比数列，首项为 $A(1+i)$，公比为 $(1+i)$，根据等比数列的求和公式可知

$$F = \frac{A(1+i)[1-(1+i)^n]}{1-(1+i)}$$

$$= A\frac{(1+i)-(1+i)^{n+1}}{-i}$$

$$= A\left[\frac{(1+i)^{n+1}-1}{i}-1\right]$$

式中的 $\left[\dfrac{(1+i)^{n+1}-1}{i}-1\right]$ 是预付年金终值系数，或称 1 元的预付年金终值。它和普通年金终值系数 $\left[\dfrac{(1+i)^n-1}{i}\right]$ 相比，期数加 1，而系数减 1，可记作 $[(F/A, i, n+1)-1]$，并可利用"年金终值系数表"查得 $(n+1)$ 期的值，减去 1 后得出 1 元预付年

金终值。

可用下列公式计算预付年金的终值。

$$F = A \cdot [(F/A, i, n+1) - 1]$$

【例 2-13】　某人每年年初存入银行 1 万元，在年利率为 10% 的情况下，第四年年末可以取出的本利和是多少？

解：这是预付年金终值计算问题。

$$\begin{aligned} F &= A \cdot [(F/A, i, n+1) - 1] \\ &= A \cdot [(F/A, 10\%, 5) - 1] \\ &= 1 \times (6.105\ 1 - 1) \\ &= 5.105\ 1 \text{（万元）} \end{aligned}$$

②预付年金现值的计算。预付年金现值是指一定时期内每期期初等额收付款的现值之和。根据复利现值的计算方法计算预付年金现值，则第一期期初 A 的现值为 A，第二期期初 A 的现值为 $A/(1+i)$，以次类推，第 n 期期初 A 的现值为 $A/(1+i)^{n-1}$，预付年金现值 P 的一般计算公式为

$$P = A + A/(1+i) + A/(1+i)^2 + \cdots + A/(1+i)^{n-1}$$

根据等比数列求和公式，有

$$P = A \cdot \left[\frac{1 - (1+i)^{-(n-1)}}{i} + 1 \right]$$

式中 $\left[\dfrac{1 - (1+i)^{-(n-1)}}{i} + 1 \right]$ 被称为预付年金现值系数，它与普通年金现值系数 $\dfrac{1 - (1+i)^{-n}}{i}$ 相比，计算期数小 1，系数多 1。预付年金现值系数可记作 $[(P/A, i, n-1) + 1]$。同样，计算预付年金现值时应将其调整为普通年金现值来计算。这样，通过查阅 "年金现值系数表"，得到利率为 i、期数为 $(n-1)$ 期的年金现值系数，然后加 1，便得出对应的预付年金现值系数。可用下列公式计算预付年金的现值：

$$P = A \cdot [(P/A, i, n-1) + 1]$$

【例 2-14】　某房屋有两种付款方式。第一，每年年初付 20 000 元，连续支付 15 年，假设银行利率为 10%；第二，一次性支付 170 000。应该选用哪种付款方式？

解：$\begin{aligned}[t] P &= A [(P/A, i, n-1) + 1] \\ &= 20\ 000 \times [(P/A, 10\%, 14) + 1] \\ &= 20\ 000 \times (7.366\ 7 + 1) \\ &= 167\ 334 \text{（元）} \end{aligned}$

167 334 < 170 000，所以应选择分期付款。

(3) 递延年金。递延年金是指第一次支付发生在第二期或第二期以后的年金，或者说，是指若干期（假设 m 期，$m \geq 1$）以后才开始发生的系列等额收付款项。它是普通年金的特殊形式，凡不是从第一期开始的年金都是递延年金。递延年金的支付形式见图 2-3。从图中可以看出，前三期没有发生支付。一般用 m 表示递延期数，本例的 $m = 3$。第一次支付在第四期期末，连续支付 4 次，即 $n = 4$。

递延年金终值的计算方法和普通年金终值类似。

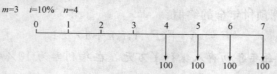

图 2-3　递延年金的支付形式

①递延年金现值的计算。递延年金现值是指递延期以后，每期等额发生的系列收支的现值之和。

假设递延期为 m，年金发生期为 n。以下为两种常用的计算方法。

第一种方法：先将递延年金视为 n 期普通年金，计算递延期末（m）的现值，然后将此现值计算调整到第一期期初。

$$P_m = A \cdot (P/A, i, n)$$
$$P = P_m \cdot (P/F, i, m)$$

即

$$P = A \cdot (P/A, i, n) \cdot (P/F, i, m)$$
$$P = 100 \times (P/A, 10\%, 4) \times (P/F, 10\%, 3) = 238.15$$

第二种方法：先将递延年金视为（$m+n$）期普通年金，计算（$m+n$）期普通年金的现值，然后扣除实际并未发生的递延期（m）的年金现值，可求出递延年金的现值。

$$P = A \cdot [(P/A, i, m+n) - (P/A, i, m)]$$
$$P = 100 \times (P/A, 10\%, 3+4) - 100 \times (P/A, 10\%, 3)$$
$$= 486.84 - 248.69 = 238.15$$

②递延年金终值的计算。由递延年金的特征可以看出：递延年金终值的计算与递延期无关，其计算方法与普通年金终值的计算方法相同。假设递延期为 m，年金发生期为 n，递延年金终值的计算公式如下。

$$F = A \times (F/A, i, n)$$

以上例求终值：

$$F = A \times (F/A, i, n)$$
$$= A \times (F/A, 10\%, 4)$$
$$= 100 \times 4.641 = 464.1$$

（4）永续年金。永续年金是指无期限地收付等额款项，由于没有终止时间，因此没有终值。其现值的计算可通过普通年金现值的公式推导而出：

$$P = A \cdot \frac{1 - (1+i)^{-n}}{i}$$

当 $n \to \infty$ 时，$(1+i)^{-n} \to 0$，故

$$P = \frac{A}{i}$$

【例 2-15】　拟建立一项永久性的奖学金，每年计划颁发 2 000 元奖金。若利率为 10%，现在应存入多少钱？

解： $P = 2\,000 \times \dfrac{1}{10\%} = 20\,000$ （元）

② 2.2　风险计量

投资者由于冒风险进行投资而获得的超过资金时间价值的额外收益，称为资金的风险价值，或风险收益、风险报酬。企业理财时，必须研究风险、计量风险，并设法控制风险，以求最大限度地扩大企业财富。

2.2.1　风险的概念

我们先来看这样一个假设：有两个盒子，分别装有 1 000 元和 100 元，如果你投资 500 元就有挑选盒子的机会，并且选择 1 000 元和 100 元的几率都是 50%，也就是说你可能有 500 元的收益也可能会有 400 元的损失；如果你投资 500 元的话，就会有收益，当然也要承担风险，风险和收益成正比；如果你不愿意承担风险，可以放弃选择，那么相应的收益你也得不到。

一般来说，风险是指在一定条件下和一定时期内可能发生的各种结果的变动程度。在风险存在的情况下，人们只能事先估计到采取某种行动可能导致的结果，以及每种结果出现的可能性，而行动的真正结果究竟会怎样不能事先确定。

风险是事件本身的不确定性，具有客观性。风险是"一定条件下"的风险。风险的大小随时间延续而变化，是"一定时期内"的风险。

严格说来，风险和不确定性是有区别的。但是在实务领域对风险和不确定性不作区分，都将其作为"风险"问题对待。

风险可能给投资人带来超出预期的收益，也可能带来超出预期的损失。从财务角度来说，风险主要指无法达到预期报酬的可能性。

2.2.2　风险的类别

（1）从个别理财主体的角度看，风险分为市场风险和公司特有风险两类。市场风险是指由那些对所有企业产生影响的因素引起的风险，如战争、自然灾害、经济衰退、通货膨胀等。这类风险涉及所有企业，不能通过多角化投资来分散，因此，又称为不可分散风险或系统风险。

公司特有风险是指由发生于个别企业的特有事件造成的风险，如罢工、诉讼失败、失去销售市场、新产品开发失败等。这类事件是随机发生的，因而可以通过多角化投资来分散，即发生于一家公司的不利事件可以被其他公司的有利事件所抵消。这类风险也称可分散风险或非系统风险。

（2）从企业本身来看，风险可分为经营风险和财务风险两大类。经营风险是指因生产经营方面的原因给企业营利带来的不确定性，它是任何商业活动都有的，也称为商业风险。经营风险主要来自于市场销售、生产成本、生产技术以及外部的环境变化，如天灾、经济不景气、通货膨胀等。

财务风险又称筹资风险，是指由于举债而给企业财务成果带来的不确定性。由于许多因素的影响，企业息税前资金利润率和借入资金利息率差额具有不确定性，从而引起自有资金利润率的高低变化，这种风险即为筹资风险。

2.2.3 风险报酬

在风险反感普遍存在的情况下，诱使投资者进行风险投资的，是超过时间价值的那部分额外报酬，即风险报酬。

风险报酬的表现形式是风险报酬率，就是指投资者因冒风险进行投资而要求的、超过资金时间价值的那部分额外报酬率。

如果不考虑通货膨胀的话，投资者进行风险投资所要求或期望的投资报酬率便是无风险报酬率与风险报酬率之和。即

$$期望投资报酬率＝无风险报酬率＋风险报酬率$$

无风险报酬率可以吸引公众储蓄，是最低的社会平均报酬率。风险报酬率与风险大小有关；风险越大，则要求的报酬率越高，是风险的函数：

$$风险报酬率＝f（风险程度）$$

假设风险和风险报酬率成正比，则

$$风险报酬率＝风险报酬斜率×风险程度$$

风险控制的主要方法是多角经营和多角筹资。

近代企业大多采用多角经营的方针，主要原因是它能分散风险。多经营几个品种，它们景气程度不同，赢利和亏损可以相互补充，减少风险。

2.2.4 风险衡量

1. 概率分布

概率就是用百分数或小数来表示随机事件发生可能性及出现某种结果可能性大小的数值。用 X 表示随机事件，X_i 表示随机事件的第 i 种结果，P_i 为出现该种结果的相应概率。概率必须符合下列两项要求：$0 \leqslant P_i \leqslant 1$；$\sum_{i=1}^{n} P_i = 1$。

将随机事件各种可能的结果按一定的规则进行排列，同时列出各结果出现的相应概率，这一完整的描述称为概率分布。

概率分布有两种类型，一种是离散型分布，也称不连续的概率分布；另一种是连续型分布，其特点是概率分布在连续图像的两点之间的区间上。

2. 期望值

期望值是一个概率分布中的所有可能结果以各自相应的概率为权数计算的加权平均

值，通常用符号 $\bar{E}$ 表示，计算公式如下：

$$\bar{E} = \sum_{i=1}^{n} X_i P_i$$

【例 2-16】　由于受很多不确定性因素的影响，企业未来项目的投资收益率可以被看做一个随机变量。某公司有两个投资项目，其投资收益率及概率分布见表 2-1，请计算两个项目的期望收益率。

表 2-1　两个项目投资收益率的概率分布

项目实施情况	A项目		B项目	
	概率	投资收益率（%）	概率	投资收益率（%）
好	0.20	15	0.30	25
一般	0.60	10	0.40	15
差	0.20	0	0.30	−15

解：项目 A 的期望投资收益率＝0.20×15％＋0.60×10％＋0.20×0＝9％

项目 B 的期望投资收益率＝0.30×25％＋0.40×15％＋0.30×（−15％）＝9％

从计算结果可以看出，两个项目的期望收益率是相等的，是否说明投资其中任意一个，结果是相同的？显然不是，我们还需要对两个项目的投资风险进行分析，了解概率分布的离散情况，计算标准离差和标准离差率。

3. 方差、标准离差和标准离差率

方差、标准离差和标准离差率是通常用以衡量风险大小的统计指标。

（1）方差。方差是用来表示随机变量与期望值之间的离散程度的一个数值，可用下列公式计算

$$\sigma^2 = \sum_{i=1}^{n} (X_i - \bar{E})^2 \cdot P_i$$

（2）标准离差。标准离差是方差的平方根。实际工作中，一般用标准离差而不使用方差来衡量风险的大小。在期望值相同的情况下，标准离差越大，则风险越大；标准离差越小，则风险越小。标准离差可用下列公式计算

$$\sigma = \sqrt{\sum_{i=1}^{n} (X_i - \bar{E})^2 \cdot P_i}$$

计算例 2-16 中的两个项目的标准离差。

项目 A 的标准离差

$$\sigma_A = \sqrt{\sum_{i=1}^{n} (X_i - \bar{E})^2 \cdot P_i}$$

$$= \sqrt{(15\% - 9\%)^2 \times 0.2 + (10\% - 9\%)^2 \times 0.6 + (0 - 9\%)^2 \times 0.2}$$

$$\approx 0.049$$

项目 B 的标准离差

$$\sigma_B = \sqrt{\sum_{i=1}^{n} (X_i - \bar{E})^2 \cdot P_i}$$

$$= \sqrt{(25\%-9\%)^2\times0.3+(15\%-9\%)^2\times0.4+(-15\%-9\%)^2\times0.3}$$

$$\approx0.166\ 9$$

计算结果表明，项目 B 的风险要高于项目 A。在期望投资收益率均为 9% 的情况下，选择项目 A 比较有利。因为项目 A 期望收益率与项目 B 相同，但风险却小于项目 B。

标准离差可以说明某个方案的风险程度，也可用于期望值相同的方案风险程度的比较。但对于比较期望值不相等的各种方案的风险程度，则要借助于标准离差率这一统计指标。

（3）标准离差率。标准离差率是标准离差与期望值之比，通常用符号 V 表示。可用下列公式计算

$$V=\frac{\sigma}{E}\times100\%$$

计算例 2-16 中的两个项目的标准离差率。

项目 A 的标准离差率 $V_A=\dfrac{0.049}{9\%}\times100\%$

$$\approx54.44\%$$

项目 B 的标准离差率 $V_B=\dfrac{0.166\ 9}{9\%}\times100\%$

$$\approx185.44\%$$

标准离差率的计算结果也表明了项目 B 的风险比项目 A 的风险要大。

标准离差率是一个相对指标，它以相对数反映决策方案的风险程度。方差和标准离差作为绝对数，只适用于期望值相同的决策方案风险程度的比较；对于期望值不同的决策方案，评价和比较其各自的风险程度只能借助于标准离差率这一相对数值。在期望值不同的情况下，标准离差率越大，风险越大；反之，标准离差率越小，风险越小。

对于单个方案，决策者可将其标准离差（率）的大小与已设定的可接受的此项指标最高限值对比，看前者是否低于后者，然后作出取舍。对于多方案择优，决策者的行动准则应是选择低风险、高收益的方案，即选择标准离差最低、期望收益最高的方案。

2.2.5 风险收益率

在风险反感普遍存在的情况下，投资者进行风险投资，根本原因是风险收益的诱使。风险收益率可用下式表示：

$$R_R=b\cdot V$$

式中　R_R——风险收益率；

　　　b——风险价值系数；

　　　V——标准离差率。

在决定风险收益率的两个因素中，标准离差率的问题已经解决，接下来的问题是如何确定风险价值系数。实务中，风险价值系数可以通过历史资料分析、统计回归分析、专家评议、专业咨询公司公布等方式取得。

风险价值系数是风险报酬率和标准离差率的比率，它的确定可以根据有关的历史资料

采用高低点法来确定：

$b=$（高点投资报酬率－低点投资报酬率）／（高点标准离差率－低点标准离差率）

某公司的项目投资报酬率和标准离差率的历史资料如表 2-2 所示。

表 2-2　某公司的项目报酬率和标准离差率

投资报酬率	0.3	0.18	0.42	0.20	0.16
标准离差率	0.25	0.12	0.40	0.14	0.06

根据高低点法的公式，得：

$$b=（0.42-0.16）／（0.40-0.06）=76.47\%$$

在不考虑通货膨胀的情况下，投资的总收益率（R）由两部分构成。一部分是无风险收益率 R_F，实务中，一般取短期政府债券（如短期国债）的收益率。另一部分就是风险收益率。投资的总收益率（R）用下列公式表示：

$$R=R_F+R_R$$

【例 2-17】　假设无风险收益率为 9％，风险价值系数为 10％，计算例 2-16 中两个投资项目的风险收益率及投资收益率。

解：项目 A 的风险收益率＝10％×54.44％≈5.44％

项目 A 的投资收益率＝9％＋5.44％＝14.44％

项目 B 的风险收益率＝10％×185.44％≈18.54％

项目 B 的投资收益率＝9％＋18.54％＝27.54％

从计算结果可以看出：项目 B 的风险收益率要远远大于项目 A 的风险收益率。也就是说，风险越大，风险收益越高。

需要指出的是，风险报酬的计算带有很大的假设性，不一定十分精确，我们分析研究风险报酬的问题，主要是为了在人们的头脑中引入风险价值的观念，以使决策者在决策时，尽可能选择能避免风险、分散风险并获得较多报酬的投资方案，借以实现最佳的经济效益和企业的财务目标。

本章小结

本章介绍了财务管理中两个重要的价值观念：资金的时间价值和风险价值。

1. 资金的时间价值用现值和终值来计算。

2. 等量的资金在不同的时点上价值是不相等的。在未来金额一定的情况下，利率越高，现值越小。这个结论具有一定的现实意义。

3. 现值的计算方法在实际工作中有广泛的应用。

4. 风险既可能给投资者带来超出预期的收益，也可能给投资者带来超出预期的损失。人们研究风险，主要是从不利的角度来考察，经常把风险看成不利事件发生的可能性。从财务角度来说，风险主要是指无法达到预期收益的可能性。

5. 方差、标准离差和标准离差率是通常用以衡量风险大小的统计指标。

6. 在风险反感普遍存在的情况下，投资者进行风险投资，根本原因是风险收益的诱使。风险越大，风险收益率越高。

基础与提高

一 单项选择题

1. 若希望在 3 年后取得 500 元，利率为 10%，则单利情况下现在应存入银行（　　）元。

A. 384.6　　　　　B. 650　　　　　C. 375.6　　　　　D. 665.5

2. 一定时期内每期期初等额收付的系列款项称为（　　）。

A. 永续年金　　　B. 预付年金　　　C. 普通年金　　　D. 递延年金

3. 某项永久性奖学金，每年计划颁发 50 000 元，若年利率为 8%，采用复利方式计息，该奖学金的本金应为（　　）元。

A. 625 000　　　B. 605 000　　　C. 700 000　　　D. 725 000

4. 某项存款年利率为 6%，每半年复利一次，其实际利率为（　　）。

A. 12.36%　　　B. 6.09%　　　C. 6%　　　D. 6.6%

5. 某企业年初借得 50 000 元贷款，10 年还清，年利率为 12%，每年年末等额偿还。已知年金现值系数 $(P/A，12\%，10)＝5.650\,2$，则每年应付金额为（　　）元。

A. 8 849　　　B. 5 000　　　C. 6 000　　　D. 2 825

6. 在普通年金终值系数的基础上，期数加 1、系数减 1 所得的结果，在数值上等于（　　）。

A. 普通年金现值系数　　　　　　　B. 预付年金现值系数

C. 普通年金终值系数　　　　　　　D. 预付年金终值系数

7. 一项 600 万元的借款，借款期 3 年，年利率为 8%，若每半年复利一次，年实际利率会高出名义利率（　　）。

A. 4%　　　B. 0.24%　　　C. 0.16%　　　D. 0.8%

二 多项选择题

1. 下列关于资金的时间价值的表述中正确的有（　　）。

A. 资金的时间价值是由时间创造的

B. 资金的时间价值是由劳动创造的

C. 资金的时间价值是在资金周转中产生的

D. 资金的时间价值可用社会平均资金利润率表示

2. 递延年金具有（　　）特点。

　　A. 年金的第一次支付发生在若干期以后

　　B. 没有终值

　　C. 年金的现值与递延期无关

　　D. 年金的终值与递延期无关

3. 下列各项中属于年金形式的有(　　)。

　　A. 直线法计提的折旧额　　　　　　B. 等额分期付款

　　C. 优先股股利　　　　　　　　　　D. 按月发放的养老金

4. 年金按其每期收付款发生的时点不同，可分为(　　)。

　　A. 普通年金　　　B. 预付年金　　　C. 递延年金　　　D. 永续年金

5. 下列表述中正确的有(　　)。

　　A. 复利终值系数和复利现值系数互为倒数

　　B. 普通年金终值系数和普通年金现值系数互为倒数

　　C. 普通年金终值系数和偿债基金系数互为倒数

　　D. 普通年金现值系数和资本回收系数互为倒数

6. 下列各项中属于经营风险的有(　　)。

　　A. 原料价格变动　　　　　　　　　B. 税收调整

　　C. 生产质量不合格　　　　　　　　D. 发生通货膨胀

7. 风险按形成的原因可以分为(　　)。

　　A. 财务风险　　　　　　　　　　　B. 市场风险

　　C. 经营风险　　　　　　　　　　　D. 公司特有风险

⊜ 简答题

1. 为什么一次性付款金额会小于分期付款的总金额？

2. 计算资金的时间价值在理财活动中有什么意义？

3. 普洱茶不仅放置越久口味越纯正，而且具有收藏价值，被称为"能喝的古董"。如果 1 斤普洱茶 2 年后能卖 530 元，在年利率为 8% 的情况下，今天你买 1 斤这种普洱茶应付多少钱？

4. 举出几个现实生活中使用资金时间价值的例子。

5. 衡量风险的方法有哪些？

6. 在风险反感普遍存在的情况下，为什么还有投资者进行风险投资？

⊜ 计算分析题

1. 某研究所计划存入银行一笔基金，年复利利率为 10%，希望在今后 10 年中每年年末获得 10 万元用于支付奖金，该研究所现在应存入银行多少资金？

2. 某人采用分期付款方式购买一套住房，贷款共计为 60 万元，在 20 年内等额偿还，年利率为 8%，按复利计息，每年应偿还的金额为多少？

3. 甲公司年初存入银行一笔现金，从第 3 年年末起，每年取出 1 万元，第 6 年年末取完，若存款利率为 10%，则甲公司现存入了多少钱？

4. 某项投资的资产利润率及概率估计情况如下表：

可能出现的情况	概率	资产利润率
经济状况好	0.3	20%
经济状况一般	0.5	10%
经济状况差	0.2	-5%

假定企业无负债，且所得税率为 40%。

求：（1）资产利润率的期望值。

（2）资产利润率的标准离差。

（3）税后资本利润率的标准离差。

（4）资产利润率的标准离差率。

5. 某人将 10 万元存入银行，利息率为年利率 5%，期限为 5 年，采用复利计息方式。试计算期满时的本利和。

6. 某人计划在 3 年以后得到 20 万元的资金用于偿还到期的债务，银行的存款利息率为年利率 4%，采用复利计息方法，现在应存入银行多少钱？

技能实训

■ 实训项目

对货币的时间价值的认识。

■ 实训方式

1. 个人阅读实训材料及实训分析中的问题后进行思考，可以分小组讨论自己对货币时间价值的认识。

2. 分小组讨论结束后，每位同学把讨论结果整理成书面材料上交。

3. 教师评分后总结。

■ 实训材料

材料（1）：W 公司总经理林盛曾预测其女儿（目前正读高中一年级）三年后能够顺利考上北京大学计算机专业，届时需要一笔学费，预计为 3 万元，他问会计张红：如果按目前存款年利率 2.25% 给女儿存上一笔钱，以备上大学之需，现在要一次存入多少钱？

材料（2）：W 公司四年后将有一笔贷款到期，需一次性偿还 20 万元，为此 W 公司拟设置偿债基金，银行存款年利率为 2.25%。

材料（3）：W 公司有一个产品开发项目，需一次性投入资金 10 万元，该公司目前的投资收益率水平为 15%，拟开发项目的建设期为两个月，当年投产，当年见效益，产品生命周期预计为 10 年。

材料（4）：W 公司拟购买一台柴油机，以更新目前的汽油机。柴油机价格较汽油机高出 4 000 元，每年可节约燃料费用 1 000 元。

四 实训分析

1. 根据材料（1），计算单利现值；如果银行存款按复利计息，计算复利现值。

2. 根据材料（2），计算 W 公司每年年末应存入的偿债基金数额。

3. 根据材料（3），分析该产品开发项目平均每年至少创造多少收益经济上才可行。

4. 根据材料（4），分析当 W 公司必要收益率要求为 10% 时，柴油机应至少使用多少年对企业而言才有利。

5. 根据材料（4），假设该柴油机最多能使用 5 年，则必要收益率应达到多少时，对企业而言才有利？

案例讨论

两种纳税方案效果一样吗？

大亚集团是一家专门从事机械产品研发与生产的企业集团。2008 年 3 月，该集团拟扩展业务，欲投资 6 000 万元研制生产某种型号的车床。经研究，共定出两套方案。

第一套方案是设甲、乙、丙三个独立核算的子公司，彼此间存在着购销关系：甲企业生产的产品可以作为乙企业的原材料，而乙企业生产的产品全部提供给丙企业。

经调查测算，甲企业提供的原材料市场价格每单位 10 000 元（这里的一单位是指生产一件最终产成品所需的原材料数额），乙企业以每件 15 000 元提供给丙企业，丙企业以 20 000 元价格向市场出售。预计甲企业生产每单位原材料会涉及 850 元进项税额，并预计年销售量为 1 000 台（以上价格均不含税）。

甲企业年应纳增值税额：

$$10\,000 \times 1\,000 \times 17\% - 850 \times 1\,000 = 850\,000\text{（元）}$$

乙企业年应纳增值税额：

$$15\,000 \times 1\,000 \times 17\% - 10\,000 \times 1\,000 \times 17\% = 850\,000\text{（元）}$$

丙企业年应纳增值税额：

$$20\,000 \times 1\,000 \times 17\% - 15\,000 \times 1\,000 \times 17\% = 850\,000\text{（元）}$$

第二套方案是设立一综合性公司，公司设立甲、乙、丙三部门。基于上述市场调查材料，可以求出该企业大致年应纳增值税额为：

$$20\,000 \times 1\,000 \times 17\% - 850 \times 1\,000 = 2\,550\,000\text{（元）}$$

思考与讨论：

1. 两种纳税方案的缴纳税额是一样的，效果是一样的吗？

2. 作为企业的决策者，应该选择哪一个方案？

第**3**章 财务分析

学习目标

理解财务分析的含义与作用；了解财务分析的方法；理解财务分析各项指标的含义；掌握财务分析各项指标的计算以及杜邦分析法；能对企业财务状况进行简单的分析。

案例导入

蓝田股份作为一家以农业为主的综合性经营企业，自 1996 年 6 月上市以来一直保持着业绩优良高速成长的特性，但 2002 年 1 月 21 日、22 日，生态农业（原蓝田股份 600709）的股票突然被停牌，市场目光再次聚焦到这只曾经倍受关注的"绩优神话股"。高管受到公安机关调查、资金链断裂以及受到中国证监会深入进行的稽查，似乎预示着这只绩优股的神话正走向终结。

事实上，自从蓝田股份被查出在上市过程中弄虚作假被处罚后，公司在资本市场上的形象就一直没有好过。一位投资者在接受采访时很坦率地表示："造假污点一辈子都洗不清，这就是市场经济中的信用问题，蓝田应该为此付出代价。"

实际上，绝大多数投资者根本不相信蓝田的业绩神话。纸上的辉煌挡不住市场怀疑的目光。

市场质疑之一：看不到野藕汁卖，何来上亿元的利润。

市场质疑之二：资料显示，蓝田股份有约 20 万亩大湖围养湖面及部分精养鱼池，仅水产品每年都卖几个亿，而且全都是现金交易。然而，渔网围着的 20 万亩水面到底装了多少鱼？没有人能说清楚，也就没有人知道有多少存货了。

市场质疑之三：对于蓝田股份的"业绩神话"，近年来一直有很多投资者和研究人员在分析。

蓝田股份可能的造假手法是多计存货价值、多计固定资产、虚增销售收入、虚减销售成本。主要疑点有三个。

1. 应收账款之谜解释离奇。蓝田股份去年主营业务收入 18.4 亿元，而应收账款仅 857 万元。稍懂财会知识的人士，势必对蓝田股份"钱货两清"方式结算下的销售收入确认产生怀疑。

2. 鱼塘里的业绩神话。同样是在湖北养鱼，去年上市的武昌鱼在招股说明书中称，公司 6.5 万亩鱼塘的武昌鱼，养殖收入每年五六千万元，单亩产值不足 1 000 元。蓝田股份创造了武昌鱼 30 倍的鱼塘养殖业绩，其奇迹有多少可信度？如今已越来越遭到怀疑。

3. 饮料毛利不可思议。蓝田股份靠每公斤（蓝田野莲汁、野藕汁）5.85 元的销售额至少实现了 3.61 元的利润，利润率为 61.71%，在竞争激烈的饮料行业能够实现这种利润吗？

思考：这些疑点可以用财务分析的方法发现吗？

(3.1　财务分析概述

3.1.1　财务分析的含义及其作用

1. 财务分析的含义

财务分析是指以财务报表和其他相关资料为依据，采用专门方法，系统分析和评价企业的过去和现在的经营成果、财务状况及其变动情况，以了解过去、评价现在、预测未来，帮助利益关系集团或利益相关者改善管理或者进行科学决策。财务分析的基本功能是将大量的报表数据转换成对特定决策有用的信息，减少决策的不确定性。财务分析的起点是财务报表，分析使用的数据大都来源于公开发布的财务报表。因此，财务分析的前提是全面正确地理解财务报表。

财务分析是一个认识过程，它通常只能发现问题而不能提出解决问题的现成方案，它只能做出评价而不能改善企业现状。财务分析的结果是对企业的偿债能力、赢利能力和抵御风险的能力做出评价，或找出存在的问题。

财务分析还是一个判断过程。它的基本目标之一是识别在趋势、数量及其关系等方面的主要变化（即转折点），并了解这些变化的原因。通常一个转折点可能就是企业成功与失败重大转变的前期警报。

2. 财务分析的作用

财务分析的主要作用一般包括：评价过去的经营业绩；衡量现在的财务状况；预测未来的发展趋势；为财务报表使用者提供服务。财务报表的使用者主要有投资人或股东、债权人、经理人员、供应商、政府、雇员和工会、中介机构等。考虑到财务报表使用者的目的和要求，财务分析的内容一般包括流动性分析、赢利性分析、财务风险分析、专题分析等。

3.1.2 财务分析的一般方法

在使用财务数据进行分析时，为了评价企业的财务状况，强调所提供数据的可比性和重要性，需要利用各种各样的分析方法。

财务分析的方法有很多种，但是主要的分析方法有比较分析法、比率分析法、因素分析法、分组分析法、平衡分析法等五种。

1. 比较分析法

比较分析法是一种用得最多、最广的分析方法，它是对经济指标的实际数做各种各样的比较，从数量上确定差异的一种方法。比较分析法的作用在于揭露矛盾，评价业绩，找出不足，挖掘潜力。比较分析法的具体方法形式很多，但主要有以下几种。

（1）考察达到预期目标程度的比较。主要包括：本期实际与长远规划目标对比，与本期计划指标对比，与有关的理论数、设计数、定额数对比，与其他有关预期目标对比等。通过对比，为进一步分析指明方向。

（2）考察发展变化情况的比较。主要包括：本期实际指标与上期实际比，与上年同期实际比，与历史最高水平比，与有关典型意义的时期比等。这种方法用以观察企业经济活动的发展和变化趋势以及改善企业经营管理的情况等。

（3）考察现有水平和揭示差距的比较。主要包括：本企业实际与国内同类企业先进水平比，与国内同类企业平均水平比，与当地同类企业先进水平比，与当地同类企业平均水平比，与国际同类企业先进水平比，与国际同类企业平均水平比。有时还可以在企业内部开展车间、班组、个人指标的比较。通过比较，在更大范围内发现先进与落后的差距，以增强企业的紧迫感、危机感，增强企业的适应能力和竞争能力，促进企业提高经营管理水平，提高经济效益。

但必须指出，开展经济指标对比，要考虑指标内容、计价标准、时间长度和计算方法的可比性。在同类型企业进行指标比较时，还要考察客观条件是否基本接近，技术上、经济上应具有可比性。

2. 比率分析法

比率分析法是利用两个指标间的相互关系，通过计算它们的比率来考察、计量和评价经济活动业绩优劣的分析方法。根据分析的目的和要求的不同，比率分析法主要有三种。

（1）相关比率分析。相关比率分析对同一时期某个项目和其他有关但又不同的项目加以对比，求出比率，以便更深入地认识某方面的经济活动情况。如将利润同产品销售成本、产品销售净收入和资产项目对比求出成本利润率、销售利润率和资产利润率，从而可以从不同角度观察、比较企业利润水平的高低。

（2）趋势比率分析。趋势比率分析将几个时期同类指标的数字进行对比求出比率，分析该项指标的增减速度和发展趋势，以判断企业某方面业务的趋势，并从其变化中发现企业在经营方面所取得的成果或不足。

（3）构成比率分析。构成比率分析通过计算某一经济指标各个组成部分占总体的比率来观察它的构成内容及变化，以掌握该项经济活动的特点和变化趋势。例如计算各成本项目在成本总额中所占的比重，并同其各种标准进行比较，可以了解成本构成的变化，明确进一步降低成本的重点。利用比率分析法计算简便，通俗易懂，而且对其结果也比较容易判断；可以使某些指标在不同规模的企业之间进行比较，甚至也能在一定程度上超越行业间的差别进行比较。

3.1.3　财务分析的局限性

1. 财务报表本身的局限性

财务报表是会计的产物，会计有特定的假设前提，并要执行统一的规范。我们只能在规定的意义上使用报表数据，不能认为报表揭示了企业的全部实际情况。财务报表的局限性表现在如下几个方面。

(1) 以历史成本报告资产，不代表其现行成本或变现价值。

(2) 假设币值不变，不按通货膨胀率和物价水平调整。

(3) 稳健性原则要求预计损失而不预计收益，有可能夸大费用，少计资产和收益。

(4) 按照年度分期报告是短期的报告，不能提供反映长期潜力的信息。

2. 报表的真实性问题

只有根据真实的报表才能得出正确的分析结论，报表的真实性问题要靠审计来解决。财务分析不能解决报表的真实性问题，但财务分析人员通常要注意以下与此有关的问题。

(1) 注意财务报告是否规范。

(2) 注意财务报告是否有遗漏。

(3) 注意分析数据的反常现象。

(4) 注意审计报告的意见以及审计师的信誉。

3. 企业会计政策的不同选择影响可比性

对于同一会计事项的处理，会计准则允许使用几种不同的方法，企业可以自行选择。虽然会计报表附注中对会计政策的选择有一定的表述，但报表使用人未必能完成可比性的调整工作。

4. 财务分析只能发现问题而不能提供解决问题的现成答案

财务分析可以分析出企业在偿债能力、赢利能力、资产营运方面存在的问题和不足，但是不能提供最终解决问题的办法。

3.2　财务比率分析

财务比率分析是通过计算各种财务比率，并根据比率的高低对企业经营管理状况和财务状况做出分析评价的一种方法。其主要任务是提示企业各项经济业务与总体结果间的内在联系，主要目的是对企业经营状况的有关重要问题做出回答。财务比率分析主要包括偿债能力分析、营运能力分析、获利能力分析、市场价值比率分析等几个方面。本节以 JD 公司损益表、资产负债表为例进行分析，见表 3-1 和表 3-2。

表 3-1 损益表

编制单位：JD 公司　　　　　　　　　　2006 年度　　　　　　　　　　单位：万元

项　　目	本年累计	上年实际
一、营业收入	49 100	37 580
其中：主营业务收入	49 000	37 500
减：营业成本	27 500	22 500
营业税金及附加	2 450	1 875
销售费用	1 750	1 575
管理费用	2 750	2 450
财务费用	195	165
加：公允价值变动收益（损失以"－"号填列）		
投资收益（损失以"－"号填列）	300	200
二、营业利润（亏损以"－"号填列）	14 755	9 215
加：营业外收入	215	240
减：营业外支出	95	165
三、利润总额（亏损总额以"－"号填列）	14 875	9 290
减：所得税费用	4 910	3 065
四、净利润（净亏损以"－"号填列）	9 965	6 225

表 3-2 资产负债表

编制单位：JD 公司　　　　　　　　2006 年 12 月 31 日　　　　　　　　单位：万元

资　　产	年初数	期末数	负债及所有者权益	年初数	期末数
流动资产：			流动负债：		
货币资金	1 610	1 850	短期借款	650	985
交易性金融资产	425	925	应付票据	400	880
应收票据	850	1 250	应付账款	1 045	1 145
应收账款	2 000	1 800	预收账款	200	440
应收账款净额	1 500	1 400	其他应付款	100	100
预付账款	600	800	应付职工薪酬	885	575
其他应收款	25	150	应交税费	220	225
存货	5 000	6 000	应付股利	1 000	1 100
一年内到期的长期投资	0	150	预计负债	150	200
其他流动资产	100	265	一年内到期的非流动负债	100	150

资　　产	年初数	期末数	负债及所有者权益	年初数	期末数
流动资产：			流动负债：		
流动资产合计	10 110	12 790	其他流动负债	50	30
非流动资产：			流动负债合计	5 185	5 830
长期股权投资	975	1 075	非流动负债：		
固定资产	5 650	6 470	长期借款	350	850
固定资产清理	12	62	应付债券	400	240
在建工程	35	155	长期应付款	200	250
生产性生物资产			其他长期负债	100	275
油气资产			非流动负债合计	1 050	1 615
无形资产	55	135	所有者权益：		
开发支出			实收资本	4 860	5 850
商誉			资本公积	1 560	2 370
长期待摊费用	63	163	盈余公积	2 595	3 240
其他非流动资产			未分配利润	1 650	1 945
非流动资产合计	6 790	8 060	所有者权益合计	10 665	13 405
资产总计	16 900	20 850	负债及所有者权益合计	16 900	20 850

3.2.1　偿债能力分析

偿债能力是指企业对债务的清偿能力或保证程度。清偿能力或保证程度具体是指企业资产的拥有量和是否有足够的现金来偿付各种到期债务。从这个意义上讲，企业偿债能力也可以认为是企业资产的变现能力，是反映企业财务状况和经营能力的重要标志。偿债能力分析或变现能力分析是分析、评价企业财务状况和经营能力的重要途径。企业偿债能力低，不仅说明企业资金紧张，难以支付日常经费支出，而且说明企业资金周转不灵，难以偿还到期应付债务，甚至面临破产的危险。

短期偿债能力分析是以流动资产与流动负债的关系为基础的，往往不涉及企业获利能力对企业的影响。长期偿债能力分析要考虑资本结构，还要考虑由收支对比关系决定的现金流量的变动，从而最终与企业的获利能力相关。

1. 流动比率

流动比率是指流动资产与流动负债的比率。由于流动负债是需要在短期内偿还的债务，而流动资产是短期内可变现的资产，因此，流动资产是偿还流动负债的基础。流动比率反映企业的短期偿债能力，同时也反映企业的变现能力，故又称短期偿债能力比率。计算公式为

$$流动比率 = \frac{流动资产}{流动负债}$$

JD 公司 2006 年末的流动比率为

$$流动比率 = \frac{12\ 790}{5\ 830} = 2.19$$

一般而言，流动比率越高，企业的短期偿债能力也就越强。从理论上讲，只要流动比率等于 1，企业就有短期偿债能力。当然，有时流动比率小于 1，企业也可能使到期债务得以偿还，如借新债还旧债、变卖部分长期资产等。但若一个企业的流动比率长时间小于 1，债权人通常会因对企业偿债能力信心不足而拒绝提供短期借款。当然，也不是说流动比率越高越好，因为流动比率过高，就意味着企业流动资产占用过多或闲置，会降低企业资金的运用效率。流动比率的高低应根据不同行业的具体情况而定，一般认为，生产企业合理的流动比率为 2。

流动比率有某些局限性，在使用时应注意：流动比率假设全部流动资产都可以变为现金并用于偿债，全部流动负债都需要还清。实际上，有些流动资产的账面金额与变现金额有较大差异，如产成品等；经营性流动资产是企业持续经营所必需的，不能全部用于偿债；经营性应付项目可以滚动存续，无须动用现金全部结清。因此，流动比率是对短期偿债能力的粗略估计。

2. 速动比率

流动比率虽然可以从总体上来评价流动资产的变现能力和偿付短期负债的能力，但存在较大的不确定性，人们还希望获得比流动比率更进一步的有关变现能力的指标。这个指标被称为速动比率，从流动资产中扣除存货后，再计算资产和负债的比率，计算公式为

$$速动比率 = \frac{速动资产}{流动负债} = \frac{流动资产 - 存货}{流动负债}$$

JD 公司 2006 年的速动比率为

$$速动比率 = \frac{12\ 790 - 6\ 000}{5\ 830} = \frac{6\ 790}{5\ 830} = 1.16$$

通常认为，正常的速动比率应该为 1，它说明企业每一元流动负债有 1 元的速动资产作保证。如果速动比率大于 1，说明企业有足够的能力偿还短期债务，同时也表明企业存在部分或较多不能赢利的货币性资金和应收账款。如果速动比率小于 1，说明企业短期偿债能力较差。

如同流动比率一样，不同行业的速动比率有很大差别。例如，采用大量现金销售的商店，几乎没有应收账款，速动比率大大低于 1 是很正常的。相反，一些应收账款较多的企业，速动比率可能要大于 1。

速动比率是否令人信服，关键在于应收账款的变现能力。账面上的应收账款不一定都能变成现金，实际坏账可能比计提的坏账准备要多；季节性的变化，可能使报表的应收账款数额不反映平均水平。在这种情况下，外部报表使用者不易了解，但企业财务人员有可能作出较准确的估计。考虑到这些因素和各行业之间的差别以及不同的分析目的，还可以运用即付比率来提高企业短期偿债能力的保险程度。

即付比率也称现金比率，其计算公式为

$$即付比率 = \frac{货币资金 + 交易性金融资产}{流动负债}$$

JD 公司 2006 年的即付比率为

$$即付比率 = \frac{1\ 850 + 925}{5\ 830} = 0.48$$

通常认为，即付比率在 0.20 以上为好。

3. 营运资金

营运资金的计算公式为

$$营运资金 = 流动资产 - 流动负债$$

JD 公司 2006 年的营运资金为

$$营运资金 = 12\ 790 - 5\ 830 = 6\ 960（万元）$$

如果流动资产与流动负债相等，并不意味着足以保证偿债，因为债务的到期与流动资产的现金生成不可能同步同量。企业必须保持流动资产大于流动负债，即保有一定数额的营运资本作为缓冲，以防止流动负债"穿透"流动资产。JD 公司现存 5 830 万元流动负债的具体到期时间不易判断，现存 12 790 万元的流动资产生成现金的数额和时间也不好预测。营运资本 6 960 万元是流动负债"穿透"流动资产的"缓冲垫"。因此，营运资本越多，流动负债的偿还越有保障，短期偿债能力越强。

营运资本之所以能够成为流动负债的"缓冲垫"，是因为它是长期资本用于流动资产的部分，不需要在一年内偿还。

当流动资产大于流动负债时，营运资本为正数，表明长期资本的数额大于长期资产，超出部分被用于流动资产。营运资本的数额越大，财务状况越稳定。换而言之，全部流动资产都由营运资本提供资金来源。则企业没有任何偿债压力。

当流动资产小于流动负债时，营运资本为负数，表明长期资本小于长期资产，有部分长期资产由流动负债提供资金来源。由于流动负债在 1 年内需要偿还，而长期资产在 1 年内不能变现，偿债所需现金不足，必须设法另外筹资，则财务状况不稳定。

以上指标都属于短期偿债能力指标，短期偿债能力的分析除了参考报表的这些数据外，还应该考虑如下因素。

（1）增强短期偿债能力的因素。增强短期偿债能力的表外因素主要有如下几种。

①可动用的银行贷款指标。银行已同意、企业未办理贷款手续的银行贷款限额，可以随时增加企业的现金，提高支付能力。这一数据不反映在财务报表中，但会在董事会决议中披露。

②准备很快变现的非流动资产。企业可能有一些长期资产可以随时出售变现，而不出现在"一年内到期的非流动资产"项目中。例如，储备的土地、未开采的采矿权、目前出租的房产等，在企业发生周转困难时，将其出售并不影响企业的持续经营。

③偿债能力的声誉。如果企业的信用很好，即使在短期偿债方面出现暂时困难也比较容易筹集到短缺的现金。

（2）降低短期偿债能力的因素。降低短期偿债能力的表外因素主要有以下几种。

①与担保有关的或有负债，如果它的数额较大并且可能发生，就应在评价偿债能力时给予关注。

②经营租赁合同中承诺的付款，很可能是需要偿付的义务。

4. 营运资金与长期负债的比率

营运资金与长期负债的比率是从长短期债务相联系的角度来反映企业对长期负债的偿付能力，其计算公式为

$$营运资金与长期负债的比率＝\frac{营运资金}{长期负债}$$

一般情况下，长期负债不应超过营运资金。长期负债会随着时间的延续和偿还日期的相继到来而不断转化为短期内清偿的流动负债，并需用流动资产来偿还。保持长期负债不超过营运资金，就不会因这种转化而造成流动资产小于流动负债，从而使长期债权人和短期债权人的债权利益获得安全保障。

JD 公司 2006 年营运资金与长期负债的比率为

$$营运资金与长期负债的比率＝\frac{12\ 790－5\ 830}{1\ 615}＝4.31$$

从这个比率来看，JD 公司的长期负债的偿还能力是比较强的。

5. 利息保障倍数

利息保障倍数是指企业息税前利润与利息费用的比率，用以衡量企业偿付借款利息的能力，测试债权人投入资本的风险，也称已获利息倍数，或利息赚取倍数。计算公式为

$$利息保障倍数＝\frac{息税前利润}{利息费用}$$

公式中的息税前利润是指损益表中未扣除利息费用和所得税之前的利润，它可以用利润总额加利息费用来计算。利息费用不仅包括财务费用中的利息费用，还应包括计入固定资产成本的资本化利息。资本化利息虽然不在损益表中列示扣除，但仍然是要偿还的。对于企业财务人员来说，这些利息可以根据有关会计资料取得，而对于外部报表使用者来说，只能以财务费用来估计代替。

JD 公司 2006 年度的利息保障倍数为

$$利息保障倍数＝\frac{9\ 965＋4\ 910＋195}{195}＝77.28$$

利息保障倍数具体表现为企业经营收益是所需支付债务利息的多少倍。它既反映了企业用于支付每期利息费用所需资金的保障程度，也反映了企业获利能力的大小；既是企业举债经营的前提依据，也是衡量企业长期偿债能力的重要标志。只要利息保障倍数足够大，企业无力偿债的可能性就小。从长期看，要使企业具有正常的偿债能力，利息保障倍数至少应大于1，且倍数越高，长期偿债能力就越强。如倍数过小，企业将面临经营亏损和偿债安全性与稳定性下降的风险。如果企业在支付债务利息方面不存在困难，通常也就有能力再借款用于归还到期的债务本金。

6. 资产负债率

资产负债率是负债总额与资产总额的比率，它反映企业的举债水平和债权人利益的风

险或安全程度，反映总资产中有多大比例是通过借债来筹资的，是衡量企业长期偿债能力的重要指标之一。计算公式为

$$资产负债率 = \frac{负债总额}{资产总额} \times 100\%$$

JD公司2006年末的资产负债率为

$$资产负债率 = \frac{5\ 830 + 1\ 615}{20\ 850} \times 100\% = 35.71\%$$

资产负债率从总体上提示了资产与负债的依存关系，即负债偿还的资产保证程度。从长期偿债能力角度看，该比率越低，债务偿还的安全性、稳定性就越大；该比例越高，承担的风险越大。资产负债率的高低可以从以下几个方面加以分析。

（1）从债权人立场看，他们最关心的是债权的安全性，即能否按时收回本息。资产负债率越高，说明企业总资产中由债权人提供的资金比例越大，债权人风险也越大。相反，该比率越低，说明企业总资产中债权人提供的资金越少，债权人的利益保障程度越高、风险越小。

（2）从所有者角度看，资产负债率越高，所有者可用少量的资金控制企业。在企业经营管理好、市场繁荣时，由于财务杠杆的作用，可以提高投资者的报酬率；但当经营管理及其环境恶化时，利息负担和还债压力就会使财务状况恶化，借债的代价要用所有者所得的利润份额来弥补。所以，从股东的角度来看，在全部资本利润率高于借款利息率时，负债的比例越大越好。

（3）从经营者的角度看，如果举债过大，超出债权人的一般安全标准，则认定不保险，企业就借不到款。如果企业不举债，或负债比率很低，说明企业畏缩不前，举债经营的能力很差，而且会丧失财务杠杆作用的好处。因此，从财务管理的角度看，企业应当审时度势，全面考虑，在利用资产负债率进行举债决策时充分估计预期的利润和增加的风险，在两者之间权衡利害得失，做出正确选择。

7. 所有者权益负债率

所有者权益负债率是指企业负债总额与所有者权益额的比率，也称产权比率或债务股权比率。它是从资本结构方面衡量企业长期偿债能力的指标之一。

计算公式为

$$所有者权益负债率 = \frac{负债总额}{所有者权益额} \times 100\%$$

JD公司2006年末的所有者权益负债率为

$$所有者权益负债率 = \frac{5\ 830 + 1\ 615}{13\ 405} \times 100\% = 55.54\%$$

所有者权益负债率反映债权人提供的资本与所有者提供的资本之间的相对关系，反映企业基本财务结构是否稳定。一般说来，所有者权益大于借入资本较好，但也要具体分析。从所有者的角度看，在通货膨胀时期，企业多借债可以把损失和风险转嫁给债权人；在经济繁荣和经营景气时，多借债可以获得额外利润；在经济萎缩和经营不景气时，少借债可减少利息负担和财务风险。该比率高，是高风险、高报酬的财务结构；该比率低，是

低风险、低报酬的财务结构。此外，所有者权益负债率还可以衡量企业清算时对债权人利益的保障程度。该比率越低，清算时对债权人越有利。

3.2.2 营运能力分析

营运能力是指企业充分利用现有资源创造社会财富的能力，它是评价企业资产利用程度和营运活力的标志。强有力的营运能力，既是企业获利的基础，又是企业及时足额地偿付到期债务的保证。营运能力分析，主要是通过销售收入（或销售成本）与企业各项资产的比例关系来分析各项资产的周转速度。因此，营运能力分析也称资产管理比率分析。一般说来，企业取得的销售收入越多，所需投入的资产价值也就越大。如果企业投入的资产价值大、收入少、利润低，则说明企业资产投入的构成不合理，经济资源没有得到有效配置和利用。如果企业投入的资产能创造较高收入，获得较多利润，则说明企业投资合理，各项资产之间的比例恰当，资产使用效率高。

1. 总资产周转率

总资产周转率是指销售收入（净额）与平均资产总额的比率，它反映资产总额的平均周转效率，通常以总资产周转次数和周转天数来表示。

总资产周转次数是指企业总资产在一定时期（一般为一年）内周转了几次，表现为单位资产在一定时期内创造了多大的销售额或周转额，计算公式为

$$总资产周转率（周转次数）=\frac{营业收入净额}{资产平均总额}$$

总资产周转天数是指企业总资产平均每周转一次所需要的天数，它体现着每天单位销售额或周转额需要占用的总资产额，计算公式为

$$总资产周转率（周转天数）=\frac{计算期天数}{总资产周转次数}=\frac{计算期天数×资产平均总额}{营业收入净额}$$

其中，计算期天数一年按 360 天计算，下同。

JD 公司 2006 年资产周转率为

$$总资产周转次数=\frac{49\,000}{(16\,900+20\,850)÷2}=2.60（次）$$

$$总资产周转天数=\frac{360}{2.60}=138.46（天）$$

周转次数越多，周转天数越少，说明企业总资产周转效率越高，周转速度越快，进而企业的赢利能力和偿债能力越强，反之亦然。总资产周转率指标也可以用销售成本作为周转额来计算，以便如实反映企业垫支资金的周转情况。

2. 流动资产周转率

流动资产周转率是指销售收入（净额）与全部流动资产平均余额的比，计算公式为

$$流动资产周转率（周转次数）=\frac{营业收入净额}{流动资产平均余额}$$

$$流动资产周转率（周转天数）=\frac{计算期天数}{流动资产周转次数}$$

JD 公司 2006 年流动资产周转率为

$$流动资产周转次数 = 49\,000 \div \frac{10\,110 + 12\,790}{2} = 4.28（次）$$

$$流动资产周转天数 = 360 \div 4.28 = 84.11（天）$$

流动资产周转率反映流动资产的周转速度。流动资产周转速度快，即周转次数多或周转天数少，表明其实现的周转额多，会相对节约流动资金，等于相对扩大资产投入，增强企业赢利能力。此外，流动资产周转率的快慢还直接影响成本费用水平和短期偿债能力；流动资产周转快会降低成本费用水平，增强企业偿债能力。

3. 存货周转率

在企业流动资产中，存货占有较大的比重。存货的流动性将直接影响企业的流动比率，因此必须重视对存货的分析。存货周转率是反映存货的周转率和流动性，衡量和评价企业购入存货、投入生产及销售收回等各环节管理状况的综合性指标，是销售成本与平均存货的比。它有两种表现形式，即周转次数和周转天数，计算公式为

$$存货周转率（周转次数）= \frac{营业成本}{平均存货}$$

$$存货周转率（周转天数）= \frac{计算期天数}{存货周转次数}$$

JD 公司 2006 年存货周转率为

$$存货周转率（周转次数）= 27\,500 \div \left[（5\,000 + 6\,000）\div 2\right] = 5（次）$$

$$存货周转率（周转天数）= 360 \div 5 = 72（天）$$

计算存货周转率之所以采用销售成本而不用销售收入，主要是为了剔除毛利对周转速度的虚假影响，因为存货是按成本计价的，计算公式中分子、分母口径应该一致。

存货周转率可以作为分析偿债能力的辅助指标，也可以衡量企业的获利能力。一般来说，存货周转速度越快，存货的流动性就越强，占用水平越低，所实现的周转额越大，成本水平也就越低，利润水平越高。因此，提高存货周转率，可以提高企业的变现能力和赢利能力。

存货周转天数不是越低越好。存货过多会浪费资金，存货过少不能满足流转需要，在特定的生产经营条件下存在一个最佳的存货水平，所以存货不是越少越好。

为了从具体周转环节上了解和把握存货管理情况，从而进一步减少资金占用，提高资金使用效率，企业管理者和有条件的外部报表使用者还应进一步对存货的结构及影响存货周转速度的重要项目进行分析，分别计算原材料周转率、在产品周转率和产成品周转率等。

4. 应收账款周转率

应收账款在企业流动资产中有着举足轻重的地位。及时收回应收账款，不仅增强了企业的短期偿债能力，也反映出企业管理应收账款方面的效率。应收账款周转率是销售收入（净额）与平均应收账款的比，计算公式为

$$应收账款周转率（周转次数）= \frac{营业收入净额}{平均应收账款余额}$$

$$应收账款周转率（周转天数）=\frac{计算期天数}{应收账款率（周转次数）}$$

式中的销售收入应取赊销净额，但实务中常取损益表中的销售收入净额（销售收入扣除折扣折让后的余额）。应收账款指未扣除坏账准备的应收账款数额。平均应收账款指期初应收账款余额与期末应收账款余额的平均数。

JD公司2006年应收账款周转率为

$$应收账款周转率（周转次数）=\frac{49\,000}{[（2\,000+1\,800）\div2]}=25.79（次）$$

$$应收账款周转率（周转天数）=\frac{360}{25.79}=13.96（天）$$

一般说来，应收账款周转率越高，平均收账期越短，说明应收账款回收速度越快，资产流动性越大，短期偿债能力越强。否则，企业的营运资金会过多地停留在应收账款上，影响正常的资金周转。较高的应收账款周转率还意味着可以减少收账费用和坏账损失，从而相对提高企业流动资产的投资收益。

在计算和使用应收账款周转率时应注意以下问题。

（1）销售收入的赊销比例问题。从理论上说应收账款是赊销引起的，其对应的流量是赊销额，而非全部销售收入。因此，计算时应使用赊销额取代销售收入。但是，外部分析人无法取得赊销的数据，只好直接使用销售收入计算。实际上相当于假设现金销售是收现时间等于零的应收账款。只要现金销售与赊销的比例是稳定的，不妨碍与上期数据的可比性，只是一贯高估了周转次数。问题是与其他企业比较时，不知道可比企业的赊销比例，也就无从知道应收账款是否可比。

（2）应收账款年末余额的可靠性问题。应收账款是特定时点的存量，容易受季节性、偶然性和人为因素的影响。在应收账款周转率用于业绩评价时，最好使用多个时点的平均数，以减少这些因素的影响。

（3）应收账款的减值准备问题。统一财务报表上列示的应收账款是已经提取减值准备后的净额，而销售收入并没有相应减少。其结果是，提取的减值准备越多，应收账款周转天数越少。这种周转天数的减少不是好的业绩，反而说明应收账款管理欠佳。如果减值准备的数额较大，就应进行调整，使用未提取坏账准备的应收账款计算周转天数。报表附注中应披露应收账款减值的信息，可作为调整的依据。

（4）应收票据是否计入应收账款周转率。大部分应收票据是销售形成的，只不过是应收账款的另一种形式，应将其纳入应收账款周转天数的计算，称为"应收账款及应收票据周转天数"。

（5）应收账款周转天数是否越少越好。应收账款是赊销引起的，如果赊销有可能比现金销售更有利，周转天数就不会越少越好。收现时间的长短与企业的信用政策有关。例如，甲企业的应收账款周转天数是18天，信用期是20天；乙企业的应收账款周转天数是15天，信用期是10天。前者的收款业绩优于后者，尽管其周转天数较多。改变信用政策，通常会引起企业应收账款周转天数的变化。信用政策的评价涉及多种因素，不能仅仅考虑周转天数的缩短。

（6）应收账款分析应与销售额分析、现金分析联系起来。应收账款的起点是销售，终点是现金。正常的情况是销售增加引起应收账款增加，现金的存量和经营现金流量也会随之增加。如果一个企业应收账款日益增加，而销售和现金日益减少，则可能是销售出了比较严重的问题，以致放宽信用政策，甚至随意发货，而现金收不回来。

总之，应当深入到应收账款的内部，并且要注意应收账款与其他问题的联系，才能正确评价应收账款周转率。

3.2.3　获利能力分析

获利能力即企业赚取利润和使资金增值的能力，它通常体现为企业收益数额的大小和水平的高低，是企业管理者、投资者和债权人都日益重视和关注的企业经营基本问题之一。获利能力分析，也称赢利能力分析，是综合判断企业经营成果的最主要的分析方法，它主要通过损益表中的有关项目及损益表与资产负债表有关项目之间的联系，来评价企业当期的经营成果和未来的发展趋势。

1. 销售净利率

销售净利率是指一定时期内企业净利润与销售收入（净额）的比率。计算公式为

$$销售净利率 = \frac{净利润}{销售收入} \times 100\%$$

JD 公司 2006 年的销售净利率为

$$销售净利率 = \left(\frac{9\ 965}{49\ 000}\right) \times 100\% = 20.34\%$$

销售净利率反映企业每一元销售收入带来净利润的多少，体现了销售收入的收益水平。从销售净利率的指标关系看，净利润与销售净利率成正比。企业在增加销售收入的同时，必须相应地获得更多的净利润，才能使销售净利率保持不变或有所提高。通过分析销售净利率的升降变动，可以促使企业在扩大销售的同时，注意改进经营管理，提高赢利水平。

2. 销售毛利率

销售毛利率是销售收入扣除销售成本的余额与销售收入的比率，计算公式为

$$销售毛利率 = \frac{销售收入 - 销售成本}{销售收入} \times 100\%$$

JD 公司 2006 年销售毛利率为

$$销售毛利率 = \frac{(49\ 000 - 27\ 500)}{49\ 000} \times 100\% = 43.88\%$$

销售毛利率说明了每一元销售收入扣除销售成本后，有多少钱可用于补偿各项期间费用和形成赢利。该项比率是企业销售净利率的基础，没有足够高的毛利率便不能赢利。

3. 资产净利率

资产净利率是企业净利润与平均资产总额的比率。计算公式为

$$资产净利率 = \frac{净利润}{平均资产总额} \times 100\%$$

JD 公司 2006 年的资产净利率为

$$资产净利率＝\frac{9\ 965}{(16\ 900＋20\ 850)÷2}×100\%＝52.79\%$$

资产净利率表明了企业资产利用的综合效果，比率越高，资产的利用效率越高，说明企业在增加收入和节约使用资金等方面取得了良好效果。资产净利率也是一个综合指标。企业净利的多少与企业资产的多少、资产的结构、经营管理水平等方面有着密切的关系。因此，在进行比率分析时，应全面考虑其影响因素。

4. 所有者权益净利率

所有者权益净利率是净利润与所有者权益平均余额的比，简称权益净利率，也称权益收益率、净资产收益率等，它反映所有者投资的赢利能力。计算公式为

$$所有者权益净利率＝\frac{净利润}{所有者权益平均余额}×100\%$$

JD 公司 2006 年的所有者权益净利率为

$$所有者权益净利率＝\frac{9\ 965}{(10\ 665＋13\ 405)÷2}×100\%＝82.80\%$$

所有者权益净利率只是从企业净资产的角度，反映资产的利用效率和赢利水平。该比率越高，说明所有者权益的赢利水平越高；否则相反。

5. 成本费用利润率

成本费用利润率是利润总额与成本费用的比率，它反映每一元成本费用的获利能力。计算公式为

$$成本费用利润率＝\frac{利润总额}{主营业务成本＋期间费用}×100\%$$

JD 公司 2006 年的成本费用率为

$$成本费用利润率＝\frac{14\ 875}{27\ 500＋1\ 750＋2\ 750＋195}×100\%＝46.20\%$$

成本费用利润率高，表明企业在成本费用一定的情况下，实现了更多的利润，或者说表明企业实现一定的利润所耗费的成本费用较少，经济效益好。该项比率低，则说明企业投入多、获利少，经济效益差。

6. 资本保值增值率

资本保值增值率是企业期末所有者权益额与期初所有者权益额的比率，它反映所有者投入企业资本的保值增值情况。计算公式为

$$资本保值增值率＝\frac{期末所有者权益额}{期初所有者权益额}×100\%$$

JD 公司 2006 年的资本保值增值率为

$$\frac{13\ 405}{10\ 665}×100\%＝125.69\%$$

这个数据表明 JD 公司 2006 年的资本有增值，即所有者权益增长了 25.69%。资本保值增值率的根本源泉是企业赢利，企业经营的盈亏是影响资本保值增值率变动的主要因

素。因此，资本保值增值率的高低，不仅反映所有者投资的完整和保全程度，而且综合反映了企业赢利能力和赢利水平的高低。

需要指出的是，除经营盈亏外，还有其他影响因素也起着重要作用，如增减资本、调整资本结构、剩余收益支付率的变动等。因此，在分析资本保值增值率时应尽量全面地考虑到各主要影响因素，对所有者权益额进行适当的调整。

3.2.4　市场价值比率分析

市场价值比率向投资者显示了在一定股价水平上的投资可带来的收益水平，它把公司的每股收益、每股净资产等数据与股票的市场价格联系起来。通过这些比率的分析，能估计出一个公司股票价格的变动趋势，是股东和潜在投资者十分关注的一种财务比率。这类比率指标主要有普通股每股收益、每股股利支付率、市盈率、股利支付率、市净率等。

1. 每股收益

每股收益是指本期净收益与期末普通股股份总数的比。它表示的是每一股普通股股权所产生的净收益的大小，是发放普通股股利和普通股股票价格升值的基础，是评估一家公司经营业绩以及比较不同公司运行状况的十分重要的指标。计算公式为

$$\text{普通股每股收益 EPS} = \frac{\text{净利润}}{\text{期末普通股发行在外的股数}}$$

例如：JA 公司是一家上市公司，2006 年利润分配和年末股东权益的有关资料如表 3-3 所示。JA 公司的每股收益为 2 500÷2 500＝1（元/股）。

计算出来的每股收益可以与行业平均数对比、与同行业其他企业对比、与本企业历史水平对比，以发现差距，总结经验，寻找不足，拟定进一步改进的措施；还可以进行经营业绩和赢利预测的比较，以掌握该公司的管理能力。

表 3-3　利润分配及股东权益表

JA 公司	2006 年 12 月 31 日	单位：万元
净利润		2 500
加：年初未分配利润		500
可分配利润		3 000
减：提取法定盈余公积金		375
可供股东分配的利润		2 125
减：已分配优先股股利		0
提取任意盈余公积金		125
已分配普通股股利		1 500
未分配利润		1 000
股本（每股面值 1 元，市价 10 元）		2 500（股数 2 500）
资本公积		2 600
盈余公积		1 400
未分配利润		1 000
所有者权益合计		7 500

在实务中计算每股收益需注意四个问题。

（1）合并报表问题。编制合并报表的公司，应以合并报表数据为计算基础。

（2）优先股问题。如果公司发行了优先股，在计算普通股每股收益时应扣除优先股股数及其应分享的股利：

$$普通股每股收益=\frac{净利润-优先股股利}{期末股份总数-优先股股数}=\frac{盈余数}{普通股股数}$$

（3）期中股份增减变动问题。如果公司在年度中普通股有增减变动，则应以年底普通股发行在外的月份为权数，计算加权平均股数后，再计算每股收益：

$$普通股发行在外的年平均股份数=\frac{\sum（发行在外的普通股股数×年底前发行在外的月份数）}{12}$$

（4）复杂股权问题。有的公司具有复杂的股权结构，除普通股和不可转换的优先股外，还有可转换优先股、可转换债券、购股权证等。在计算每股收益时也应予以考虑，对净利润进行调整后再计算每股收益。

2. 市盈率

市盈率是指普通股每股市价相对于每股收益的倍数，即

$$市盈率=\frac{普通股每股市价}{普通股每股收益}$$

JA 公司的市盈率为 10÷1＝10（倍）

市盈率是人们普遍关注的指标，有关证券报刊几乎每天都要报道各类股票的市盈率。该比率反映投资人对每一元净利润所愿支付的价格，可以用来估计股票的投资报酬和风险。它是市场对公司的共同期望指标，市盈率越高，表明市场对公司的前景越看好。在市价确定的情况下，每股收益越高，市盈率越低，投资风险越小。在每股收益确定的情况下，市价越高，市盈率越高，风险越大。仅从市盈率高低的横向比较看，高市盈率说明公司能够获得社会信赖，具有良好的前景。

与市盈率相联系，投资者在进行决策分析时，往往引申出股票投资期望报酬率，即市盈率的倒数。一般认为期望报酬率为 5%～10%，这样相对应的市盈率就是 20～10。通常，投资者要结合其他有关信息，才能运用市盈率指标判断股票的价值。

3. 每股股利与股票获利率

每股股利是指用于普通股利的总额与普通股股数的比。计算公式为

$$每股股利=股利总额÷普通股股数$$

续前例，JA 公司的每股股利＝1 500÷2 500＝0.60（元/股）。

每股股利的大小直接反映股东每股的实际收益，为股东和潜在投资者所关注。该指标越高，每一股份可得的实际收益越多，股东的投资效益越好，如果再有较好的股利分配政策，就会带来股票市价的上涨。

股票获利率反映股利与股价的比率关系，表达式为

$$股票获利率=\frac{普通股每股股利}{普通股每股市价}×100\%$$

JA 公司的股票获利率为（0.6÷10）×100％＝6％。

股票持有人取得收益的来源主要有两个，一是取得股利，二是取得股价上涨的收益。只有股票持有人认为股价将上升，才会接受较低的股票获利率。如果预期股价不能上升，股票获利率就成了衡量股票投资价值的主要依据。

4. 股利支付率与股利保障倍数

股利支付率是指普通股每股股利在普通股每股收益中所占的比重，它反映公司的股利分配政策和支付股利的能力。计算公式为

$$股利支付率＝\frac{普通股每股股利}{普通股每股收益}×100％$$

JA 公司的股利支付率为（0.60÷1）×100％＝60％。

股利支付率的倒数称为股利保障倍数，倍数越大，支付股利的能力越强。计算公式为

$$股利保障倍数＝\frac{普通股每股收益}{普通股每股股利}$$

JA 公司的股利保障倍数为 1÷0.60≈1.67（倍）

股利保障倍数是一种安全性指标，通过这项指标可以看出净利润减少到什么程度，公司还能按目前水平支付股利。

5. 每股净资产和市净率

每股净资产是期末净资产（股东权益）与期末普通股股份数的比，也称每股账面价值或每股权益。计算公式为

$$每股净资产＝\frac{期末净资产}{期末普通股股数}$$

其中，期末净资产即期末股东权益，是指期末普通股对应的净资产或股东权益，如果公司有优先股，则应用净资产总数中扣除优先股权益后的余额来计算。

JA 公司的每股净资产为 7 500÷2 500＝3（元/股）。

每股净资产反映了发行在外的每股普通股所代表的净资产成本，即账面权益。在投资分析时，只能有限地使用这个指标，因其是用历史成本计量的，不能完全反映市场价值。另外，该项指标从理论上提供了股票的最低价值。如果公司的股票价格低于净资产的成本，成本又接近变现价值，说明公司已无存在价值，清算是股东最好的选择。因此，在新建公司时，一般将评估确认后的净资产折为所有者的股本。

把每股净资产和每股市价联系起来，可以说明市场对公司资产质量的评价——市净率，即每股市价与每股净资产的比。计算公式为

$$市净率＝\frac{每股市价}{每股净资产}$$

JA 公司的市净率为 10÷3＝3.33（倍）。

市净率可用于投资分析。每股净资产是用历史成本计量的股票账面价值；每股市价是这些净资产的现在价值，它是证券市场上交易的结果。投资者认为，市价高于账面价值（市净率大于 1）时公司资产的质量好，有发展潜力；反之则资产质量差，没有发展前景。

优质股票的市价都超出每股净资产许多。一般说来,市净率达到 3 就可以树立较好的公司形象。市价低于每股净资产的股票,就像售价低于成本的商品一样,属于"处理品"。当然,"处理品"也不是没有购买价值,问题在于该公司今后是否有转机,或者购入后经过资产重组能否提高获利能力。

3.3 财务状况的综合分析

3.3.1 杜邦分析法

这种财务分析方法首先由美国杜邦公司的经理创造出来,故称为杜邦系统(The Du Pont System)。现在仍以 JD 公司为例借助杜邦系统说明其主要内容。

图 3-1 是杜邦财务分析图。

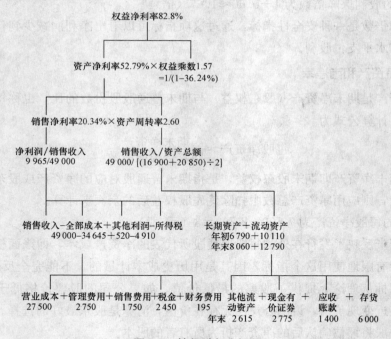

图 3-1 杜邦财务分析图

图 3-1 中的权益乘数,表示企业的负债程度,权益乘数越大,企业负债程度越高。通常的财务比率都是除数,除数的倒数叫乘数。权益除以资产是资产权益率,权益乘数是其倒数即资产除以权益。其计算公式为

$$权益乘数 = \frac{1}{1 - 平均资产负债率}$$

公式中的平均资产负债率是指全年平均资产负债率,它是企业全年平均负债总额与全年平均资产总额的百分比。

JD公司 2006 年权益乘数的计算：

$$平均资产负债率=\frac{(6\,235+7\,445)\,/2}{(16\,900+20\,850)\,/2}\times100\%=36.24\%$$

$$权益乘数=\frac{1}{1-36.24\%}=1.57$$

图 3-1 中的权益净利率就是第一节讲的净资产收益率，它是所有比率中综合性最强、最具有代表性的一个指标。

$$权益净利率＝资产净利率\times权益乘数$$
$$资产净利率＝销售净利率\times资金周转率$$
$$权益净利率＝销售净利率\times资金周转率\times权益乘数$$

权益乘数主要受资产负债比率的影响。负债比例大，权益乘数就高，说明企业有较高的负债程度，给企业带来了较多的杠杆利益，同时也给企业带来了较大的风险。

销售净利率高低的因素分析，需要我们从销售额和销售成本两个方面进行。这方面的分析可以参见有关赢利能力指标的分析。当然经理人员还可以根据企业的一系列内部报表和资料进行更详尽的分析，而企业外部财务报表使用人不具备这个条件。

资产周转率是反映企业运用资产以产生销售收入能力的指标。对资产周转率的分析，则需对影响资产周转的各因素进行分析。除了对资产的各构成部分从占用量上是否合理进行分析外，还可以通过对流动资产周转率、存货周转率、应收账款周转率等有关各资产组成部分使用效率的分析，判明影响资产周转的主要问题出在哪里。前面各节对上述指标的使用作过介绍，这里不再重复。从公式中看，决定权益净利率高低的因素有三个方面：销售净利率、资产周转率和权益乘数。这样分解之后，可以把权益净利率这样一项综合性指标发生升降变化的原因具体化，比只用一项综合性指标更能说明问题。

杜邦分析体系的作用是解释指标变动的原因和变动趋势，为采取措施指明方向。

假设 JD 公司第二年权益净利率上升了，有关数据如下：

$$权益净利率＝资产净利率\times权益乘数$$

第一年82.80%　＝　52.79%　×　1.57
第二年90.5%　＝　57.64%　×　1.57

通过分解可以看出，权益净利率的升高不在于资本结构（权益乘数没变），而在于资产利用或成本控制得到了提高，使资产净利率上升。

现在对资产净利率进一步分解：

$$资产净利率＝销售净利率\times资产周转率$$

第一年52.79%　＝　20.34%　×　2.60
第二年57.64%　＝　23.72%　×　2.43

通过分解可以看出，资产净利率的升高应归功于销售净利率的提高，至于销售净利率升高的原因则需进一步通过分解指标来揭示。

应当指出，杜邦分析法是一种分解财务比率的方法，不是另外建立新的财务指标，它可以用于各种财务比率的分解。前面的举例，是通过资产净利率的分解来说明问题的。我们也可以通过分解利润总额和全部资产的比率来分析问题。

3.3.2 财务状况综合评分分析

财务状况综合评价的先驱之一是亚力山大·沃尔。他在出版的《信用晴雨表研究》和《财务报表比率分析》中提出了信用能力指数的概念，把若干个财务比率用线性关系结合起来，以此评价企业的信用水平。他选择了7种财务比率，分别给定其在总评价中占的比重，总和为100分。然后确定标准比率，并与实际比率相比较，评出每项指标的得分，最后求出总评分。我们用沃尔的方法，给M公司的财务状况评分的结果见表3-4。

表 3-4　沃尔的比重评分表

财务比率	比重	标准比率	实际比率	相对比率	评分
	1	2	3	4＝3÷2	5＝1×4
流动比率	25	2	2.19	1.09	27.25
净资产/负债	25	1.5	1.80	1.20	30
资产/固定资产	15	2.5	3.18	1.27	19.05
销售成本/存货	10	8	5	0.63	6.3
销售额/应收账款	10	6	25.79	4.30	43
销售额/固定资产	10	4	7.91	2	20
销售额/净资产	5	3	4.03	1.34	6.7
合　　计	100				152.3

从理论上讲，沃尔的评分法有一个弱点，就是未能证明为什么要选择这7个指标，而不是更多或更少些，或者选择别的财务比率，也未能证明每个指标所占比重的合理性。这个问题至今仍然没有从理论上解决。沃尔评分法从技术上讲有一个问题，就是某一个指标严重异常时会对总评分产生不合逻辑的重大影响。

尽管沃尔方法在理论上还有待证明，在技术上也不完善，但它还是在实践中被应用。耐人寻味的是，很多理论上相当完善的经济计量模型在实践中往往很难应用，但企业实际使用并行之有效的模型却又在理论上无法证明。这可能是人类对经济变量之间数量关系的认识还比较肤浅造成的。

现代社会与沃尔的时代相比，已有很大变化。一般认为企业财务评价的内容主要是赢利能力，其次是偿债能力，此外还有成长能力。它们之间大致可按5∶3∶2来分配比重。赢利能力的主要指标是资产净利率、销售净利率和净值报酬率。虽然净值报酬率最重要，但前两个指标已经分别使用了净资产和净利，为减少重复影响，3个指标可按2∶2∶1安排。偿债能力有4个常用指标，成长能力有3个常用指标（都是本年增量与上年实际的比值）。如果仍以100分为总评分，则评分的标准分配如表3-5所示。

表 3-5　综合评分的标准

指　标	评分值	标准比率 (%)	行业最高比率 (%)	最高 评分	最低 评分	每分比率 的差（%）
赢利能力：						
总资产净利率	20	10	20	30	10	1
销售净利率	20	4	20	30	10	1.6
净值报酬率	10	16	20	15	5	0.8
偿债能力：						
自有资本比率	8	40	100	12	4	15
流动比率	8	150	450	12	4	75
应收账款周转率	8	600	1 200	12	4	150
存货周转率	8	800	1 200	12	4	100
成长能力：						
销售增长率	6	15	30	9	3	5
净利增长率	6	10	20	9	3	3.3
人均净利增长率	6	10	20	9	3	3.3
合　　计	100			150	50	

　　标准比率应以本行业企业平均数为基础，适当进行理想修正。在给每个指标评分时，应规定上限和下限，以减少个别指标异常对总分造成不合理的影响。上限可定为正常评分值的 1.5 倍，下限可定为正常评分值的 1/2。此外，给分时不采用"乘"的关系，而采用"加"或"减"的关系来处理，以克服沃尔评分法的缺点。例如，总资产净利率的标准值为 10%，标准评分为 20 分；行业最高比率为 20%，最高评分为 30 分，则每分的财务比率的差为 1%〔（20%－10%）/（30 分－20 分）〕。总资产净利率提高 1%，多给 1 分，但该项得分不超过 30 分。用这种方法也可以对该公司的财务状况做出综合分析。

3.3.3　现金流量分析

　　现金流量分析主要是根据现金流量表（表 3-6）来进行的。

表 3-6　现金流量表

一、经营活动	流入 （万元）	流出 （万元）	净流量 （万元）	内部结构 （%）	流入结构 （%）	流出结构 （%）	流入流出比 （%）
销售商品，提供劳务	13 425			100			
流入小计	13 425			100	64		
购买商品和劳务		4 923		51			
支付给职工		3 000		31			
支付所得税		971		10			
其他税费		20					

一、经营活动	流入（万元）	流出（万元）	净流量（万元）	内部结构（%）	流入结构（%）	流出结构（%）	流入流出比（%）
其他现金支出		700		8			
现金流出小计		9 614		100		36	1.4
经营净流量			3 811				
二、投资活动							
投资收回	165			5			
分得股利	300			9			
处置固定资产	3 003			86			
现金流入小计	3 468			100	17		
购置固定资产		4 510		100			
现金流出小计		4 510		100		17	0.77
投资净额			−1 042				
三、筹资活动							
借款	4 000			100			
现金流入小计	4 000			100	19		
偿还债务		12 500		99			
支付利息		125		1			
现金流出小计		12 625		100		47	0.32
净额			−8 625				
合　　计	20 893	26 749	−5 856				

现金流量分析是在现金流量表出来之后才发展起来的，其方法体系并不是特别完善，一致性也不充分，它不仅仅依靠现金流量表，还要结合资产负债表、利润表。对现金流量的分析主要包括以下几方面的内容。

1. 现金流量结构分析

现金流量结构分析包括流入结构分析、流出结构分析、流入流出比分析等。

（1）流入结构分析。流入结构分析（计算见表3-6）包括总流入结构和三项流入的内部结构分析。该公司的总流入结构中经营收入占64%，是收入的主要来源；投资流入占17%，筹资流入占19%。在投资活动流入中，股利占9%，投资收回占5%，固定资产处置占86%。

（2）流出结构分析。流出结构分析包括总流出结构和三项流出的内部结构分析。该公司的总现金流出中经营流出占36%，投资活动流出占17%，筹资活动流出占47%，说明公司偿还债务的资金偏高。在经营活动现金支出中，购买商品和劳务占51%，支付工资占31%等。

（3）流入流出比分析。经营活动流入流出比为 1.4，说明 1 元的现金流出可以换回 1.4 元的现金流入。投资活动流入流出比为 0.77，说明企业投资较大，处于扩张期。筹资活动流入流出比为 0.32，说明企业偿还债务的规模加大，债务负担较重。

如果现金流量的结构百分比准确而且具有代表性，我们就可以根据它们和计划销售额来预测明年的现金流量。

假设公司今年的销售额为 12 500 万元，收到现金（不含税）11 810 万元，结构百分比不变。

$$销售收现比＝11\ 810/12\ 500＝94.48\%$$
$$预计今年现金销售收入＝12\ 500×（1＋8\%）×94.48\%＝12\ 754.8$$
$$经营活动收到现金＝12\ 754.8/88\%＝14\ 494.09$$
$$经营活动现金流出＝14\ 494.09/1.4＝10\ 352.92$$

其他项目根据结构百分比逐一计算得出。

2. 现金流量的其他指标分析

（1）现金到期债务比。

现金到期债务比＝经营现金净流量/本期到期的债务

大多数债务是需要现金偿还的，而且最好是通过经营活动取得的现金偿还。假设公司到期的债务 2 000 万，则现金到期债务比＝3 811/2 000＝1.91。

（2）现金流动负债比。

现金流动负债比＝经营现金净流量/流动负债

假设公司的流动负债 3 546 万元，则现金流动负债比＝3 811/3 546＝1.07。

（3）销售现金比率。

$$销售现金比率＝经营现金净流量/销售额$$

假设公司的销售额 12 500 万元，则销售现金比率＝3 811/12 500＝0.304 9。

（4）现金股利保障倍数。

$$现金股利保障倍数＝每股营业现金净流量/每股现金股利$$

本章小结

本章主要介绍了财务分析的作用与内容、财务分析的基本方法和财务分析指标的计算与综合分析方法。

1. 财务分析的方法主要有比较分析法和比率分析法。

2. 财务比率分析主要包括偿债能力分析、营运能力分析、获利能力分析、市场价值比率分析。

3. 财务状况综合分析，为了综合分析企业的财务状况，我们可以采用杜邦分析法、沃尔评分法，同时还可对企业的现金流量进行结构分析。

基础与提高

⊖ 单项选择题

1. 某企业本年销售收入为 20 000 元，应收账款周转率为 4，期初应收账款余额为 3 500 元，则期末应收账款余额为（   ）元。
   A. 5 000   B. 6 000   C. 6 500   D. 4 000

2. 既是企业赢利能力指标的核心，又是整个财务指标体系核心的指标是（   ）。
   A. 资本保值增值率   B. 总资产报酬率
   C. 销售利润率   D. 净资产收益率

3. 与产权比率相比较，资产负债率评价企业偿债能力的侧重点是（   ）。
   A. 揭示财务结构的稳健程度
   B. 揭示债务偿付安全性的物质保障程度
   C. 揭示主权资本对偿债风险的承受能力
   D. 揭示负债与资本的对应关系

4. 某公司年初负债总额为 800 万元（流动负债 220 万元，长期负债 580 万元），年末负债总额为 1 060 万元（流动负债 300 万元，长期负债 760 万元）。年初资产总额 1 680 万元，年末资产总额 2 000 万元。则权益乘数为（   ）。
   A. 2.022   B. 2.128   C. 1.909   D. 2.1

5. 下列分析方法中，属于财务综合分析方法的是（   ）。
   A. 趋势分析法   B. 杜邦分析法   C. 比率分析法   D. 因素分析法

6. 在下列各项中，不会影响流动比率的业务是（   ）。
   A. 用现金购买固定资产   B. 用现金购买短期债券
   C. 用存货进行长期投资   D. 从银行取得长期借款

⊜ 多项选择题

1. 企业财务分析的基本内容包括（   ）。
   A. 偿债能力分析   B. 营运能力分析
   C. 发展能力分析   D. 获利能力分析

2. 影响总资产报酬率的因素有（   ）。
   A. 净利润   B. 所得税
   C. 利息   D. 资产平均总额

3. 影响存货周转率的因素有（   ）。
   A. 销售收入   B. 销售成本   C. 存货计价方法   D. 进货批量

4. 已获利息倍数指标所反映的企业财务层面包括（   ）。
   A. 获利能力   B. 长期偿债能力
   C. 短期偿债能力   D. 举债能力

5. 反映企业赢利能力状况的财务指标有( )。

　　A. 主营业务利润率　　　　　　　B. 总资产报酬率

　　C. 净资产收益率　　　　　　　　D. 资本保值增值率

6. 在其他条件不变的情况下，会引起总资产周转率指标上升的经济业务是( )。

　　A. 用现金偿还负债　　　　　　　B. 借入一笔短期借款

　　C. 用银行存款购入一台设备　　　D. 用银行存款支付一年的电话费

三 思考题

1. 我们在进行财务报表分析时会遇到哪些限制和问题？

2. 常用的财务分析方法有哪些？

3. 如何分析评价企业的偿债能力？

4. 如何分析企业的获利能力？

5. 为什么有的企业流动比率很高，却无法偿还到期债务？

四 计算分析题

1. 某公司有关资料如下表所示：

项　目	期初数	期末数	本期数或平均数
存货	3 600 万元	4 800 万元	
流动负债	3 000 万元	4 500 万元	
速动比率	0.75		
流动比率		1.6	
总资产周转次数			1.2
总资产			18 000 万元

（假定该公司流动资产等于速动资产加存货）

求：（1）该公司流动资产的期初数与期末数。

　　（2）该公司本期主营业务收入。

　　（3）该公司本期流动资产平均余额和流动资产周转次数。

2. 已知星海公司有关资料如下。

（1）2000 年末简化资产负债如下表所示（单位为万元）：

资　产	金　额	负债与所有者权益	金　额
现金	30	应付票据	25
应收账款	60	应付账款	55
存货	80	应付工资	10
待摊费用	30	长期借款	100
资产净额	300	实收资本	350
		未分配利润	60
总　　计	500	总　　计	500

（2）该公司 2000 年度主营业务收入为 1 500 万元，净利润为 75 万元。

求：（1）主营业务利润率。

（2）总资产周转率（用年末数计算）。

（3）权益乘数。

（4）净资产收益率。

3. 已知甲公司年初存货为 15 000 元，年初应收账款为 12 700 元，年末流动比率为 3.0，速动比率为 1.3，存货周转率为 4 次，流动资产合计为 27 000 元。

求：（1）该公司本年主营业务成本。

（2）如果本年主营业务收入净额为 96 000 元，除应收账款外的速动资产是微不足道的，其应收账款周转天数为多少天？

技能实训

一 实训项目

财务分析。

二 实训方式

1. 个人阅读实训材料及实训分析中的问题后进行思考，可以分小组讨论自己对财务分析的个人认识。

2. 分小组讨论结束后，每位同学把讨论结果整理成书面材料上交。

3. 教师评分后总结。

三 实训材料

已知星海公司有关资料如下：

星海公司资产负债表

2000 年 12 月 31 日　　　　　　　　　　　　　　单位：万元

资　产	年　初	年　末	负债及所有者权益	年　初	年　末
流动资产：			流动负债合计	105	150
货币资金	50	45	长期负债合计	245	200
应收账款净额	60	90	负债合计	350	350
存货	92	144			
待摊费用	23	36			
流动资产合计	225	315	所有者权益合计	350	350
固定资产净值	475	385			
总　　计	700	700	总　　计	700	700

同时，该公司 1999 年度主营业务利润率为 16%，总资产周转率为 0.5 次，权益乘数为 2.5，净资产收益率为 20%，2000 年度主营业务收入为 350 万元，

净利润为 63 万元。

四 实训分析

（1）计算 2000 年年末的流动比率、速动比率、资产负债率和权益乘数；

（2）计算 2000 年总资产周转率、主营业务利润率和净资产收益率；

（3）分析主营业务利润率、总资产周转率和权益乘数变动对净资产收益率的影响。

案例讨论

偿债能力分析——青岛海尔集团偿债能力分析

青岛海尔集团公司是我国家电行业的佼佼者，其前身是原青岛电冰箱总厂，经过十多年的兼并扩张，已经今非昔比。据 2005 年中报分析，公司的业绩增长非常稳定，主营业务收入和利润保持同步增长，这在竞争激烈、行业利润明显滑坡的家电行业是极为可贵的。公司 2005 年上半年收入增加部分主要来自于冰箱产品的出口，鉴于公司出口形式的看好，海尔的国际化战略取得了明显的经济效益。预计海尔将成为家电行业的受益者。

另据 2005 年 8 月 26 日青岛海尔拟增发 A 股董事会公告称，公司拟向社会公众增发不超过 10 000 万股的 A 股，该次募集资金将用于收购青岛海尔空调器有限公司 74.45％的股权。此前海尔已持有该公司 25.5％的股权，此举意味着收购完成后青岛海尔对海尔空调器公司的控制权将达到 99.95％。据悉，作为海尔集团的主导企业之一，青岛海尔空调器公司主要生产空调器、家用电器及制冷设备，是我国技术水平较高、规模品种较多、生产规模较大的空调生产基地。该公司产销状况良好，2005 年上半年共生产空调器 252 万台，超过 2004 年全年的产量，出口量分别是 2004 年同期和 2004 年出口的 4.5 倍、2.7 倍。鉴于海尔空调已是成熟的高赢利产品，收购后可以使青岛海尔拓展主营业务结构，实现产品多元化战略，为公司进一步扩张提供强有力的支撑，同时也成为青岛海尔新的经济增长点。

青岛海尔 2005 年中期财务状况如表 1 和表 2 所示。

表 1　资产负债表（简表）

编制单位：青岛海尔集团公司　　　　　　　　　　　　　　　　　　　单位：元

项　　　目	金　　　额
货币资金	512 451 234.85
应收账款	390 345 914.95
预付账款	599 903 344.89

续表

项 目	金 额
其他应收款	371 235 313.62
存货净额	499 934 290.49
待摊费用	1 211 250.00
流动资产合计	2 369 591 987.38
长期股权投资	307 178 438.08
长期债权投资	0.00
长期投资合计	307 178 438.08
固定资产合计	1007 881 696.67
无形资产	1 077 40 871.92
资产总计	3 792 590 880.96
应付账款	125 187 391.88
预收账款	72 559 642.42
流动负债合计	771 705 947.11
长期负债合计	4 365 881.58
负债合计	776 071 828.69
股本	56 470 690.00
资本公积	1 513 174 748.87
盈余公积	329 160 271.54
未分配利润	354 620 919.79
股东权益合计	2 761 662 842.2
负债及股东权益总计	3 792 590 880.96

表 2　利润及利润分配表（简表）

编制单位：青岛海尔集团公司　　　　　　　　　　　　　　单位：元

项 目	金 额
主营业务收入	2 706 766 895.09
主营业务成本	2 252 753 488.10
营业税金及附加	7 030 314.68
主营业务利润	446 983 092.31
营业费用	31 115 574.99
管理费用	219 583 432.98
财务费用	6 515 967.38
营业利润	195 413 320.98
投资收益	3 806 648.25
补贴收入	0.00
营业外收入	589 117.10

续表

项　　目	金　　额
营业外支出	989 953.10
利润总额	233 078 983.23
所得税	26 832 576.00
净利润	181 900 337.65
年初未分配利润	172 720 582.14
盈余公积转入数	0.00
可分配的利润	354 620 919.79
提取法定公积金	0.00
提取法定公益金	0.00
可供股东分配的利润	354 620 919.79
提取任意公积金	0.00
已分配普通股股利	0.00
未分配利润	354 620 919.79

思考与讨论：

1. 在企业财务分析实践中评价短期偿债能力应注意哪些问题？你认为海尔公司的短期偿债能力如何？

2. 在企业财务分析实践中评价长期偿债能力时是否应对企业赢利能力进行分析？长期偿债能力与赢利能力之间有何矛盾？如何解决这一矛盾？结合海尔公司的赢利性，你认为海尔公司的长期偿债能力如何？

第*4*章 项目投资管理

学习目标

　　理解项目投资、原始总投资与投资总额及现金流量的含义；掌握现金流量的概念及估算方法；掌握项目现金流量表的编制方法；掌握净现金流量的计算方法；掌握项目评价指标的计算方法；能对项目的优劣做出正确的评价。

案例导入

　　2004 年 10 月 4 日，国务院有关领导对春都的失败作了批示。领导认为，春都走向绝境是一个悲剧也是一个笑话，让社会各界都知道，并共同探讨一个兴旺发达的国有企业为什么会走到这一步。

　　春都曾经有过奇迹。一说到火腿肠，有谁能不想到春都呢？自 1986 年生产出我国第一根西式火腿肠开始，春都曾以"会跳舞的火腿肠"红遍大半个中国，市场占有率最高达 70％以上，资产达 29 亿元。然而，仅仅经历几年短暂的辉煌，这家明星企业便倏然跌入低谷。

　　是什么造就了春都奇迹？

　　春都集团的前身是始建于 1958 年的洛阳肉联厂，在计划经济体制下，平平淡淡几十年。1986 年，春都当家人高凤来在对国内外肉制品市场进行分析考察后，果断决定改变原来单纯从事生猪屠宰、储藏业务的经营状况，对猪肉进行深加工，发展高温肉制品生产加工业务，在国内首家引进西式火腿肠生产线，生产出中国第一根火腿肠，迅速走俏市场，销售收入、利润连年翻番，获得了巨大的经济效益，企业规模变大，并获得了持续性发展。

　　到 20 世纪 90 年代初，春都成为收入超十亿元、利润过亿元的国内著名大型肉制品生产加工企业。"春都"火腿肠也多次被评为"全国名牌产品"和"著名商标"，几乎成为中国火腿肠的代名词。

　　这个时期春都的成功，无疑要归功于它正确的战略决策——前向一体化发展战略。

也许成功来得太容易，春都的经营者头脑开始膨胀发热，当地领导要求春都尽快"做大做强"，也起了推波助澜的作用。他们在较短的时间内投巨资增加了医药、茶饮料、房地产等多个经营项目，并跨地区、跨行业收购兼并了洛阳市旋宫大厦、平顶山肉联厂、重庆万州食品公司等 17 家扭亏无望的企业，使其经营范围涉及生猪屠宰加工、熟肉制品、茶饮料、医药、旅馆酒店、房地产、木材加工、商业等产业，走上了一条多元化同时并举的道路。企业经营项目繁杂、相互间关联度低、与其原主业之间也无任何关联，且投资时间又很集中，一时"发展"神速。

以资产计，春都资产平均每年以近 6 倍的速度递增，由 1987 年的 3 950 万元迅速膨胀到 29.69 亿元。可怕的是，这个神速扩张不但没有为春都带来收益，反而使企业背上了沉重的包袱。春都兼并和收购的 17 家企业中，半数以上亏损，近半数关门停产，这无疑又是雪上加霜。

1993 年 8 月，春都在原洛阳肉联厂的基础上进行股份制改造，组建春都集团股份有限公司，向社会 432 家股东定向募集法人股 1 亿股，募集资金近 2 亿元。资金多，用对了是好事，用错了可能就是一场灾难。此时春都恰恰把这笔钱用来搞盲目多元化，先投资 1 000 多万元参股经营 8 家企业，后又投资 1.5 亿元控股经营 16 家企业，结果成了个大累赘。

1994 年 9 月，春都与美国宝星投资公司等 5 家外商合资，吸引外资折合人民币 2.9 亿元。但合资后外方发现了春都的问题，于 1997 年寻找理由提出撤资。按照协议，本息加上红利，春都一次损失 1 亿多元。

1998 年 12 月，亏损严重的春都集团决定选择集团公司部分资产重组上市，募集资金 4.24 亿元。大股东春都集团和上市公司春都食品股份实际上是一套人马、两块牌子，人员、资产、财务根本没有分开。上市后的第三个月，春都集团就从上市公司抽走募集资金 1.9 亿元用于偿还其他债务，此后又陆续"有偿占用"上市公司数笔资金，合计高达 3.3 亿元，占上市公司募集资金总数的 80%，从而造成上市公司对公众承诺的 10 大投资项目成为一纸空文，使春都核心主业的上市公司失去了发展的大好时机。

思考：是什么原因使春都走向了衰落？

④4.1　项目投资概述

投资有广义和狭义之分。广义的投资是指为了获得未来报酬或收益而预先垫支资本及货币的各种经济行为。如开办工厂、开发矿山、开垦农场，以及购买股票、债券、期货等。狭义的投资则仅指投资于各种有价证券，进行有价证券的买卖，也可称为证券投资，如购买股票、债券等。

4.1.1 投资的分类

按照不同的分类标准，投资有不同的分类。

1. 按照投资的内容分类

按照投资的内容分类，投资可以分为项目投资、证券投资和其他投资。项目投资是以特定项目为对象，直接与新建项目或更新改造项目有关的长期投资行为。它是企业直接的、生产性的对内实物投资，通常包括固定资产投资、无形资产投资、开办费投资和流动资产投资等内容。证券投资是企业把资金投放于股票、债券以获得收益的行为。其他投资是指除项目投资和证券投资以外的投资。

2. 按照投资与企业生产经营过程的关系分类

投资按照其与企业生产经营过程的关系可分为直接投资和间接投资。直接投资是指企业把资金投放于生产经营性资产，直接获取利润的投资。间接投资是指企业把资金投放在有价证券等金融资产，间接取得利润的投资。

3. 按照投资回收期的长短分类

按照回收期的长短投资分为长期投资和短期投资。长期投资是指回收期在一年以上的投资，主要是指对固定资产、无形资产的投资。短期投资是指回收期在一年以内的投资。

4.1.2 项目投资的特点

一般来说，项目投资有下列主要特点。

1. 投资金额大

项目投资，尤其是工业新建项目投资，往往需要大量的现金流出。因此，项目投资对企业未来的财务状况和现金流量都会产生重大的影响。

2. 投资回收期长

项目投资往往规模较大，发挥作用时间长，回收期也长，短则几年，长则几十年，是一种长期投资。

3. 变现能力差

项目投资以特定项目为投资对象，一般不准备在一年或一个营业周期内变现。

4. 投资风险大

项目投资风险大，一方面是因为项目投资金额大、回收期长、变现能力差，另一方面是因为影响项目投资未来收益的不确定性因素很多。

4.2　现金流量的计算

4.2.1　项目计算期

项目计算期是指投资项目从投资建设开始到最终清理结束整个过程所需的时间，即该项目的有效持续期间，一般以年为计量单位。

项目计算期包括建设期（记作 s，$s \geqslant 0$）和生产经营期（记作 p）。建设期是指从项目投资建设开始到投产日之间的时间间隔。生产经营期是指从投产日开始到终结点之间的时间间隔，它包括试产期和达产期。如果将项目计算期记作 n，则有下列关系式：

$$n = s + p$$

下面介绍几个相关概念。

建设起点：建设期的第一年年初（第 0 年）。

投产日：建设期的最后一年（第 s 年）。

终结点：项目计算期的最后一年年末（第 n 年）。

4.2.2　原始总投资

原始总投资又称初始投资，是反映项目所需现实资金水平的价值指标。从项目投资的角度来看，原始总投资是企业为使项目完全达到设计生产能力、开展正常生产经营而投入的全部资金，包括建设投资和流动资金投资。

建设投资是指在建设期内按一定生产经营规模和建设对象进行的投资，包括固定资产投资、无形资产投资和开办费投资。固定资产投资与固定资产原值不同，是项目用于取得固定资产而发生的投资，不包括固定资产在建设期内的资本化利息。无形资产投资是项目用于取得无形资产而发生的投资。开办费投资是组织项目投资的企业在筹建期间发生的不形成固定资产和无形资产价值的投资。

流动资金投资又称为营运资金投资，是项目投产前后一次或分次投放于流动资产项目的投资增加额。

原始总投资＝建设投资＋流动资金投资

＝固定资产投资＋无形资产投资＋开办费投资＋流动资金投资

4.2.3　投资总额

投资总额是反映项目投资总体规模的价值指标。可用下列公式计算：

投资总额＝原始总投资＋建设期资本化利息

其中，建设期资本化利息是指在建设期内发生的与购建项目所需的固定资产、无形资产等长期资产有关的借款利息。

4.2.4　项目投资资金的投入方式

项目投资资金的投入方式有两种：一次投入和分次投入。

一次投入方式是指投资行为集中一次发生，比如投资行为发生在项目计算期的第一年年初或年末。而投资行为涉及两个或两个以上时点的，则属于分次投入方式，比如投资行为涉及两个年度或在一个年度内分次注入资金。

【例 4-1】　B 企业拟新建一条生产线项目，建设期为 2 年，运营期为 20 年，全部建设投资分别安排在建设起点、建设期第 2 年年初和建设期期末，共分三次投入，投资额分别为 100 万元、300 万元和 68 万元；全部流动资金投资安排在建设期期末和投产后第一年年末共分两次投入，投资额分别为 15 万元和 5 万元。根据项目筹资方案的安排，建设期资本化借款利息为 22 万元。计算该项目的总投资。

解：根据上述资料可估算该项目各项指标如下：

建设投资合计＝100＋300＋68＝468（万元）

流动资金投资合计＝15＋5＝20（万元）

原始投资＝468＋20＝488（万元）

项目总投资＝488＋22＝510（万元）

4.2.5　现金流量

1. 现金流量的概念

现金流量又称现金流动量，简称现金流。现金流量的确定是以收付实现制为基础的。在项目投资决策中，现金流量是指投资项目从筹建、设计、施工、正式投产使用至报废为止的整个期间内引起的现金收入和现金支出增加的数量。项目投资决策中涉及的"现金"概念，是指广义的现金，不仅包括各种货币资金，还包括项目需要投入企业所拥有的非货币资源的变现价值或重置成本。比如，一个投资项目需要使用原有的厂房、设备和材料，则相关的现金流量是指它们的变现价值，而不是其账面成本。

现金流量是项目投资决策中非常重要的基础性数据。现金流量估计得准确与否，将会直接影响到项目决策的结果。现金流量的分析与确定，涉及的因素很多，通常需要财务部门协调，多个部门协作完成。比如，项目投产后产量的预测往往由企业市场部门完成，新产品所需的投资额需要从产品研发部门取得相关的信息，而投资项目的经营活动现金流量的预测则需要生产、销售等部门的帮助。

为了便于现金流量内容的分析，简化现金流量的计算过程，现金流量的确定有下列假设。

（1）不管投资项目的原始总投资是一次投入还是分次投入，一般假设原始投资都在建设期内全部投入。

（2）假设项目的主要固定资产的折旧年限与经营期相同。

（3）在分析投资项目的相关现金流量时，无论涉及的指标是时期指标还是时点指标，均假设按年初或年末的时点指标处理。一般情况下，建设投资在建设期内的有关年度的年初或年末发生，流动资金投资则在建设期期末或经营期期初发生；经营期内的收入和费用在各年度的年末发生；项目的报废与清理则在终结点发生（更新改造项目除外）。

2. 现金流量的构成

（1）从现金流量的产生时间来看，现金流量包括初始现金流量、营业现金流量和终结现金流量。

①初始现金流量是指为使项目建成并投入使用而发生的有关现金流量，是项目的投资支出。一般包括建设投资、流动资金投资、原有固定资产变价收入和清理费用。如果是固定资产的更新改造项目，则初始现金流量还包括原有固定资产的变价收入和清理费用。

②营业现金流量是指项目投入运行后，在寿命期间内因生产经营活动而产生的现金流入量和现金流出量。这些现金流量通常按照会计年度计算，主要包括产品销售或服务所得到的营业收入、经营成本、其他各项现金支出、各项税款。

③终结现金流量是指投资项目终结时所发生的各种现金流量，主要包括回收固定资产余值、投资时垫支的流动资金的收回。

（2）从现金流量的内容来看，现金流量包括现金流入量和现金流出量。具体来说，现金流量涉及现金流入量、现金流出量和净现金流量三个概念。

①现金流入量在项目决策中指该项目引起的企业现金收入的增加额，简称现金流入，用 CI 表示。

②现金流出量在项目决策中指该项目引起的企业现金支出的增加额，简称现金流出，用 CO 表示。

③净现金流量又称现金净流量，指项目计算期内每年现金流入量与同年现金流出量之间的差额，用 NCF 表示，它是进行投资项目财务评价的重要依据。

（3）完整工业投资项目的现金流量。

1）现金流入量的构成。

①增加的营业收入：项目投产后，每年实现的全部销售收入或业务收入。

②回收固定资产余值：项目的主要固定资产在终结点报废清理时或中途变价转让处理时所回收的价值。

③回收流动资金：主要指项目计算期完成终止时不再发生新的替代投资而收回的原垫付的全部流动资金投资额。

④其他现金流入量：以上三项之外的现金流入量。

2）现金流出量的构成。

①建设投资：在建设期内发生的固定资产、无形资产和开办费等项投资，它是建设期内发生的主要现金流出量。

②流动资金投资：在完整工业项目投资中，用于生产经营及周转使用的流动资金投资，又称垫支流动资金。

③经营成本：项目投产后为满足正常生产经营而动用现金支付的成本费用，简称付现成本。

④各项税款：项目投产后依法缴纳、单独列示的各项税款，包括营业税、所得税等。

⑤其他现金流出量：以上四项之外的现金流出量。

3. 现金流量的分析与估算

下面以完整工业投资项目为例说明现金流量的估算方法。

（1）现金流入量的估算。

①增加的营业收入。可根据项目在经营期内有关产品的预计单价和预计销售量进行估算。这里的营业收入应该不包含折扣和折让，一般也认为是不含增值税的净额，它作为经营期现金流入量的主要构成部分，营业收入应当按照当期的现销收入和收回的应收账款以及预收以后各期的款项的合计数来确认。为了简化核算，可假定正常年度内的赊销额与回收的应收账款大体相当。

②回收固定资产余值。由于假设固定资产的折旧年限和经营年限是一致的，所以可根据固定资产原值与净残值率来估算回收固定资产余值。

③回收流动资金。如果经营期内不发生提前收回流动资金的情况，则回收流动资金应等于各年垫支的流动资金的合计数。回收的固定资产余值和回收的流动资金额统称回收额。

（2）现金流出量的估算。

①固定资产投资。一般根据项目投资计划所确定的各项建筑工程费用、设备购置成本、安装工程费用和其他费用来确定；对于无形资产和开办费，则按有关资产评估方法和计价标准进行估算。

②流动资金投资。可由以下两步估算得到：首先，估计经营期内各年需要的流动资产和流动负债，计算两者的差额，得到各年的流动资金需要额。然后，用当年的流动资金需要额减去截至上年末的流动资金占用额，就可得到当年的流动资金增加额。

③经营成本。节约的经营成本用"－"表示。

某年的经营成本＝该年的总成本费用－该年折旧额－该年无形资产和开办费的摊销
额－该年计入财务费用的利息支出

经营成本之所以这样计算，是因为总成本费用中包含的固定资产折旧、无形资产和开办费的摊销，是长期资产的价值转移，并没有引起现金流量的变化；从企业的角度来看，支付利息和支付利润的性质相同，均不纳入现金流量的范畴。

④各项税款。税金支出是现金流量中的一项重要内容，在进行新建项目投资决策时，一般只计算企业所得税，更新改造项目还需要计算营业税；但是如果从国家投资主体的角度来看，所得税支出不算现金流出量。

4.2.6　净现金流量的确定

在进行投资项目的财务评价时，各种评价指标需要以净现金流量为基础。

在对投资项目现金流量分析的基础上，依据净现金流量的概念，可以直接计算项目计算期内的净现金流量。用公式表示为：

$$NCF_t = CI_t - CO_t \qquad (t=0，1，2，3，\cdots)$$

式中　NCF_t——第 t 年的净现金流量；

CI_t——第 t 年的现金流入量；

CO_t——第 t 年的现金流出量。

由于项目计算期内各阶段的现金流入与现金流出发生的可能性不同，净现金流量往往表现出不同的数值。在建设期内，净现金流量一般小于 0（用"－"表示）；而在经营期内，净现金流量则一般表现为正数。下面以完整工业项目为例，说明项目计算期内各阶段净现金流量的计算方法。

（1）建设期内净现金流量的计算方法。在建设期内，现金流量大多表现为现金流出量。如果项目的全部原始投资均在建设期内投入，则建设期内的净现金流量可用下列简化公式计算：

建设期内某年净现金流量（NCF_t）＝－该年发生的原始投资额

或　　　　　　　　　　$NCF_t = -I_t \qquad (t=0，1，2，\cdots，s；s\geqslant0)$

式中　I_t——第 t 年的原始投资额；

s——建设期年数。

（2）经营期内（包括终结点）净现金流量的计算方法。项目投产使用后，在经营期内的现金流量既有流入量又有流出量，一般按年计算。如果项目在经营期内不追加投资，则经营期内的净现金流量可用下列简化公式计算：

经营期内某年净现金流量（NCF_t）＝该年净利润＋该年折旧＋该年无形资产及

开办费的摊销＋该年利息＋该年回收额

当回收额为零时的经营期内净现金流量又称为经营净现金流量。按照有关回收额均发生在终结点上的假设，经营期内回收额不为零时的净现金流量亦称为终结点净现金流量，它等于终结点那一年的经营净现金流量与该年回收额之和。

【例 4-2】　B 项目需要固定资产投资 210 万元，开办费用 20 万元，流动资金垫支 30 万元。其中固定资产投资和开办费用在建设期初发生，开办费于投产当年一次性摊销。流动资金在经营期初垫支，在项目结束时收回。建设期为1年，建设期资本化利息为10万元。该项目的有效期为10年，直线法计提固定资产折旧，期满有残值20万元。该项目投产后，第1年至第5年每年归还借款利息10万元，各年分别产生净利润10万元、30万元、50万元、60万元、60万元、50万元、30万元、30万元、20万元、10万元。试计算该项目的净现金流量。

解： 根据以上资料计算有关指标如下。

固定资产每年计提折旧额＝（210＋10－20）÷10＝20（万元）

建设期净现金流量：

$NCF_0 = -（210＋20）= -230$（万元）

$NCF_1 = -30$（万元）

经营期净现金流量：

$NCF_2 = 10＋20＋20＋10 = 60$（万元）

$NCF_3 = 30＋20＋10 = 60$（万元）

$NCF_4 = 50＋20＋10 = 80$（万元）

$NCF_5 = 60＋20＋10 = 90$（万元）

$NCF_6 = 60＋20＋10 = 90$（万元）

$NCF_7 = 50＋20 = 70$（万元）

$NCF_8 = 30＋20 = 50$（万元）

$NCF_9 = 30＋20 = 50$（万元）

$NCF_{10} = 20＋20 = 40$（万元）

$NCF_{11} = 10＋20＋20＋30 = 80$（万元）

【例4-3】 某项目需要投入资金100万，资本化利息10万，建设期1年，直线法折旧，残值10万，使用年限10年，经营期每年的销售收入增加80万，每年的付现成本增加36万，所得税率25％，求净现金流量。

解： 根据以上资料计算有关指标如下。

固定资产每年计提折旧额＝（100＋10－10）÷10＝10（万元）

建设期净现金流量：

$NCF_0 = -100$（万元）

$NCF_1 = 0$（万元）

经营期净现金流量：

净利润＝（80－36－10）×（1－25％）＝25.5（万元）

$NCF_2 = 25.5＋10 = 35.5$（万元）

$NCF_3 = 25.5＋10 = 35.5$（万元）

$\vdots$

$NCF_{11} = 25.5＋10＋10 = 45.5$（万元）

4.2.7 确定现金流量应注意的几个问题

在确定投资方案相关的现金流量时，应遵循的最基本的原则是：只有增量现金流量才是与项目相关的现金流量。所谓增量现金流量，是指接受或拒绝某个投资方案后，企业总现金流量因此发生的变动。只有那些由于采纳某个项目引起的现金支出增加额，才是该项目的现金流出；只有那些由于采纳某个项目引起的现金流入增加额，才是该项目的现金流入。

为了正确计算投资方案的增量现金流量，需要正确判断哪些支出会引起企业总现金流量的变动，哪些支出不会引起企业总现金流量的变动。在进行这种判断时，要注意以下四个问题。

1. 区分相关成本和非相关成本

相关成本是指与特定决策有关的、在分析评价时必须加以考虑的成本。例如，差额成本、未来成本、重置成本、机会成本等都属于相关成本。与此相反，与特定决策无关的、在分析评价时不必加以考虑的成本是非相关成本。例如，沉没成本、过去成本、账面成本等往往是非相关成本。

例如，某公司在 2000 年曾经打算新建一个车间，并请一家会计公司作过可行性分析，支付咨询费 5 万元。后来由于该公司有了更好的投资机会而使该项目被搁置下来，但该笔咨询费作为费用已经入账了。2005 年旧事重提，在进行投资分析时，这笔咨询费是否仍是相关成本呢？答案应当是否定的。该笔支出已经发生；不管该公司是否采纳新建一个车间的方案，它都已无法收回，与公司未来的总现金流量无关。

如果将非相关成本纳入投资方案的总成本，则一个有利的方案可能因此变得不利，一个较好的方案可能变为较差的方案从而造成决策错误。

2. 不要忽视机会成本

在投资方案的选择中，如果选择了一个投资方案，则必须放弃投资于其他途径的机会。其他投资机会可能取得的收益是实行本方案的一种代价，这被称为这项投资方案的机会成本。

例如，上述公司新建车间的投资方案，需要使用公司拥有的一块土地。在进行投资分析时，因为公司不必动用资金去购置土地，可否不将此土地的成本考虑在内呢？答案是否定的。因为该公司若不利用这块土地来兴建车间，则它可将这块土地移作他用，并取得一定的收入。只是由于在这块土地上兴建车间才放弃了这笔收入，而这笔收入代表兴建车间使用土地的机会成本。假设这块土地出售可净得 15 万元，它就是兴建车间的一项机会成本。值得注意的是，不管该公司当初是以 5 万元还是 20 万元购进的这块土地，都应以现行市价作为这块土地的机会成本。

机会成本不是我们通常意义上的"成本"，它不是一种支出或费用，而是失去的收益。

这种收益不是实际发生的，而是潜在的。机会成本总是针对具体方案的，离开被放弃的方案就无从计量和确定。

机会成本在决策中的意义在于，它有助于全面考虑可能采取的各种方案，以便为既定资源寻求最为有利的使用途径。

3. 要考虑投资方案对公司其他项目的影响

当我们采纳一个新的项目后，该项目就有可能对公司的其他项目造成有利或不利的影响。例如，若新建车间生产的产品上市后，原有其他产品的销路可能减少，而且整个公司的销售额也许不增加甚至减少。因此，公司在进行投资分析时，不应将新车间的销售收入作为增量收入来处理，而应扣除其他项目因此减少的销售收入。当然，也可能发生相反的情况，新产品上市后将促进其他项目的销售增长。这要看新项目和原有项目是竞争关系还是互补关系。诸如此类的交互影响，事实上很难准确计量；但决策者在进行投资分析时仍应将其考虑在内。

④.3 项目投资的决策方法

4.3.1 非贴现的分析评价方法

非贴现的方法不考虑货币的时间价值，把投资项目在不同时间的现金流量看做是等效的。这种方法在对投资方案进行评价时起辅助作用。

1. 回收期法

（1）回收期的定义。回收期是指投资项目引起的经营现金流量累计到与原始投资额相等时所需要的时间。这种不考虑货币时间价值而计算的回收期，通常被称为静态投资回收期。它表示了收回全部投资所需的时间，即计算了项目的保本时间。从投资者的角度看，回收期越短，未来不能收回投资的风险越小，因此，回收期越短越好。

回收期指标通常以"年"为单位，有两种形式：包括建设期的投资回收期（记作 PP）和不包括建设期的投资回收期（记作 PP'）。当建设期为 s 时，$PP = PP' + s$。

（2）回收期的计算方法。根据原始投资的投入方式和经营期内各年净现金流量的数量特征，分两种情况来说明回收期的计算方法。

①如果原始投资集中发生在建设期内，经营期内前若干年每年净现金流量相等，则用下列公式计算回收期。

$$\text{不包括建设期的投资回收期} = \frac{\text{原始总投资}}{\text{经营期年净现金流量}}$$

②如果原始投资分次投入，经营期内每年净现金流量不相等，则需要从回收期的基本概念出发，借助于现金流量表来完成回收期的计算。

既然回收期是指投资项目引起的现金流量累计到与原始投资额相等时所需要的时间，那么，包括建设期的投资回收期 PP 应满足下列条件：

$$\sum_{n=0}^{pp} NCF_n = 0$$

上述条件表明，当项目现金流量表中的"累计净现金流量"为 0 时所对应的时间就是包括建设期的投资回收期。

【例 4-4】 项目 A、B 的现金流量如表 4-1 和表 4-2 所示，计算两项目的回收期。

表 4-1　某完整工业投资项目 A 的现金流量表（全部投资）　　　单位：万元

项目计算期	建设期		经营期								合计
	0	1	2	3	4	5	6	7	8	9	
…	…	…	…	…	…	…	…	…	…	…	…
净现金流量	−800	0	200	300	300	280	310	220	200	230	1 240
累计净现金流量	−800	−800	−600	−300	0	280	590	810	1 010	1 240	1 240

表 4-2　某完整工业投资项目 B 的现金流量表（全部投资）　　　单位：万元

项目计算期	建设期		经营期								合计
	0	1	2	3	4	5	6	7	8	9	
净利润	800	…	30	70	200	240	260	450	550	600	2 400
净现金流量	−800	0	200	300	290	300	400	300	310	230	1 530
累计净现金流量	−800	−800	−600	−300	−10	290	690	990	1 300	1 530	1 530

解： 项目 A：第 4 年的累计净现金流量为 0，这说明到第 4 年时，项目产生的累计经营净现金流量正好抵偿原始投资额，收回了全部投资。因此，项目 A 包括建设期的投资回收期＝4 年。

项目 B：第 4 年的累计净现金流量<0，第 5 年的累计净现金流量>0，说明投资回收期在第 4～5 年之间。第 4 年的累计净现金流量等于−10，说明到第 4 年年末，累计未收回的投资额为 10 万元，而第 5 年的净现金流量为 300，在第 5 年产生 10 万元的净现金流量所需的时间为 $\dfrac{10}{300}$。因此，项目 B 包括建设期的投资回收期 $=4+\dfrac{|-10|}{300}\approx 4.03$ 年。

由例 4-4 可知：

包括建设期的投资回收期＝累计净现金流量为负的最末年份 $+\dfrac{|该年现金流量的累计值|}{下年度的净现金流量}$

（3）回收期法的优缺点。

1）投资回收期法的优点如下。

①计算简单，并且容易为决策人正确理解。

②这种方法强调回收期的长短，因此可作为投资指标，特别是对外国投资，往往涉及政治因素，风险较大，所以常用此法以减少企业投资风险。

③强调投资收回，可促使企业为了保持较短的回收期而做出种种努力，以便尽快收回投资的资金。

2）投资回收期法的缺点如下。

①没有考虑资金的时间价值，对回收期长、大型的投资项目，容易造成决策失误。

②忽略回收期后的现金流量，只着重考虑回收的时间，眼光比较短浅，注重短期行为，忽略长期效益。

（4）回收期法的决策原则。回收期是一个静态反指标，对一个项目而言，回收期越短越好。采用这种方法对方案进行评价时，公司先确定一个基准投资回收期。回收期≤基准投资回收期，接受；回收期＞基准投资回收期，拒绝。

如果同时存在两个以上的可接受投资方案，则应该再次比较各方案的回收期，回收期短者为接受方案。

投资回收期法目前作为辅助方法使用，主要用来测定方案的流动性而非营利性。

2. 会计收益率法

（1）会计收益率的定义。会计收益率是指项目投资方案的年平均收益额占原始投资总额的百分比。会计收益率的计算公式为

$$会计收益率 = \frac{年平均净收益}{原始投资额} \times 100\%$$

【例 4-5】 利用表 4-2 的资料，计算该项目的投资利润率。

解：年利润＝300，投资总额＝800

$$投资利润率 = \frac{300}{800} \times 100\% = 37.5\%$$

（2）会计收益率法的决策原则。会计收益率是一个静态正指标，对一个项目而言，会计收益率越高越好。采用这种方法对方案进行评价时，公司先确定一个基准投资利润率。会计收益率≥基准投资利润率，接受；会计收益率＜基准投资利润率，拒绝。

如果有两个以上可接受方案，则会计收益率高的方案为接受方案。

（3）会计收益率法的优缺点。会计收益率法的优点是计算简单、明了，容易掌握。

缺点是没有考虑资金的时间价值，没有考虑折旧的收回，即没有完整地反映现金流量。

4.3.2 贴现的分析评价方法

贴现的分析评价方法，是指在项目的财务评价时，考虑了货币时间价值的分析评价方法。

1. 净现值法

（1）净现值的概念。净现值是指特定方案未来现金流入的现值与未来现金流出的现值之间的差额。按照这种方法，所有未来现金流入和流出都要按预定折现率折算为它们的现值，然后再计算它们的差额。如净现值为正数，即折现后现金流入大于折现后现金流出，

则该投资项目的报酬率大于预定的折现率；如净现值为零即折现后现金流入等于折现后现金流出，则该投资项目的报酬率相当于预定的折现率；如净现值为负数，即折现后现金流入小于折现后现金流出，则该投资项目的报酬率小于预定的折现率。

（2）净现值的计算方法。计算净现值的公式：

$$净现值 = \sum_{k=0}^{n} \frac{I_k}{(1+i)^k} - \sum_{k=0}^{n} \frac{O_k}{(1+i)^k}$$

式中　n——投资涉及的年限；

I_k——第 k 年的现金流入量；

O_k——第 k 年的现金流出量；

i——预定的折现率。

【例 4-6】　设折现率为 10%，有三项投资方案。有关数据见表 4-3。试分析这三个方案。

表 4-3　三种投资方案的净收益与净现金流量　　　　　　单位：元

年　份	A 方案		B 方案		C 方案	
	净收益	净现金流量	净收益	净现金流量	净收益	净现金流量
0		(20 000)		(9 000)		(12 000)
1	1 800	11 800	(1 800)	1 200	600	4 600
2	3 240	13 240	3 000	6 000	600	4 600
3			3 000	6 000	600	4 600
合　计	5 040	5 040	4 200	4 200	1 800	1 800

解： 净现值（A）＝（11 800×0.909 1＋13 240×0.826 4）－20 000＝21 669－

20 000

＝1 669（元）

净现值（B）＝（1 200×0.909 1＋6 000×0.826 4＋6 000×0.751 3）－9 000

＝10 557－9 000＝1 557（元）

净现值（C）＝4 600×2.487－12 000＝11 440－12 000＝－560（元）

A、B 两项方案投资的净现值为正数，说明该方案的报酬率超过 10%。如果企业的资金成本率或要求的投资报酬率是 10%，这两个方案是有利的，因而是可以接受的。C 方案净现值为负数，说明该方案的报酬率达不到 10%，因而应予放弃。A 方案和 B 方案相比，A 方案更好些。

净现值法所依据的原理：假设预计的现金流入在年末肯定可以实现，并把原始投资看成是按预定折现率借入的。当净现值为正数时，偿还本息后该项目仍有剩余的收益；当净现值为零时，偿还本息后一无所获；当净现值为负数时，该项目收益不足以偿还本息。

（3）净现值法的优缺点。优点是：考虑了货币的时间价值，是项目评价指标中最重要的指标之一；能够利用项目计算期内的全部净现金流量信息。缺点是：无法直接反映投资项目的实际收益率水平；计算较复杂；不同规模的独立投资项目净现值不相等时，不便于排序。

（4）净现值法的决策原则。根据净现值计算的原理可知，当净现值大于或等于 0 时，项目的报酬率大于或等于预定的折现率；当净现值小于 0 时，项目的报酬率小于预定的折现率。因此，净现值≥0，接受；净现值＜0，拒绝。

净现值越大，说明投资回报越高。对于多个投资项目来说，应该选择净现值较大的项目。

利用净现值指标对项目的财务可行性进行评价时，正确选择折现率非常重要，它直接关系到项目的评价结果。如果选择的折现率过低，则会加大企业的投资风险；如果选择的折现率过高，可能会使企业失去好的投资机会。贴现率的确定：一种办法是根据资金成本来确定，另一种办法是根据企业要求的最低资金利润率来确定。前一种办法，由于计算资本成本比较困难，故限制了其应用范围；后一种办法根据资金的机会成本，即一般情况下可以获得的报酬来确定，比较容易解决。

2. 现值指数法

这种方法使用现值指数作为评价方案的指标。所谓现值指数，是未来现金流入现值与现金流出现值的比率，亦称现值比率、获利指数、折现后收益—成本比率等。

计算现值指数的公式：

$$现值指数 = \sum_{k=0}^{n} \frac{I_k}{(1+i)^k} \div \sum_{k=0}^{n} \frac{O_k}{(1+i)^k}$$

根据表 4-3 的资料，三个方案的现值指数如下：

现值指数（A）＝21 669÷20 000＝1.08

现值指数（B）＝10 557÷9 000＝1.17

现值指数（C）＝11 440÷12 000＝0.95

A、B 两项投资机会的现值指数大于 1，说明其收益超过成本，即投资报酬率超过预定的折现率。C 项投资机会的现值指数小于 1，说明其报酬率没有达到预定的折现率。如果现值指数为 1，说明折现后现金流入等于现金流出，投资的报酬率与预定的折现率相同。

现值指数法的主要优点是，可以进行独立投资机会获利能力的比较。在例 4-6 中，A方案的净现值是 1 669 元，B 方案的净现值是 1 557 元。如果这两个方案之间是互相排斥的，当然 A 方案较好。如果两者是独立的，哪一个应优先给予考虑，可以根据现值指数来选择。B 方案现值指数为 1.17，大于 A 方案的 1.08，所以 B 优于 A。现值指数可以看成是 1 元原始投资可望获得的现值净收益，因此，可以作为评价方案的一个指标。它是一个相对数指标，反映投资的效率；而净现值指标是绝对数指标，反映投资的效益。

3. 内含报酬率法

（1）内含报酬率的概念。所谓内含报酬率，是指能够使未来现金流入量现值等于未来现金流出量现值的折现率，或者说是使投资方案净现值为零的折现率。

净现值法和现值指数法虽然考虑了时间价值，可以说明投资方案高于或低于某一特定的投资报酬率，但没有揭示方案本身可以达到的具体报酬率是多少。内含报酬率是根据方案的现金流量计算的，是方案本身的投资报酬率。

（2）内含报酬率的计算。内含报酬率的计算，通常需要运用"逐步测试法"。首先估计一个折现率，用它来计算方案的净现值：如果净现值为正数，说明方案本身的报酬率超过估计的折现率，应在提高折现率后进一步测试；如果净现值为负数，说明方案本身的报酬率低于估计的折现率，应在降低折现率后进一步测试。经过多次测试，寻找出使净现值接近于零的折现率，即为方案本身的内含报酬率。

根据例 4-6 的资料，已知 A 方案的净现值为正数，说明它的投资报酬率大于 10%，因此，应提高折现率进一步测试。假设以 18% 为折现率进行测试，其结果净现值为 −499 元。下一步降低到 16% 重新测试，结果净现值为 9 元，已接近于零，可以认为 A 方案的内含报酬率是 16%。测试过程见表 4-4，B 方案用 18% 作为折现率测试，净现值为 −22 元，接近于零，可认为其内含报酬率为 18%。测试过程见表 4-5。

如果对测试结果的精确度不满意，可以使用内插法来改善。

内含报酬率（A）$= 16\% + \left(2\% \times \dfrac{9}{9+499}\right) = 16.04\%$

内含报酬率（B）$= 16\% + \left(2\% \times \dfrac{338}{22+338}\right) = 17.88\%$

表 4-4　A 方案内含报酬率的测试　　　　　　　　　　单位：元

年份	净现金流量	贴现率＝18%		贴现率＝16%	
		贴现系数	现值	贴现系数	现值
0	(20 000)	1	(20 000)	1	(20 000)
1	11 800	0.847	9 995	0.862	10 172
2	13 240	0.718	9 506	0.743	9 837
净现值			(499)		9

表 4-5　B 方案内含报酬率的测试　　　　　　　　　　单位：元

年份	净现金流量	贴现率＝18%		贴现率＝16%	
		贴现系数	现值	贴现系数	现值
0	(9 000)	1	(9 000)	1	(9 000)
1	1 200	0.847	1 016	0.862	1 034
2	6 000	0.718	4 308	0.743	4 458
3	6 000	0.609	3 654	0.641	3 846
净现值			(22)		338

C 方案各期现金流入量相等，符合年金形式，内含报酬率可直接利用年金现值表来确定，不需要进行逐步测试。

设现金流入的现值与原始投资相等：

原始投资＝每年现金流入量×年金现值系数

$12\,000 = 4\,600 \times (P/A, i, 3)$

$(P/A, i, 3) = 2.609$

查阅"年金现值系数表",寻找 $n=3$ 时系数 2.609 所指的利率。查表结果,与 2.609 接近的现值系数 2.624 和 2.577 分别指向 7%和 8%。用内插法确定 C 方案的内含报酬率为 7.32%。

$$内含报酬率（C）=7\%+\left(1\%\times\frac{2.624-2.609}{2.624-2.577}\right)=7\%+0.32\%=7.32\%$$

计算出各方案的内含报酬率以后,可以根据企业的资本成本或要求的最低投资报酬率对方案进行取舍。假设资本成本是 10%,那么,A、B 两个方案都可以接受,而 C 方案则应放弃。

内含报酬率是方案本身的收益能力,反映其内在的获利水平。如果以内含报酬率作为贷款利率,通过借款来投资本项目,那么,还本付息后将一无所获。

（3）内含报酬率法的优缺点。优点是:能动态反映投资项目的实际收益率水平;计算过程不受行业基准收益率的影响,比较客观。缺点是:应用逐次测算法计算过程比较复杂。如果应用 Excel 中的财务函数计算,虽然简单,但在建设起点有投资额发生的情况下,计算结果不准确,无法调整修订。

（4）内含报酬率法的决策原则。内含报酬率和现值指数法有相似之处,都是根据相对比率来评价方案,而不像净现值法那样使用绝对数来评价方案。在评价方案时要注意比率高的方案绝对数不一定大,反之也一样。这种不同和利润率与利润额的不同是类似的。A方案的净现值大,是靠投资 20 000 元取得的;B 方案的净现值小,是靠投资 9 000 元取得的。如果这两个方案是互相排斥的,也就是说只能选择其中一个,那么选择 A 有利。A方案尽管投资较大,但是在分析时已考虑到承担该项投资的应付利息。如果这两个方案是相互独立的,也就是说采纳 A 方案时不排斥同时采纳 B 方案,那就很难根据净现值来排定优先次序。内含报酬率可以解决这个问题,应优先安排内含报酬率较高的 B 方案,如有足够的资金可以再安排 A 方案。

内含报酬率法与现值指数法也有区别。在计算内含报酬率时不必事先选择折现率,根据内含报酬率就可以排定独立投资的优先次序,只是最后需要一个切合实际的资本成本或最低报酬率来判定方案是否可行。现值指数法需要一个适合的折现率,以便将现金流量折为现值,折现率的高低将会影响方案的优先次序。

利用内含报酬率法进行投资决策的企业,一般先确定一个行业基准收益率。

内含报酬率 $IRR \geq$ 行业基准收益率 i_c,接受;内含报酬率 $IRR <$ 行业基准收益率 i_c,拒绝。

内含报酬率反映了项目本身的实际收益率,对于多个投资项目来说,应该选择内含报酬率较大的项目。

④.4　项目投资评价方法的应用

固定资产更新是对技术上或经济上不宜继续使用的旧资产,用新的资产更换,或用先进的技术对原有设备进行局部改造。固定资产更新决策主要研究两个问题:一个是决定是否更新，即继续使用旧资产还是更换新资产；另一个是决定选择什么样的资产来更新。实际上，这两个问题是结合在一起考虑的，如果市场上没有比现有设备更适用的设备，那么就继续使用旧设备。由于旧设备总可以通过修理继续使用，所以更新决策是继续使用旧设备与购置新设备的选择。

4.4.1　更新决策的现金流量分析

更新决策不同于一般的投资决策。一般说来，设备更换并不改变企业的生产能力，不增加企业的现金流入。更新决策的现金流量主要是现金流出。即使有少量的残值变价收入，也属于支出抵减，而非实质上的流入增加。由于只有现金流出，而没有现金流入，就给采用贴现现金流量分析带来了困难。

【例 4-7】　某企业有一旧设备，工程技术人员提出更新要求，有关数据如表 4-6 所示。

表 4-6　旧设备更新的有关资料

	旧设备	新设备
原　　值	2 200	2400
预计使用年限	10	10
已经使用年限	4	0
最终残值	200	300
变现价值	600	2 400
年运行成本	700	400

假设该企业要求的最低报酬率为 15%，继续使用旧设备与更换新设备的现金流量见图 4-1。

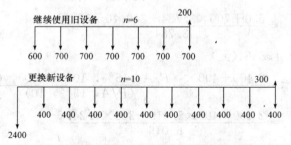

图 4-1　继续使用与更新设备的现金流量

由于没有适当的现金流入，无论哪个方案都不能计算其净现值和内含报酬率。通常，在收入相同时，我们认为成本较低的方案是好方案。但是仍然不能通过比较两个方案的总成本来判别方案的优劣。因为旧设备尚可使用 6 年，而新设备可使用 10 年，两个方案取得的"产出"并不相同。因此，应当比较其 1 年的成本，即获得 1 年的生产能力所付出的代价，据以判断方案的优劣。

使用差额分析法，根据实际的现金流量进行分析也不妥。因为两个方案投资相差

1 800元（2 400－600），作为更新的现金流出；每年运行成本相差 300 元（700－400），是更新带来的成本节约额，视同现金流入。而旧设备第 6 年报废，新设备第 7～10 年仍可使用，后 4 年无法确定成本节约额。除非新、旧设备未来使用年限相同（这种情况十分罕见），或者能确定继续使用旧设备时第 7 年选择何种设备（这也是相当困难的），因此，根据实际现金流量进行分析会碰到困难。

因此，较好的分析方法是比较继续使用和更新的年成本，以较低者作为好方案。

4.4.2 固定资产的平均年成本

固定资产的平均年成本，是指该资产引起的现金流出的年平均值。如果不考虑货币的时间价值，它是未来使用年限内的现金流出总额与使用年限的比值。如果考虑货币的时间价值，它是未来使用年限内现金流出总现值与年金现值系数的比值，即平均每年的现金流出。

1. 不考虑货币的时间价值

如例 4-7 资料，不考虑货币的时间价值时：

$$旧设备平均年成本 = \frac{600 + 700 \times 6 - 200}{6} = \frac{4\ 600}{6} \approx 767（元）$$

$$新设备平均年成本 = \frac{2\ 400 + 400 \times 10 - 300}{10} = \frac{6\ 100}{10} = 610（元）$$

2. 考虑货币的时间价值

如果考虑货币的时间价值，有两种计算方法。

（1）计算现金流出的总现值，然后分摊给每一年。

$$旧设备平均年成本 = \frac{600 + 700 \times (P/A, 15\%, 6) - 200 \times (P/S, 15\%, 6)}{(P/A, 15\%, 6)}$$

$$= \frac{600 + 700 \times 3.784 - 200 \times 0.432}{3.784}$$

$$\approx 836（元）$$

$$新设备平均年成本 = \frac{2\ 400 + 400 \times (P/A, 15\%, 10) - 300 \times (P/S, 15\%, 10)}{(P/A, 15\%, 10)}$$

$$= \frac{2\ 400 + 400 \times 5.019 - 300 \times 0.247}{5.019}$$

$$\approx 863（元）$$

（2）由于各年已经有相等的运行成本，只要将原始投资和残值摊销到每年，然后求和，亦可得到每年平均的现金流出量。

$$平均年成本 = 投资摊销 + 运行成本 - 残值摊销$$

$$旧设备平均年成本 = \frac{600}{(P/A, 15\%, 6)} + 700 - \frac{200}{(S/A, 15\%, 6)}$$

$$\approx \frac{600}{3.784} + 700 - \frac{200}{8.753}$$

$$\approx 836（元）$$

$$新设备平均年成本 = \frac{2\,400}{(P/A,\,15\%,\,10)} + 400 - \frac{300}{(S/A,\,15\%,\,10)}$$

$$= \frac{2\,400}{5.019} + 400 - \frac{300}{20.303}$$

$$\approx 478.18 + 400 - 14.78$$

$$\approx 863（元）$$

通过上述计算可知，使用旧设备的平均年成本较低，不宜进行设备更新。

4.4.3　所得税和折旧对现金流量的影响

所得税是企业的一种现金流出，它取决于利润的大小和税率的高低，而利润的大小受折旧方法的影响，因此，讨论所得税问题必然会涉及折旧问题。

1. 税后成本和税后收入

凡是可以减免税负的项目，如租金的实际支付额并不是真实的成本，而应将因此而减少的所得税考虑进去。扣除了所得税影响以后的费用净额，称为税后成本。

【例 4-8】　某公司目前的损益状况见表 4-7。该公司正在考虑一项广告计划，每月支付 2 000 元，假设所得税税率为 40%，该项广告的税后成本是多少？

表 4-7　某公司目前的损益状况　　　　　　　　单位：元

项　　目	目前（不做广告）	作广告方案
销售收入	15 000	15 000
成本和费用	5 000	5 000
新增广告		2 000
税前净利	10 000	8 000
所得税费用（40%）	4 000	3 200
税后净利	6 000	4 800
新增广告税后成本	1 200	

从表 4-6 可以看出，该项广告的税后成本为每月 1 200 元。这个结论是正确无误的，两个方案（不做广告与作广告）的唯一差别是广告费 2 000 元，对净利的影响为 1 200 元。

税后成本的一般公式为

$$税后成本 = 支出金额 \times (1 - 税率)$$

据此公式计算广告的税后成本为

$$税后成本 = 2\,000 \times (1 - 40\%) = 1\,200（元）$$

与税后成本相对应的概念是税后收入。由于所得税的作用，企业营业收入的金额有一部分会流出企业，企业实际得到的现金流入是税后收入：

$$税后收入 = 收入金额 \times (1 - 税率)$$

这里所说的"收入金额"是指根据税法规定需要纳税的收入，不包括项目结束时收回垫支资金等现金流入。

2. 折旧的抵税作用

加大成本会减少利润，从而使所得税减少。如果不计提折旧，企业的所得税将会增加许多。折旧可以起到减少税负的作用，这种作用称之为"折旧抵税"。

【例4-9】 假设有甲公司和乙公司，全年销货收入、付现费用均相同，所得税税率为40%。两者的区别是甲公司有一项可计提折旧的资产，每年折旧额相同。两家公司的现金流量见表4-8。

表4-8 甲、乙两公司的现金流量表 单位：元

项 目	甲公司	乙公司
销售收入	20 000	20 000
费用：		
付现营业费用	10 000	10 000
折旧	3 000	0
合计	13 000	10 000
税前净利	7 000	10 000
所得税费用（40%）	2 800	4 000
税后净利	4 200	6 000
营业现金流入：		
净利	4 200	6 000
折旧	3 000	0
合计	7 200	6 000
甲公司比乙公司拥有较多现金	1 200	

甲公司利润虽然比乙公司少1 800元，但现金净流入却多出1 200元，其原因在于有3 000元的折旧计入成本，使应税所得减少3 000元，从而少纳税1 200元（3 000×40%）。这笔现金保留在企业里，不必缴出。从增量分析的观点来看：由于增加了一笔3 000元折旧，企业获得1 200元的现金流入。折旧对税负的影响可按下式计算：

$$税负减少额＝折旧额×税率$$

3. 税后现金流量

在加入所得税因素以后，现金流量的计算有三种方法。

（1）根据直接法计算。根据现金流量的定义，所得税是一种现金支付，应当作为每年营业现金流量的一个减项。

$$营业现金流量＝营业收入－付现成本－所得税 \quad (1)$$

这里的"营业现金流量"是指未扣除营运资本投资的营业现金毛流量。

（2）根据间接法计算。

$$营业现金流量＝税后净利润＋折旧 \qquad (2)$$

式（2）与式（1）是一致的，可以从式（1）直接推导出来：

营业现金流量＝营业收入－付现成本－所得税

　　　　　　＝营业收入－（营业成本－折旧）－所得税

　　　　　　＝营业利润＋折旧－所得税

　　　　　　＝税后净利润＋折旧

（3）根据所得税对收入和折旧的影响计算。根据税后成本、税后收入和折旧抵税可知，由于所得税的影响，现金流量并不等于项目实际的收支金额。

税后成本＝支出金额×（1－税率）

税后收入＝收入金额×（1－税率）

折旧抵税＝折旧×税率

因此，现金流量应当按下式计算：

营业现金流量＝税后收入－税后付现成本＋折旧抵税

$$＝收入×（1－税率）－付现成本×（1－税率）＋折旧×税率 \qquad (3)$$

该式可以根据式（2）直接推导出来：

营业现金流量＝税后净利润＋折旧

　　　　　　＝（收入－成本）×（1－税率）＋折旧

　　　　　　＝（收入－付现成本－折旧）×（1－税率）＋折旧

　　　　　　＝收入×（1－税率）－付现成本×（1－税率）－折旧×

　　　　　　　（1－税率）＋折旧

　　　　　　＝收入×（1－税率）－付现成本×（1－税率）－折旧＋折旧×

　　　　　　　税率＋折旧

　　　　　　＝收入×（1－税率）－付现成本×（1－税率）＋折旧×税率

上述三个公式，最常用的是式（3），因为企业的所得税是根据企业总利润计算的。在决定某个项目是否投资时，我们往往使用差额分析法确定现金流量，并不知道整个企业的利润及与此有关的所得税，这就妨碍了式（1）和式（2）的使用。式（3）并不需要知道企业的利润是多少，使用起来比较方便。尤其是有关固定资产更新的决策，我们没有办法计量某项资产给企业带来的收入和利润，以至于无法使用前两个公式。

本章小结

　　　本章主要介绍了项目投资的有关概念、现金流量的构成内容与估算方法、项目投资的财务可行性评价方法与应用。

　　　1. 项目投资的有关概念：项目计算期、建设期、生产经营期、建设起点、投产日、终结点、原始总投资、投资总额。

　　　2. 项目投资现金流量的构成内容：从现金流量的产生时间来看，现金流量包括初始现金流量、营业现金流量和终结现金流量；从现金流量的内容来看，现金流量包括现金流入量和现金流出量。具体来说，现金流量涉及现金流入量、现金流出量和净现金流量三个概念。

3. 项目投资现金流量的估算方法：单纯固定资产投资项目、完整工业投资项目和更新改造投资项目的现金流量的估算；编制投资项目现金流量表。

4. 投资项目评价的基本方法：

（1）非贴现的分析评价方法：回收期法、会计收益率法。

（2）贴现的分析评价方法：净现值法、现值指数法、净现值率法、内含报酬率法。

5. 投资项目评价方法的特点、决策原则及适用范围。

基础与提高

● 单项选择题

1. 在存在所得税的情况下，以"利润＋折旧"估计经营期净现金流量时，"利润"是指（　　）。

A. 利润总额　　　　B. 净利润　　　　C. 营业利润　　　　D. 息税前利润

2. 假定某项目的原始投资在建设期初全部投入，其预计的净现值率为15％，则该项目的获利指数是（　　）。

A. 6.67　　　　　　B. 1.15　　　　　　C. 1.5　　　　　　D. 1.125

3. 某投资项目贴现率为10％时，净现值为200，贴现率为12％时，净现值为－320，则该项目的内含报酬率是（　　）。

A. 10.38％　　　　B. 12.52％　　　　C. 10.77％　　　　D. 12.26％

4. 折旧具有抵减税负的作用，由于计提折旧而减少的所得税额可用（　　）计算。

A. 折旧额×所得税税率

B. （付现成本＋折旧额）×所得税税率

C. 折旧额×（1－所得税税率）

D. （付现成本＋折旧额）×（1－所得税税率）

5. 内含报酬率是一种能使投资方案的净现值（　　）的贴现率。

A. 大于零　　　　　B. 等于零　　　　　C. 小于零　　　　　D. 大于等于零

● 多项选择题

1. 现金流出是指由投资项目所引起的企业现金支出的增加额，包括（　　）。

A. 建设投资　　　　B. 付现成本　　　　C. 年折旧额　　　　D. 所得税

　　2. 项目投资主要包括(　　　)。

　　　A. 单纯固定资产投资　　　　　　　　B. 股票投资

　　　C. 更新改造项目投资　　　　　　　　D. 完整工业项目投资

　　3. 项目投资决策分析使用的贴现指标主要包括(　　　)。

　　　A. 会计收益率　　　　B. 投资回收期　　　C. 净现值　　　　D. 内含报酬率

　　4. 下列因素中影响内含报酬率的有(　　　)。

　　　A. 现金净流量　　　　　　　　　　　B. 贴现率

　　　C. 项目投资使用年限　　　　　　　　D. 投资总额

三 简答题

　　1. 项目投资有什么特点?

　　2. 投资项目分析的现金流量由几部分构成,各包括哪些具体的内容?

　　3. 现金流量的分析应注意什么问题?

　　4. 投资项目的评价指标有哪些?如何计算?各有什么优缺点?

四 计算分析题

　　1. 某企业拟购置一台设备,购入价 200 000 元,预计可使用 5 年,净残值为 8 000 元,假设资金成本为 10%,投产后每年可增加利润 50 000 元。

　　(1) 用"年数总和法"计算该设备的各年折旧额。

　　(2) 列式计算该投资方案的净现值。

　　(3) 列式计算该投资方案的现值指数。

　　2. 某企业拟进行一项固定资产投资,该项目的现金流量如下:

单位:万元

项　　目	建设期		经营期					合　计
	0	1	2	3	4	5	6	
净现金流量	−1 000	−1 000	100	1 000	B	1 000	1 000	2 900
累计净现金流量	−1 000	−2 000	−1 900	A	900	1 900	2 900	—
折现净现金流量	−1 000	−943.4	89	839.6	1 425.8	747.3	705	1 863.3

　　(1) 计算表中用英文字母 A 和 B 表示的项目的数值。

　　(2) 计算静态投资回收期、净现值、原始投资现值、净现值率、获利指数。

　　(3) 评价该项目的财务可行性。

技能实训

⊖ 实训项目

　　项目投资决策。

二 实训方式

1. 个人阅读实训材料和实训分析中的问题后进行思考，可以分小组讨论自己对长期投资决策的认识。

2. 分小组讨论结束后，每位同学把讨论结果整理成书面材料上交。

3. 教师评分后总结。

三 实训材料

某企业准备购入一设备以扩充生产能力。现有甲、乙两种方案可供选择。甲方案需投资 20 000 元，使用寿命 5 年，采用直线法计提折旧，5 年后无残值，5 年中每年可实现销售收入为 15 000 元，每年付现成本为 5 000 元。乙方案需投资 30 000 元，采用直线法计提折旧，使用寿命也是 5 年，5 年后有残值收入 4 000 元，5 年中每年销售收入为 17 000 元，付现成本第一年为 5 000 元，以后逐年增加修理费用 200 元，另需垫支营运资金 3 000 元。假设所得税税率为 40%，资金成本为 12%。

四 实训分析

1. 计算两个方案的现金流量。
2. 计算两个方案的净现值。
3. 计算两个方案的现值指数。
4. 计算两个方案的内含报酬率。
5. 计算两个方案的投资回收期。
6. 试判断应采用哪个方案。

案例讨论

蓝光集团项目投资

一、引言

在蓝光集团 2008 年 11 月 3 日的执行委员会大会上，董事长兼总裁江宁要求由营销部副总韩辉和投资部副总李彦负责，认真调查一下市场目前和潜在的需求情况，准备投资开发新的项目，挖掘集团新的利润增长点。

韩辉和李彦散会后与办公室主任王明会晤了一下，讨论怎么办。最后他们决定成立一个项目团队来进行这一工作，团队应由来自研发部、市场部、投资部、财务部的成员组成，并同意由毕业于中国人民大学的工商管理硕士李嘉负责。李嘉已在公司工作了 3 年，以前在市场部，现在在投资部，对市场和公司情况有深入的了解。韩辉和李彦对此人都很有信心。

二、公司背景及产品介绍

蓝光集团有限公司是一个以高科技产品为龙头，多种产业并存发展，集科

$$本期收益率=\frac{年现金股利}{本期股票价格}\times100\%$$

式中，年现金股利是指发放的上年每股股利，本期股票价格是指该股票当日证券市场收盘价。

2）持有期收益率是指投资者在买入股票持有一定时期后又卖出该股票这一期间的收益率。

①如投资者持有股票时间不超过一年，不用考虑复利计息问题，其持有期收益率可按如下公式计算：

$$持有期收益率=\frac{持有期间分得的现金股利＋（股票卖出价－买入价）}{股票买入价}\times100\%$$

$$持有期年均收益率=\frac{持有期收益率}{持有年限}$$

式中，持有年限等于实际持有天数除以 360，也可以用持有月数除以 12 表示。

②如股票持有时间超过一年，需要按每年复利一次考虑资金时间价值，其持有期年收益率可按如下公式计算：

$$P=\sum_{t=1}^{n}\frac{D_t}{(1+i)^t}+\frac{F}{(1+i)^n}$$

式中　i——股票持有期年均收益率；

P——股票的购买价格；

F——股票的售出价格；

D_t——各年分得的股利；

n——持有期限。

【例 5-1】　某公司在 2007 年 4 月 1 日投资 510 万元购买某种股票 100 万股，在 2008 年、2009 年和 2010 年的 3 月 31 日每股各分得现金股利 0.5 元、0.6 元和 0.8 元，并于 2010 年 3 月 31 日以每股 6 元的价格将股票全部出售，试计算该项投资的投资收益率。

解：可采用逐次测试法、插值法进行计算，计算过程如表 5-1 所示。

表 5-1　逐次测试法、插位法计算结果　　　　　　　　单位：万元

时　间	股利及出售股票的现金流量	测试 20%		测试 18%		测试 16%	
		系　数	现　值	系　数	现　值	系　数	现　值
2008 年	50	0.833 3	41.67	0.847 5	42.38	0.862 1	43.11
2009 年	60	0.694 4	41.66	0.718 2	43.09	0.743 2	44.59
2010 年	680	0.578 7	393.52	0.608 6	413.85	0.640 7	435.68
合　计	—		476.85		499.32		523.38

在表 5-1 中，先按 20% 的收益率进行测算，得到现值为 476.85 万元，比原来的投资额 510 万元小，说明实际收益率要低于 20%；于是把收益率调到 18%，进行第二次测试，得到的现值是 499.32 万元，比原来的 510 万元还小，说明实际收益率比 18% 还要低；于是再把收益率调到 16% 进行测试，得到的现值是 523.38 万元，高于 510 万元，说明实际

收益率要高于16%，即我们要求的收益率在16%和18%之间，采用插值法计算如下：

$$\frac{X-16\%}{18\%-16\%}=\frac{523.38-510}{523.38-499.32}$$

$$X=16\%+1.11\%=17.11\%$$

说明该项投资的收益率为17.11%。

2. 股票的内在价值

普通股的内在价值是由普通股带来的未来现金流量的现值决定的，股票给持有者带来的未来现金流入包括两部分：股利收入和出售时的收入。其基本计算公式是：

$$P=\sum_{t=1}^{n}\frac{R_t}{(1+K)^t}$$

式中　P——股票价值；

　　　R_t——股票第t年带来的现金流量（包括股利收入、卖出股票的收入）；

　　　K——折现率（股票的必要报酬率）；

　　　n——持有期限。

这是股票内在价值的一般模型，无论R_t的具体形态（递增、递减、固定或随机变动）如何，此模型均有效。以下是几种特殊情况下的股票股价模型。

（1）股利固定模型（零成长股票模型）。如果长期持有股票，且各年股利固定，其支付过程是一个永续年金，股票价值计算公式为

$$P=\sum_{t=1}^{\infty}\frac{D}{(1+K)^t}=\frac{D}{K}$$

式中　D为各年收到的固定股息，其他符号的意义与基本公式相同。

【例5-2】　某公司股票每年分配股利2元，若投资者要求的最低报酬率为16%，试计算该股票的价值。

解： 根据上述公式，得

$$P=\frac{2}{16\%}=12.5（元）$$

这就是说，该股票每年能够带来2元的收益，在市场利率为16%的条件下，它相当于12.5元资本的收益，所以其价值是12.5元。当然，市场上股价不一定就是12.5元；一般认为，只有当价格低于12.5元时才能购买。

（2）股利固定增长模型。从理论上看，企业的股利不应当是固定不变的，而应当不断增长。假定企业长期持有股票，且各年股利按照固定比例增长，则股票价值计算公式为

$$P=\sum_{t=1}^{\infty}\frac{D_0\times(1+g)^t}{(1+K)^t}$$

式中　D_0——评价时的股利；

　　　g——股利每年增长率，其他符号意义与基本公式相同。

若$g<K$，用D_1表示第一年的股利，则上式可简化为

$$P=\frac{D_0\times(1+g)}{K-g}=\frac{D_1}{K-g}$$

当预期报酬率与必要报酬率相等时，有 $K=\dfrac{D_1}{P}+g$，这就是著名的戈登模型。

【例 5-3】 某公司上年每股将派发股利 2 元，以后每年的股利按 10％ 递增，必要投资报酬率 14％，试计算该公司股票的内在价值。

解： 根据上述公式，得

$$P=\frac{2\times(1+10\%)}{14\%-10\%}=55（元）$$

因此，该股票的投资价值为 55 元。一般认为，当股票价格低于 55 元时可以购买。

（3）三阶段模型。现实生活中，很多公司的股利可能既不是一成不变，也不一定按照固定比例持续增长，而是出现不规则的变化，比如预计未来一段时间内股利高速增长，接下来的时间正常固定增长或者固定不变，则可以分别计算高速增长、正常固定增长、固定不变等各阶段未来收益的现值，各阶段现值之和就是非固定增长股利的股票价值，即

$$P＝股利高速增长阶段价值＋固定增长阶段价值＋固定不变阶段价值$$

【例 5-4】 某公司预期以 20％ 增长率发展 5 年，然后转为正常增长，年递增率为 4％。公司最近支付的股利为 1 元/股，股票的必要报酬率为 10％。计算该股票的内在价值。

解：（1）计算高速增长期间股利的现值（表 5-2）。

表 5-2　股利的现值

年次	股利	现值系数	股利现值
1	1.2	0.909	1.09
2	1.44	0.826	1.19
3	1.728	0.751	1.30
4	2.074	0.683	1.42
5	2.489	0.621	1.55
合计	—	—	6.55

（2）计算正常增长期间股利的现值即高速增长末期股票价值的现值。

①计算高速增长期末即第 5 年年末股票的价值。

由 $P_0=\dfrac{D_0\times(1+g)}{K-g}=\dfrac{D_1}{K-g}$，得 $P_5=\dfrac{D_6}{K-g}=\dfrac{D_5\times(1+g)}{K-g}$

即 $P=\dfrac{2.489\times(1+4\%)}{10\%-4\%}\approx43.14（元）$

②计算第 5 年年末股票的价值。

$$P=43.14\times(1+10\%)^{-5}\approx26.79（元）$$

（3）计算股票的内在价值。

$$6.55+26.79=33.34（元/股）$$

所以，该股票的内在价值为 33.34 元。一般认为，当市场价格低于 33.34 元时可以购买。

3. 市盈率分析

市盈率指股票的市价和每股赢利的比例，表示股价是每股赢利的几倍。前面介绍的股票价值的计算方法，理论上比较严密，计算结果的使用也比较方便，但由于股利预计受许多因素的影响，特别受一些不确定因素的影响太多，因此预测未来相当长甚至无限期的收益是非常困难的，而市盈率分析则是一种比较粗略的衡量股票价值的方法，这种方法比较简单，易于掌握。市盈率计算公式为

$$市盈率＝\frac{普通股每股市场价格}{普通股每股赢利}$$

$$股票价格＝该股票市盈率×该股票每股赢利$$

$$股票价值＝行业平均市盈率×该股票每股赢利$$

实际工作中，投资者可以根据证券机构提供的同类股票过去若干年的平均市盈率，乘以当前的每股赢利，可以得出股票的公平价值。用公平价值与当前市价进行比较，可以分析所付价格是否合理。

【例 5-5】 某上市公司的股票每股赢利为 2 元，市盈率为 9，行业类似股票的平均市盈率是 10。计算该股票的价格和价值。

解：根据上述公式，得

股票价格＝9×2＝18（元）

股票价值＝10×2＝20（元）

计算结果表明，市场对该股票的评价略低，估价基本正常，有一定的吸引力。

一般情况下，股票的市盈率越高，说明股投资者对其充满信心；股票的市盈率越低，说明投资者对其缺乏信心。但是，市盈率过高或过低都不是好兆头，一般行业平均市盈率在 0～11 之间、股票市盈率在 5～20 之间均属正常。

5.2.5 股票投资的技术分析法

1. 技术分析法的含义

技术分析法是从市场行为本身出发，运用数理统计和心理学等理论及方法，根据证券市场已有的价格、成交量等历史资料来分析价格变动趋势的方法。

2. 技术分析法的理论基础

（1）市场行为包含一切信息。影响证券市场的信息包括公开信息和非公开信息。价格、成交量等是市场参与者对所有公开和非公开信息作出反应的结果。

（2）价格沿趋势运动。价格的运动和变化总是遵循一定的趋势，这个趋势所体现的规律正是技术分析法的核心。

（3）历史会重演。根据心理学研究，人类在类似情况下会产生既定的反应；虽然人类的行为十分复杂，不会出现完全相同的行为组合，市场也不会有完全相同的表现，但其显示的类似特点足以让技术分析者根据历史资料判断价格变动的趋势。

3. 技术分析法的内容

（1）指标法。指标法是根据市场行为的各种情况建立数学模型，按照一定的数学计算

公式，得到一个体现股票市场某个方面内在实质的数字，即指标值。指标的具体数值和相互关系直接反映了股市所处的状态，为具体操作提供方向性指导。

（2）K 线法。K 线法的研究侧重于若干条 K 线的组合情况，通过推测股票市场多空双方力量的对比来判断股票市场多空双方谁占优势，是暂时的还是决定性的。K 线图是进行各种技术分析的最重要的图表。

（3）形态法。形态法是指根据价格图表中过去一段时间价格轨迹的形态来预测股价的未来趋势的方法。

（4）波浪法。波浪理论把股价的上下变动和不同时期的持续上涨、下降看成是波浪的上下起伏。股票的价格也遵循波浪起伏的规律。

5.2.6　股票投资的优缺点

股票投资是一种最具挑战性的投资，其收益和风险都比较高。

1. 股票投资的优点

（1）投资收益高。普通股票的价格虽然变动频繁，但从长期来看，优质股票的价格总是上涨的居多，只要选择得当，都能取得丰厚的投资收益。

（2）购买力风险低。普通股的股利不固定，在通货膨胀比较高时，由于物价普遍上涨，股份公司赢利增长，股利的支付也随之增加，因此，与固定收益证券相比，普通股能有效地降低购买力风险。

（3）拥有经营控制权。普通股股东属于股份公司的所有者，有权监督和控制企业的生产经营情况。因此，如果想要控制一家企业，最好是收购这家公司的股票。

2. 股票投资的缺点

（1）求偿权居后。普通股对企业资产和赢利的求偿权均居于最后。企业破产时，股东原来的投资可能得不到全额补偿，甚至一无所有。

（2）价格不稳定。普通股的价格受众多因素的影响，很不稳定。政治因素、经济因素、投资人的心理因素、企业赢利情况、风险情况等都会影响股票价格，这也使股票投资具有较高的风险。

（3）收入不稳定。普通股股利的多少，视企业经营情况和财务状况而定，其有无、多寡均无法律上的保证，收入的风险也远远大于固定收益证券。

⑤.3　债券投资

5.3.1　债券投资的概念和目的

1. 债券的概念及种类

债券是发行者为筹集资金，向债权人发行的，在约定的时间支付一定比例的利息，并在到期时偿还本金的一种有价证券。

目前，国内的债券主要包括国债、金融债券、公司债券等数种。

（1）国债。国债是由财政部代表中央政府发行的债券，以国家信用作为偿还的保证，因此国债在所有债券品种中信用等级最高，但票面利率最低，投资人购买国债的利息收入免征个人所得税。国债主要分为储蓄式国债和记账式国债。

（2）金融债券。金融债券是由银行和非银行金融机构（保险公司、证券公司等）发行的债券。金融债券票面利率通常高于国债，但低于公司债券。金融债券面向机构投资者发行，在银行间债券市场交易，个人投资者无法购买和交易。

（3）公司债券。公司债券是指由非金融公司发行的债券。公司债券票面利率高于国债和金融债券。部分公司债券面向社会公开发行，在证券交易所上市交易，个人投资者可以购买和交易。投资公司债券最大的风险是发债公司的违约风险，一旦发债公司经营不善，不能按照当初的承诺兑付本息，就会导致债券价格的大幅下跌，投资者就会蒙受损失。

（4）可转换公司债券。可转换公司债券（可转债）是由上市公司发行的，在发行时标明发行价格、利率、偿还或转换期限，债券持有人有权到期赎回或按照规定的期限和价格将其转换为发行人普通股票的债务性证券。可转换债券具有公司债券的一般特征，其特殊性在于：持有人在一定期限内，在一定条件下，可将持有的债券转换成一定数量的普通股股份，它是一种介于股票和债券之间的混合型金融工具。可转换公司债券是一种"攻守兼备"的投资品种，如果股票市价高于转股价，投资人可以将持有的债券转换成股票，然后抛出股票获利；如果股票市价低于转股价，投资人可以选择到期兑付持有的债券。投资可转换公司债券同样面临着投资公司债券的风险。

2. 债券投资的几个概念

债券投资是投资者购买债券以取得收益的一种投资活动。债券投资按持有时间的长短可分为短期债券投资和长期债券投资两类。

（1）债券的面值。指债券发行时所设定的票面金额。债券的面值包括两个基本内容，即币种和票面金额，发行者可以根据资金市场情况和自身需要选择适合的币种。

（2）债券的期限。债券从发行之日起至到期日的时间称为债券的期限。债券到期时必须还本付息。

（3）债券的利率。债券上标明的利率一般是年利率或固定利率，近年来也有浮动利率。债券面值与票面利率的乘积为年利息额。

（4）债券的价格。理论上讲，债券的面值就是债券的价格，但由于资金供求关系、市场利率等因素的变化，债券的价格往往偏离其面值。正因为债券发行价格往往偏离价值，所以会出现等价、溢价、折价的情况。等价是指以债券的票面金额作为发行价格，多数公司采用等价发行债券；溢价是指发行公司以高于面值的价格发行；折价是指发行公司以低于债券面值的价格发行债券。

3. 债券投资的目的

企业进行债券投资的目的主要是为了合理利用暂时闲置资金，调节现金余额，获得收益。当企业现金余额太多时，便投资于债券，使现金余额降低；反之，当现金余额太少时，则出售原来投资的债券，收回现金，使现金余额提高。

5.3.2　债券投资的特点

（1）投资期限方面。不论长期债券投资，还是短期债券投资，都有到期日，债券到期时应当收回本金，投资时应考虑投资期限的影响。

（2）权利义务方面。从投资权利来说，在各种投资方式中，债券投资者的权利最小，无权参与被投资企业的经营管理，只有按约定取得利息、到期收回本金的权利。

（3）收益与风险方面：债券投资收益通常是事前预定的，收益率通常不及股票高，但具有较强的稳定性，投资风险较小。

5.3.3　债券投资收益评价

在债券投资的过程中，要对债券收益进行评价，债券投资收益评价的主要方法是计算债券收益率和债券价值。

1. 债券的收益率

（1）债券收益的来源及其影响因素。债券投资收益包含两方面内容：一是债券的年利息收入；二是资本损益，即债券买入价与卖出价或偿还额之间的差额。

衡量债券收益水平的尺度为债券收益率，决定债券收益率的因素主要有债券票面利率、期限、面值、持有时间、购买价格和出售价格等。

（2）债券收益率的计算。

1）票面收益率。票面收益率又称名义收益率或息票率，是印制在债券票面上的固定利率，通常是年利息收入与债券面额之比率。票面收益率反映了债券按面值购入，持有到期满后所获得的收益水平。

2）本期收益率。本期收益率又称直接收益率、当前收益率，指债券的年实际利息收入与买入债券的实际价格之比率，其计算公式为

$$直接收益率 = \frac{债券年利息}{债券买入价} \times 100\%$$

本期收益率反映了购买债券的实际成本所带来的收益情况，但与票面收益率一样，不能反映债券的资本损益情况。

【例 5-6】　某些投资者购买面值为 1 000 元、债券利率为 8% 、每年付息一次的人民币债券 10 张，偿还期 10 年，如果购买价格分别是 950 元、1 000 元和 1 020 元，其各自的收益率分别是多少？

解：根据收益率的计算公式，三种价格的债券收益率分别是

$$债券收益率① = \frac{1\,000 \times 8\%}{950} \times 100\% = 8.42\%$$

$$债券收益率② = \frac{1\,000 \times 8\%}{1\,000} \times 100\% = 8\%$$

债券收益率③$\dfrac{1\,000 \times 8\%}{1\,020} \times 100\% = 7.84\%$

可见，在其他条件相同的情况下，购买价格低的债券收益率高。

3）持有期收益率。持有期收益率指买入债券后持有一段时间，又在债券到期前将其出售而得到的年均收益率。其中持有期是指从购入债券到售出债券或债券到期清偿之间的期间，通常以"年"为单位（持有期的实际天数除以 360）。根据债券持有期长短和计息方式的不同，债券持有期收益率的计算公式存在差异。由于利息率、收益率等指标多数以年利率的形式出现，债券持有期收益率可以换算为年均收益率。

①持有时间较短（不超过一年）的，直接按债券持有期间的收益额除以买入价计算持有期收益率：

$$持有期收益率 = \dfrac{债券持有期间的利息收入 + （卖出价 - 买入价）}{债券买入价} \times 100\%$$

$$持有期年均收益率 = \dfrac{持有期收益率}{持有年限}$$

$$持有年限 = \dfrac{持有实际天数}{360}$$

【例 5-7】 某投资者 2009 年 1 月 1 日以每张 980 元的价格购买上市债券 10 张，该债券面值 1000 元，票面年利率 8%，半年付息一次，期限 3 年，当年 7 月 1 日收到上半年利息 40 元，9 月 30 日以 995 元卖出。计算该债券的收益率。

解：根据上述公式，得

$$持有期收益率 = \dfrac{1\,000 \times 8\% \div 2 + （995 - 980）}{980} \times 100\% = 5.61\%$$

$$持有期年均收益率 = 5.61\% \times \dfrac{12}{9} = 7.48\%$$

②持有时间较长（超过一年）的，应按每年复利一次计算持有期年均收益率（即计算债券带来的现金流入量净现值为零的折现率，也称为内部收益率 IRR）。

a. 到期一次还本付息债券：

$$持有期年均收益率 = \sqrt[t]{\dfrac{M}{P}} - 1$$

式中 P——债券买入价；

  M——债券到期兑付的金额或者提前出售时的卖出价；

  t——债券实际持有年限（年），等于债券买入交割日至到期兑付日或卖出交割日之间的实际天数除以 360。

【例 5-8】 某企业于 2009 年 1 月 1 日购入 A 公司同日发行的 3 年期、到期一次还本付息的债券，面值 100 000 元，票面利率 6%，买入价为 90 000 元。则该债券持有期年均收益率为多少？（债券利息采用单利计息方式）

解：根据上述公式，得

$$持有期年均收益率 = \sqrt[3]{\dfrac{100\,000 + 100\,000 \times 6\% \times 3}{90\,000}} - 1$$

$$= \sqrt[3]{\frac{118\,000}{90\,000}} - 1 \approx 1.09 - 1 = 9\%$$

b. 每年末支付利息的债券：

$$P = \sum_{t=1}^{n} \frac{I}{(1+K)^t} + \frac{M}{(1+K)^n}$$

其中　K——债券持有期年均收益率；

　　　P——债券买入价；

　　　I——持有期间每期收到的利息额；

　　　M——债券兑付的金额或者提前出售的卖出价；

　　　t——债券实际持有期限（年）。

【例 5-9】　某种债券面值为 10 000 元，票面利息率为 12%，每年付息一次，期限为 8 年，投资者以债券面值 10 600 元的价格购入并持有该种债券到期。计算债券持有期年均收益率。

解： 根据持有期年均收益率的计算公式，得

$$P = \sum_{t=1}^{n} \frac{I}{(1+K)^t} + \frac{M}{(1+K)^n}$$

$$10\,600 = \sum_{t=1}^{8} \frac{10\,000 \times 12\%}{(1+K)^t} + \frac{10\,000}{(1+K)^8}$$

即，净现值 $= \displaystyle\sum_{t=1}^{8} \frac{10\,000 \times 12\%}{(1+K)^t} + \frac{10\,000}{(1+K)^8} - 10\,600 = 0$

$K = 10\%$ 时，净现值 $= \displaystyle\sum_{t=1}^{8} \frac{10\,000 \times 12\%}{(1+10\%)^t} + \frac{10\,000}{(1+10\%)^8} - 10\,600 = 467$

$K = 11\%$ 时，净现值 $= \displaystyle\sum_{t=1}^{8} \frac{10\,000 \times 12\%}{(1+11\%)^t} + \frac{10\,000}{(1+11\%)^8} - 10\,600 = -85$

可见，K 值介于 10% 和 11% 之间，可以用插值法计算。即若在年金现值系数表上找不到对应的系数值 C 时，可利用系数表上同期略大于或略小于该数值的两个临界值 C_m 和 C_{m+1} 及对应的两个折现率 r_m 和 r_{m+1}，应用插值法测试其内部收益率。

如果年金现值系数 $C_m > C$，$C_{m+1} < C$，则内部收益率计算公式为

$$IRR = r_m + \frac{C_m - C}{C_m - C_{m+1}} (r_{m+1} - r_m)$$

为了缩小误差，r_m 和 r_{m+1} 之差应尽量小于 5%。

2. 债券的价值

债券价值是由其未来现金流入量的现值决定的，影响债券价值的因素主要是债券面值、票面利率和市场利率。由于债券面值和票面利率在发行时就已经给定，因此债券价值的高低主要由市场利率水平决定。市场利率越高，债券价值越低；反之，市场利率越低，债券价值越高。

债券的内在价值能够为企业进行债券投资决策提供依据。一般情况下，只有债券的价值大于其购买价格时，才值得投资；否则不应进行投资。

（1）一般情况下的债券价值估计模型。一般情况下，债券是固定利息，每年按复利方式计算并支付利息，到期归还本金。按照这种模式，债券价值估计的基本模型是

$$P = \sum_{t=1}^{n} \frac{M \times i}{(1+k)^t} + \frac{M}{(1+k)^n}$$

$$P = I \times (P/A, k, n) + M \times (P/F, k, n)$$

式中　P——债券价值；

　　　i——债券票面利率；

　　　M——债券面值；

　　　k——市场利率或投资人要求的必要报酬率；

　　　I——每年利息；

　　　n——付息总期数。

【例 5-10】　某债券面值为 1 000 元，票面利率为 10%，期限为 5 年。某企业要对这种债券进行投资，当前的市场利率为 12%，问债券价格为多少时才能进行投资？

解：根据债券价值计算公式，得

$P = 1\,000 \times 10\% \times (P/A, 12\%, 5) + 1\,000 \times (P/F, 12\%, 5)$

$\quad = 1\,000 \times 3.605 + 1\,000 \times 0.567$

$\quad = 927.5$（元）

即这种债券的价格必须低于 927.5 元时，该企业才能购买。

（2）一次还本付息且不计复利的债券价值估计模型。目前我国有很多债券属于一次还本付息且不计复利的债券，其价值计算公式为

$$P = \frac{M + M \times i \times n}{(1+k)^n}$$

$$P = (M \times i \times n + M) \times (P/F, k, n)$$

式中符号含义同前。

【例 5-11】　某企业拟购买另一家企业发行的利随本清的企业债券，该债券面值为 1 000 元，期限为 5 年，票面利率为 10%，不计复利，当前市场利率为 8%。问该债券发行价格为多少时，企业才能购买？

解：根据计算公式可得

$P = \dfrac{(1\,000 + 1\,000 \times 10\% \times 5)}{(1 + 8\%)^5} = 1\,020$（元）

即债券价格必须低于 1 020 元时，企业才能购买。

（3）票面利率为零的债券的价值估计模型。即没有票面利率，到期按面值偿还，债券折价发行。此种债券的估价模型为

$$P = \frac{M}{(1+k)^n} = M \times (P/F, k, n)$$

式中符号含义同前。

【例 5-12】　某债券面值为 1 000 元，期限为 3 年，以折现方式发行，期内不计利息，到期按面值偿还，当时市场利率为 10%。问其价格为多少时，企业才能购买？

解： 由计算公式，得

$$P = 1\,000 \times (P/F, 10\%, 3)$$
$$= 1\,000 \times 0.517\,3$$
$$= 751.3（元）$$

该债券价格只有低于 751.3 元时，企业才能购买。

5.3.4 债券投资的优缺点

1. 债券投资的优点

（1）本金安全性高。与股票相比，债券投资风险比较小。其中，政府发行的债券（包括中央政府发行的国库券和地方政府发行的一般政府债券）因有政府财力做后盾，其本金的安全性非常高，通常被视为无风险债券或称为"金边债券"。企业债券（包括抵押债券、无抵押债券、收入债券、可转换债券、无息票债券、浮动利息债券等）的持有者拥有优先索偿权，当发行债券企业破产时，债券投资者优先于股东分得企业资产，因此，其本金损失的可能性小。

（2）收入稳定性强。债券票面一般都标有固定利息率，债券的发行人有按时支付利息的法定义务。因此，在正常情况下，债券投资者能够获得较稳定的收入。

（3）市场流动性好。许多债券都具有较好的流动性，政府及大企业发行的债券一般都可在金融市场上迅速出售，流动性好。

2. 债券投资的缺点

（1）购买力风险较大。由于债券面值和收入的固定性，在通货膨胀时期，债券本金和利息的购买力会不同程度地受到侵蚀，投资者名义上虽然有收益，但实际上却可能有损失。

（2）没有经营管理权。投资债券主要是为了获得报酬，而无权对债券发行企业施加影响和控制。

本章小结

本章主要介绍了证券投资的相关理论。

1. 证券投资是指投资者将资金投资于股票、债券、基金及衍生证券等资产，从而获取收益的一种投资行为。其目的包括暂时存放闲置资金、与筹集长期资金相配合、满足未来的财务需求、满足季节性经营对现金的需求以及获得对相关企业的控制权。

2. 股票是股份公司为了筹措资金而发行的代表所有权的有价证券。股票投资可分为普通股投资和优先股投资两种。相对优先股投资而言，普通股投资具有股利收入不稳定、价格波动大、投资风险高、投资收益高的特点。

3. 股票分析涉及股票收益率计算、股票估价、股票市盈率分析以及股票的技术分析等。

4. 债券是发行者为筹集资金、向债权人发行的、在约定的时间支付一定比例的利息，并在到期时偿还本金的一种有价证券；债券投资是投资者购买债券以取得收益的一种投资活动。债券投资按持有时间的长短可分为短期债券投资和长期债券投资两类。

5. 债券分析涉及债券收益率计算、债权估价等。

基础与提高

● 单项选择题

1. 证券过户一般只限于( )。

   A. 记名股票　　　　B. 无记名股票　　C. 优先股股票　　D. 普通股票

2. 股票估价的目的是为了确定股票的( )，并将其与股票市价进行比较，视其低于、高于或等于市价，决定买入、卖出或继续持有股票。

   A. 股票现值　　　　B. 股票未来价值　C. 内在价值　　　D. 取得时价值

3. 企业进行长期债券投资的主要目的是( )。

   A. 控制被投资企业　　　　　　　　B. 取得投资收益

   C. 取得稳定的投资收益　　　　　　D. 利用闲置资金

4. 从投资权利来说，( )投资者的权利最小，无权参与被投资企业的经营管理，只有按约定取得利息，到期回收本金的权利。

   A. 股票　　　　　　B. 债券　　　　　C. 基金　　　　　D. 其他证券

5. 债券的价值是由其未来现金流入量的( )决定的。

   A. 面值　　　　　　B. 现值　　　　　C. 终值　　　　　D. 价值

● 多项选择题

1. 证券按到期日分，可分为( )。

   A. 短期证券　　　　B. 所有权证券　　C. 长期证券　　　D. 债权证券

2. 证券投资的基本程序有( )。

   A. 交割与清算　　　　　　　　　　B. 开户与委托

   C. 过户　　　　　　　　　　　　　D. 选择投资对象

3. 股票投资的主要目的有两种，分别是( )。

   A. 获利　　　　　　B. 参与企业决策　C. 处理闲置资金　D. 控股

4. 债券作为一种有价证券，一般有( )特征。

   A. 收益性　　　　　　B. 安全性　　　　　C. 流动性　　　　　D. 非返还性

5. 以下( )属于股票的价值形式。

    A. 市场价值　　　B. 账面价值　　　C. 内在价值　　　D. 清算价值

三 简答题

  1. 什么是证券投资？证券投资有哪些作用？

  2. 股票有哪些种类？股票投资有哪些特点？

  3. 债券有哪些种类？债券投资有哪些特点？

  4. 股票投资与债券投资各自的优缺点有哪些？

  5. 如何对证券投资进行分析？

技能实训

一 实训项目

  债券价值和股票价值的计算。

二 实训方式

  1. 个人阅读实训材料并针对实训分析中的问题进行思考，然后分小组讨论，个人完成。

  2. 分小组讨论结束后，每位同学把完成情况整理成书面材料上交。

  3. 教师评分后总结。

三 实训材料

  某公司于 2009 年 1 月 1 日购入一张面值为 1 500 元的债券，其票面利率为 8%，每年 1 月 1 日计算并支付利息一次，并于 5 年后的 12 月 31 日到期，当时的市场利率为 10%，债券市价为 1 400 元。

四 实训分析

  是否应该购买该债券？依据是什么？

案例讨论

神话破灭　千万散户梦断中石油

一、企业背景

  中国石油天然气股份有限公司（简称"中国石油"）是于 1999 年 11 月 5 日在中国石油天然气集团公司（简称"中国石油集团"）重组过程中按照《公司法》和《国务院关于股份有限公司境外募集股份及上市的特别规定》成立的股份有限公司。中国石油天然气股份有限公司是中国油气行业占主导地位的最大的油气生产和销售商，是中国销售收入最大的公司之一，也是世界最大的石油公司之一。中国石油发行的美国存托股份及H股于2000年4月6日及4月7日分别在纽约证券交易所有限公司及香港联合交易所有限公司挂牌上市（纽约证券交易所ADS代码为PTR，香港联合交易所股票代码为857）。2007年11月5日，中国石油正式在中国上海证券交易所挂牌上市。

中国石油唯一的发起人及控股股东为中国石油天然气集团公司，中国石油天然气集团公司是根据国务院机构改革方案，于1998年7月在原中国石油天然气总公司的基础上组建的特大型石油石化企业集团，是国家授权的投资机构和国资委管理的特大型国有企业集团之一。中国石油以完善的公司治理、较强的赢利能力赢得了国际资本市场的广泛认可。2007年，在由美国《石油情报周刊》公布的"2005年世界最大50家石油公司"综合排名中居第七位；在由《商业周刊》公布的2006年度"《商业周刊》亚洲50强"企业中排名第一位；在由全球能源领域权威机构普氏能源公布的"2006年全球能源企业250强"中列第六位，连续五年居亚太区第一位；并当选《亚洲金融》杂志公布的"2006年亚洲最赢利公司（第一名）"。《财富》杂志2008世界500强排名第25。2008年12月30日，世界权威的品牌价值研究机构——世界品牌价值实验室举办的"2008世界品牌价值实验室年度大奖"评选活动中，中国石油凭借良好的品牌印象和品牌活力，荣登"中国最具竞争力品牌榜单"大奖，赢得了广大消费者的普遍赞誉。

二、事件经过

（一）"三高"上市掀股市疯狂

2007年11月5日，中国石油正式在上海证券交易所挂牌。上市当日，中国石油A股贡献总市值7.11万亿元，一举超越工商银行成为两市总市值最大的公司，而A股总市值在中石油的加入下也成功突破30万亿元大关，达到33.62万亿元。中石油回归A股，受到机构、投资者等的热烈追捧，皆因市场对其"定海神针"的作用充满了期盼。

1. 高调上市——股民对其回归兴奋不已

早在2007年新春刚过，有关海外蓝筹回归A股的传闻就已经被市场热炒。其中中石油又是所有海外蓝筹中最为市场看好的一只。

2006年的中石油全年的营业收入达到6 889.78亿元，净利润为1 362.29亿元，几乎占到当时A股所有公司利润总额的1/5；中石油在H股市场更是慷慨，年年都有丰厚的股息派送，也正是依靠优良的业绩与丰厚的回报，中石油当年获得了"亚洲最赚钱公司"的名衔，更被大部分的A股投资者想象成一台巨大的生财机器。

顶着"亚洲最赚钱的公司""全球资本市场市值老大"等光环，2007年9月24日，中石油顺利过关，正式宣布回归A股，并实现"A股历史上最大公开发行"。在包括监管层、社会舆论等各方面的配合下，中石油的发行工作异常顺利，各个环节的进展甚至可以说是一天都没有耽误。10 月 25 日，中石油发布招股说明书显示，自 2005 年以来，无论是营业收入还是净利润，中石油均呈稳步递增的发展态势，这一系列数据更让股民们对中石油的回归 A 股兴奋不已。

2. 高价发行

公布招股说明书后，中石油的管理层便马不停蹄地奔赴北京、上海、深圳三地举行路演，大批的机构投资者从各地慕名而来，由于参与机构人数远远超出预期，以至于中石油方面不得不严格限制入场人数，所邀请的机构投资者，需要刷卡才能进入路演会场。在路演结束后，众多基金经理和其他投资者仍围着中石油的高层，希望多了解公司的消息。为了让投资者更清晰地了解中石油的情况，管理层不得不"加班"服务。

据媒体报道，在中石油路演期间，承销商收到的机构报价上限均值已经超过 20 元，达到 20.5 元，下限均价也达到 17.4 元。当时，已经有研究员提到，由于受到投资者的热烈追捧，中石油在不久的将来会掀起相当大的认购热情。

在中石油高层的"低价发行"承诺下，最终中石油将发行价确定在 16.70元。不过在市场众口一词的看好声中，也有专家对蓝筹股接二连三的高价发行提出质疑：中石油拿 2% 的总股本按 16.7 元发行，那么如果拿出 50% 的股本上市，又该发多少价格？不过这些声音实在太小，丝毫没有阻碍全社会参与中石油的网上申购的热情。

3. 高申购额——全民申购创下纪录

在牛市中，由于新股挂牌后赚钱效应明显，"打新股"的投资几乎是无往不利的。面对中石油这样的优质大盘股，而且 40 亿股的巨量发行，高中签率提高了"打新股"的收益率，机构无法抵挡中石油的诱惑。同时市场预期，中石油每年将把赢利的 45% 用来分红，即便长期锁仓不动，也能坐享这家公司丰厚的利润回报。在中石油上市前，甚至有机构提出，中石油登陆 A 股当天的交易价格将有可能冲破 50 元大关！

无论是机构还是普通散户，大家都把几乎所有的现金都用来申购中石油。10 月 30 日网上发行申购的结果公布：中石油网上申购冻结资金 2.57 万亿元，网下申购冻结资金 0.799 万亿元，合计冻结资金 3.37 万亿元。以目前中国股民数量为 4 000 万计算，有 10% 的股民参与了中石油的"打新股"行列中……这些数字至今想来依然匪夷所思，1 年多前的市场一只新股的发行就能吸引 3 万多亿元的资金前来申购，竟然超过了目前整个深圳市场的总市值。

最终的申购结果是，只有 1.94% 的资金中签，理论上至少需要 200 多万元的资金打新才能获得 1000 股的中石油新股，这也意味着绝大部分的个人投资者在付出巨大热情后被中石油的新股发行拒之门外。

（二）神话的破灭

2007 年 11 月 5 日中国石油正式登陆上交所当天，开盘价达到 48.62 元，但投资者仍然疯狂买入，首日换手率高达 51.58%，随后中石油股价接连下挫。2008 年 3 月 24 日，中石油大跌 5.71%，收报 19.83 元，上市以来首次跌破 20 元，股价破位下行之势已成定局，此后的短短几天内中石油股价连续大幅下挫，3 月 28 日，中石油开盘便杀到 16.70 元的发行价，截至 2008 年 11 月 4 日，中石油收报 10.35 元，累计跌幅接近 80%。到 2010 年春节期间有这样一条调侃的短信："祝你像中石油，越活越年轻，上市 48，现在 24，明年 12。"无奈，很多股民将中石油股票留作传家宝，正所谓"问君能有几多愁，恰似满仓中石油。"

思考与讨论：

1. 中石油股价的影响因素都有哪些？
2. 2007 年 11 月 5 日的开盘价是否合理？

第**6**章　短期投资管理

学习目标

　　了解现金的持有动机与成本；掌握最佳现金持有量的确定；了解现金的日常管理；了解应收账款的功能与成本；掌握信用政策的内容；掌握存货的功能与成本；掌握存货经济批量模型及应用；熟悉存货的日常管理。

案例导入

　　克莱斯勒汽车公司创建于 1925 年，创始人叫沃尔特·克莱斯勒，他离开通用公司进入威廉斯·欧夫兰公司，开始生产克莱斯勒牌汽车。在他的领导下，凭借技术和财力优势，克莱斯勒汽车公司发展迅速，先后买下道奇、布立格和普利茅斯公司，成为美国第三大汽车公司。该公司在全世界许多国家设有子公司，是一个跨国汽车公司。公司总部设在美国，雇员 10 万人左右。

　　克莱斯勒公司 1996 年内持有现金、银行存款和短期债券达到了空前的 87 亿美元，这些资金项目的报酬率在税后仅有 3%。克莱斯勒公司之所以如此谨慎地对待现金项目，很大一部分原因在于 1991—1992 年的萧条期间，公司产生了 40 亿美元的现金赤字，给公司造成了很大的难题。所以，克莱斯勒公司的管理层认为该年度的高额现金持有量可以为下一个经济衰退做好准备。但是，克莱斯勒的一些股东对这种过于谨慎的管理政策提出了质疑。他们认为，现金持有量保持在 20 亿美元就已经足够了，如果现金出现短缺问题，克莱斯勒公司可以通过借款等其他筹资方式取得所需要的资金，而不需要保持一个如此之高的现金持有量，多余的 67 亿美元可以用来投资于其他项目，为股东赢得更多的回报。

　　思考：企业持有现金有哪些动机和成本？企业合理的现金持有量应该如何确定？

6.1 现金管理

财务管理中的短期投资管理主要是指对现金、应收账款和存货等流动资产的管理。本章主要介绍现金管理、应收账款管理和存货管理。

现金是指在生产过程中暂时停留在货币形态的资金，包括库存现金、银行存款、银行本票和银行汇票等，它是变现能力最强的非赢利性资产。现金管理的过程就是在现金的流动性与收益性之间进行权衡选择的过程，其目的是在保证企业经营活动需要的同时，降低企业闲置资金数量，提高资金收益率。

6.1.1 企业持有现金的动机

企业持有一定数量的现金主要基于以下三个方面的动机。

1. 交易动机

交易动机，即企业在正常经营秩序下应当保持一定的现金支付能力。企业为组织日常生产经营活动，必须保持一定数量的现金余额。一般来说，企业为满足交易动机所持有的现金余额主要取决于企业的销售水平。企业销售扩大，销售额增加，所需现金余额也随之增加。

2. 预防动机

预防动机，即企业为应付紧急情况而需要保持的现金支付能力。由于市场行情的瞬息万变和其他各种不测因素的存在，企业通常难以对未来现金流入量和流出量作出准确的估计和预期。因此，在正常业务活动现金需要量的基础上，追加一定数量的现金余额以应付未来现金流入和流出的随机波动，是企业在确定必要现金持有量时应当考虑的因素。企业为应付紧急情况所持有的现金余额主要取决于以下三个方面：一是企业愿意承担风险的程度；二是企业临时举债能力的强弱；三是企业对现金流量预测的可靠程度。

3. 投机动机

投机动机，即企业为了抓住各种瞬息即逝的市场机会，获取较大的利益而准备的现金余额。投机动机只是企业确定现金余额时所考虑的次要因素之一，其持有量的大小往往与企业在金融市场的投资机会以及企业对待风险的态度有关。

6.1.2 现金的成本

企业持有现金的成本通常由以下三部分组成。

1. 持有成本

现金持有成本是指企业因保留一定现金余额而增加的管理费用及丧失的再投资收益。现金持有成本包括两部分：一是企业在持有现金过程中发生的管理费用，如管理人员工资及必要的安全措施费等，这部分费用具有固定成本的性质，它在一定范围内与现金持有量多少的关系不大，属于决策无关成本；二是企业由于持有现金而放弃的再投资收益，即机会成本，它属于变动成本，与现金持有量成正比例关系。

2. 转换成本

转换成本是指企业用现金购入有价证券以及转让有价证券换取现金时付出的交易费用，即现金同有价证券之间相互转换的成本，如委托买卖佣金、委托手续费、证券过户费、实物交割手续费等。

3. 短缺成本

现金短缺成本是指在现金持有量不足又无法及时通过有价证券变现加以补充给企业造成的损失，包括直接损失与间接损失。现金的短缺成本与现金持有量成反方向变动关系。

6.1.3　最佳现金持有量的确定

现金持有量决策是公司财务管理的一项重要内容。现金资产流动性最强，价值最为稳定，当然收益性也最低。持有现金资产，可以满足日常生产经营和投资的需求，化解企业支付危机，更好地促进企业的发展；保证现金股利的连续和足额发放，向股东传递企业健康发展的信号，促进股价上扬。但由于收益低，持有现金资产会产生较大的机会成本，丧失将现金投资于其他项目获得的高额收益，这与实现企业价值最大化、维护股东利益的目标相悖，所以存在一个现金持有量的权衡问题。在经济充分发展的现代社会，现金持有量受到企业资本结构、赢利能力和治理结构等多方面因素的影响，确定最佳现金持有量的方法主要有成本分析模式、存货模式和随机模式，这里只介绍成本分析模式和存货模式。

1. 成本分析模式

成本分析模式是通过分析持有现金的相关成本，寻求持有成本最低的现金持有量模式。所以，运用成本分析模式确定最佳现金持有量时只考虑因持有一定量的现金而产生的机会成本及短缺成本，而不考虑管理费用和转换成本。机会成本即因持有现金而丧失的再投资收益，与现金持有量成同方向变动关系；短缺成本与现金持有量成反方向变动关系。

机会成本＝平均现金持有量×有价证券利率（或报酬率）

现金管理相关总成本＝机会成本＋短缺成本

现金管理相关总成本同现金持有量之间的关系如图 6-1 所示：

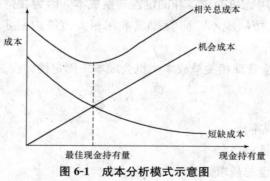

图 6-1　成本分析模式示意图

【例 6-1】 某企业有 A、B、C、D 四种现金持有方案，有关成本资料如表 6-1 所示。试分析这四种方案。

表 6-1 现金持有量备选方案   单位：万元

项目	A	B	C	D
平均现金持有量	10	20	30	40
机会成本率	10%	10%	10%	10%
缺货成本	4.8	2.5	1	0.8

解：根据表 6-1，可采用成本分析法编制企业最佳现金持有量测算表，如表 6-2 所示。

表 6-2 最佳现金持有量测算表   单位：万元

方案及平均现金持有量	机会成本	短缺成本	相关总成本
A（10）	1	4.8	5.8
B（20）	2	2.5	4.5
C（30）	3	1	4
D（40）	4	0.8	4.8

通过分析比较上表中各方案的相关总成本可知，C 方案的相关总成本最低，因此企业持有 30 万元的现金时，各方面的总代价最低，30 万元为现金最佳持有量。

2. 存货模式

存货模式，是将存货经济订货批量模型原理用于确定目标现金持有量，其着眼点也是现金相关成本之和最低。

运用存货模式以下列假设为前提。

（1）企业所需现金可通过证券变现取得，且证券变现的不确定性很小；

（2）企业预期内现金需要总量可以预测；

（3）现金的支出过程比较稳定、波动较小，每当现金余额降至零时，均可通过部分证券变现得以补足；

（4）证券的利率或报酬率以及每次交易费用可以获悉。

由于在存货模式下，将企业的现金持有量和短期有价证券联系起来，可以不考虑短缺成本和管理成本，而只考虑机会成本和固定性转换成本。因为在持有现金不足时，可以出售有价证券，故不存在短缺成本；而管理成本在相关范围内固定不变，不是决策变量。于是

现金管理相关总成本＝机会成本＋固定性转换成本

$$TC = \frac{Q}{2} \times K + \frac{T}{Q} \times F$$

式中　TC——相关总成本；

　　　Q——现金持有量；

　　　T——周期内现金总需求量；

F——每次有价证券转换的固定成本；

K——市场利率或投资人要求的必要报酬率。

现金管理相关总成本与现金持有机会成本、固定性转换成本的关系如图 6-2 所示。

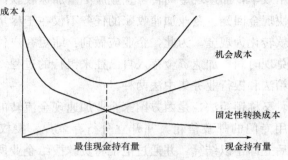

图 6-2　存货模式示意图

从图 6-2 可以看出，现金管理的相关总成本与现金持有量呈凹型曲线关系。持有现金的机会成本与证券变现的交易成本相等时，现金管理的相关总成本最低，此时的现金持有量为最佳现金持有量，即

$$\frac{Q}{2} \times K = \frac{T}{Q} \times F$$

将上式代入总成本计算公式得

$$Q^* = \sqrt{\frac{2TF}{K}}$$

最低现金管理相关总成本为

$$TC = \sqrt{2TFK}$$

【例 6-2】　某企业现金收支状况比较稳定，预计全年（按 360 天计算）需要现金 400 万元，现金与有价证券的转换成本为每次 400 元，有价证券的年利率为 8%，计算该企业的最佳现金持有量和最低现金相关成本。

解：最佳现金持有量 $Q = \sqrt{2 \times 4\,000\,000 \times \dfrac{400}{8\%}} = 200\,000$（元）

最低现金相关总成本 $TC = \sqrt{2 \times 4\,000\,000 \times 400 \times 8\%} = 16\,000$（元）

其中：固定性转化成本 $=(40\,000\,000 \div 200\,000) \times 400 = 8\,000$（元）

机会成本 $=(200\,000 \div 2) \times 8\% = 8\,000$（元）

有价证券交易次数 $= \dfrac{4\,000\,000}{200\,000} = 20$（次）

有价证券交易间隔期 $= 360 \div 20 = 18$（天）

6.1.4　现金日常管理

现金日常管理主要涉及现金流入和流出的管理两个方面。现金流入管理主要是使现金尽可能早地流入企业，加速现金的周转；现金流出管理的重点是使现金尽可能推后流出企业。

1. 现金回收管理

为提高现金的使用效率，加速现金周转，企业应尽量加速收款，即在不影响销售规模的情况下，尽可能加快现金回笼。企业加速收账的任务不仅在于尽量让客户早付款，而且还要尽快地使这些付款转化为现金。为此，企业应做到：缩短客户付款邮寄的时间；缩短企业收到客户支票的兑现时间；加速资金存入自己往来银行的过程。目前，现金回收采用的方法主要有邮政信箱法和银行业务集中法两种。

（1）邮政信箱法。又称锁箱法，是西方国家企业加速现金流转的一种常用方法。企业可以在各主要城市租用专门的邮政信箱，并开立分行存款户，授权当地银行每日开启信箱，在取得客户支票后立即予以结算，并通过电汇将货款拨给企业所在地银行。该方法缩短了支票邮寄及在企业停留的时间，但成本较高。

（2）银行业务集中法。指通过设立多个策略性的收款中心代替通常在企业总部设立的单一收款中心，加速账款回收的一种方法。在这种方法下，企业指定一个主要开户行（通常是总部所在地）为集中银行，并在收款额较集中的若干地区设立若干个收款中心；客户收到账单后直接汇款到当地收款中心，中心收款后立即存入当地银行；当地银行在进行票据交换后立即转给企业总部所在地银行。这种方法的目的是缩短客户寄出账款到现金收入企业账户这一过程的时间。

2. 现金支出管理

现金管理的另一个方面是决定如何使用现金。企业应根据风险与收益权衡原则选用适当方法延期支付账款。

现金支出管理的主要任务是尽可能延缓现金的支出时间。延期支付账款的方法一般有以下几种。

（1）合理利用"浮游量"。所谓现金的"浮游量"，是指在企业账户上所示的现金余额与银行账户上所示的存款余额之间的差额，即会计上所讲的银行存款日记账上的余额与银行对账单上的余额之间的差额。当一个公司在同一国家有很多银行存款户时，可选用一个能使支票流通在外的时间最长的银行来支付货款，以扩大浮游量。利用浮游量，公司可适当减少现金数量，达到现金节约的目的。当然，一个公司的利益往往就是另一个公司的损失，利用浮游量往往对供应商不利，可能破坏公司和供应商之间的关系。

（2）推迟支付应付款。企业可以在不影响信誉的情况下，尽可能推迟应付款的支付期。如付款条件是"2/10，$n/50$"，企业应安排在发票开出日期后的第 10 天付款，这样可以最大限度地利用现金而又不丧失现金折扣。

（3）工资支出模式。许多公司都为支付工资而设立一个存款账户。这种存款账户余额的多少，当然也会影响公司的现金总额。为减少这一存款数额，公司必须合理预测所开出支付工资的支票到银行兑现的具体时间。假设企业在 1 月 12 日支付工资 10 万元，根据历史资料，12 日、13 日、14 日、15 日、16 日以及 16 日以后兑现的比率分别为 20%、40%、20%、10%、5% 和 5%。这样，公司就不必在 12 日前存够 10 万元，再结合其他因素，公司能够计算出应存入银行的应付工资支票的大概金额。

6.2　应收账款管理

应收账款是商业信用的直接产物，是一项非常重要的流动资产。随着市场经济的不断发展以及商业竞争的日益加剧，企业应收账款的数额明显增多。本节所讲的应收账款是指因对外销售产品、材料、供应劳务及其他原因，应向购货单位或接受劳务的单位及其他单位收取的款项，包括应收销售款、其他应收款、应收票据等。

6.2.1　应收账款的功能

应收账款的功能主要是指它在企业生产经营中所具有的作用，主要包括以下两个方面。

1. 扩大销售，增加企业的竞争力

在市场竞争比较激烈的情况下，赊销是促进销售的一种重要方式。企业赊销实际上向顾客提供了两项交易，向顾客销售产品和在一个有限的时期内向顾客提供资金。在银根紧缩、市场疲软、资金匮乏的情况下，赊销具有明显的促销作用，对企业销售新产品、开拓新市场具有重要的意义。

2. 减少库存，降低存货风险和管理开支

企业持有产成品存货，要追加管理费、仓储费和保险费等支出；相反，企业持有应收账款，则无须上述支出。因此，当企业产成品存货较多时，一般都可采用较为优惠的信用条件进行赊销，把存货转化为应收账款，减少产成品存货，节约相关的开支。

6.2.2　应收账款的成本

应收账款的成本，是指企业持有一定应收账款所付出的代价，包括机会成本、管理成本和坏账成本。

1. 机会成本

应收账款的机会成本是指因资金投放在应收账款上而丧失的其他收入，如投资于有价证券便会有利息收入。这一成本的大小通常与企业维持赊销业务所需要的资金数量（即应收账款投资额）、资金成本率有关。其计算公式：

$$应收账款机会成本 = 维持赊销业务所需要的资金 \times 资金成本率$$

式中，资金成本率一般按有价证券利息率计算，维持赊销业务所需要的资金数量可按下列步骤计算。

（1）计算应收账款平均余额。

$$应收账款平均余额 = 年赊销额/360 \times 平均收账天数$$

$$=平均每日赊销额×平均收账天数$$

式中，平均应收账款天数一般按客户各自赊销额占总赊销额的比重为权数的所有客户收账天数的加权平均数计算。

（2）计算维持赊销业务所需要的资金。

$$维持赊销业务所需要的资金=应收账款平均余额×变动成本/销售收入$$
$$=应收账款平均余额×变动成本率$$

上式假设企业的成本水平保持不变（即单位变动成本不变，固定成本总额不变），因此随着赊销业务的扩大，只有变动成本在上升。

【例6-3】 假设某企业预测的年度赊销额为300万元，应收账款平均收账天数为60天，变动成本率为60%，资金成本率为10%，则应收账款机会成本为多少？

解： 根据公式，得

$$应收账款平均余额=\frac{300}{360}×60=50（万元）$$

$$维持赊销业务所需要的资金=50×60\%=30（万元）$$

$$应收账款机会成本=30×10\%=3（万元）$$

上述计算表明，企业投放30万元的资金可维持300万元的赊销业务，相当于垫支资金的10倍之多。这一较高的倍数在很大程度上取决于应收账款的收账速度。正常情况下，应收账款收账天数越少，一定数量资金所维持的赊销额就越大；应收账款收账天数越多，一定数量资金所维持的赊销额就越小。而应收账款机会成本在很大程度上取决于企业维持赊销业务需要资金的多少。

2. 管理成本

管理成本是指企业对应收账款进行管理而耗费的开支，是应收账款成本的重要组成部分，主要包括对客户的资信调查费用、应收账款簿记录费用、收账费用以及其他费用等。

3. 坏账成本

应收账款基于商业信用而产生，存在无法收回的可能性，由此给应收账款持有企业带来的损失，即为坏账成本。

6.2.3 应收账款信用政策的确定

应收账款赊销效果的好坏，依赖于企业经营状况、产品定价、产品质量和信用政策等因素。但除了信用政策外，其他因素基本上都不是财务经理所能控制的。

信用政策包括信用标准、信用期间、现金折扣政策和收账政策，其中最重要的是信用标准的确定。

1. 信用标准

信用标准是指顾客获得企业的交易信用所应具备的条件。如果顾客达不到信用标准，便不能享受企业的信用或只能享受较低的信用优惠。

（1）信用分析。企业在设定某一顾客的信用标准时，往往要对客户进行了解评估，常用的是 5C 评价法和信用评分法，下面介绍 5C 评价法。

所谓 5C 评价法是指评估客户信用品质的如下五个方面。

①品质（Character），是指客户的信誉，即履行偿债义务的可能性。

②能力（Capacity），是指客户的偿债能力，即其流动资产的数量与质量以及与流动负债的比例。

③资本（Capital），是指客户的财务实力和财务状况，表明顾客可能偿还债务的背景。

④抵押（Collateral），是指客户无力支付款时能被用作抵押的资产。

⑤条件（Condition），是指可能影响顾客付款能力的经济环境。

（2）信用分析的信息来源。信用的 5C 系统代表了信用风险的判断因素，要做到客观、准确的判断，关键在于能否及时掌握客户的各种信用资料。这些资料的来源主要有以下几个渠道。

①财务报表。即企业对预期的"准信用"客户索取或查询近期的资产负债表和利润表等报表。这些资料是企业进行分析评估的最重要信息，企业可据此对赊销对象的资产流动性、支付能力以及经营业绩诸方面进行详尽的分析并作出判断。

②银行证明。即应客户要求，由客户的开户银行出具一些有关其信用状况的证明材料，如客户在银行的平均现金余额、贷款的历史信用信息等。

③企业间证明。一般而言，企业的每一客户对外会同时拥有许多供货单位，所以企业可以通过与同一客户有关的各供货企业交换信用资料，比如交易往来的持续时间，提供信用的条件、数额以及客户支付货款的及时程度等证明。这些供货单位出具的书面证明，再加上必要的调查了解，可为企业对客户信用状况做出准确的评价奠定良好的基础。

④信用评级和信用报告。公司可以从各种商业信用评级机构获取企业的信用评级资料。

（3）信用标准的制定。在收集、整理客户的信用资料后，即可采用 5C 系统分析客户的信用程度。为避免信用评价人员的主观性，在对客户信用状况进行定性分析的基础上，还有必要对客户的信用风险进行定量分析。可以采用多项判断法，其具体步骤如下。

①设立信用标准。首先查阅客户以前若干年的信用资料，找出具有代表性、能说明偿债能力和财务状况的比率，作为评判信用风险的指标，然后根据最近几年内"信用好"和"信用差"两个比率的平均值，作为评价该客户的信用标准。

②计算客户的风险系数。利用各客户的财务报表，计算这些指标，并与标准值进行比较。其方法是：若某客户的某项指标等于或低于最坏信用标准，则客户的风险系数增加 10%；若某项指标介于好的信用标准与差的信用标准之间，则客户的风险系数增加 5%；若某客户的某项指标等于或高于好的信用标准，则客户的风险系数为 0，即无信用风险。各项指标比较后，即可累计客户的风险系数。

③风险排序。企业按上述方法分别计算出各客户的累计风险系数，即可按风险系数的大小进行排序，系数小的排在前面，系数大的排在后面，由此便可根据风险程度由小到大选择客户。

2. 信用期间

信用期间是企业允许顾客从购货到付款之间的时间，或者说是企业给予顾客的付款期间。例如，某企业允许顾客在购货后的 50 天内付款，则信用期间为 50 天。信用期过短，不足以吸引顾客，在竞争中会使销售额下降；信用期放长，对销售额增加固然有利，但只顾及销售增长而盲目放宽信用期间，所得的收益有时会被增长的费用抵销，甚至造成利润减少。因此，企业必须慎重研究，规定恰当的信用期。

3. 现金折扣政策

折扣是企业对顾客在商品价格上所做的扣减。向顾客提供这种价格上的优惠，主要目的在于吸引顾客为享受优惠而提前付款，缩短企业的平均收款期。另外，现金折扣也能招揽一些视折扣为减价出售的顾客前来购货，借此扩大销售额。

折扣的表示常采用如"5/10，3/20，$n/30$"的形式，5/10 表示 10 天内付款，可享受 5％的价格优惠，即只需支付原价的 95％。如原价为10 000元，只需支付 9 500 元。3/20 表示10～20 天内付款，可享受 3％的价格优惠，即只需支付原价的 97％。如原价为10 000 元，只需支付 9 700 元。$n/30$ 表示付款的最后期限为 30 天，此时付款无优惠，即按全价付款。

企业采用什么程度的现金折扣，要与信用期间结合起来考虑。不论是信用期间还是现金折扣，都能给企业带来收益，但也会增加成本。当企业给予顾客某种现金折扣时，应当考虑折扣所能带来的收益与成本孰高孰低，权衡利弊，择优决断。

4. 收账政策

收账政策是指企业针对客户违反信用条件，拖欠甚至拒付账款所采用的收账策略与措施。

在企业向客户提供商业信用时必须考虑三个问题：第一，客户是否会拖欠或拒付账款，程度如何；第二，怎样最大限度地防止客户拖欠账款；第三，一旦账款遭到拖欠甚至拒付，企业应该采取怎样的对策。前两个问题主要靠信用调查和严格的信用审批制度予以解决，第三个问题则必须通过制定完善的收账方针，采取有效的收账措施予以解决。

对不同拖欠时间的欠款，企业应采取不同的收账方法，制定出经济、可行的收账政策；对可能发生的坏账损失，则应提前作出准备，充分估计这一因素对损益的影响。比如，对过期较短的顾客，不宜过多地打扰，以免将来失去这一客户；对过期稍长的顾客，可以措辞委婉地写信催款；对过期较长的顾客，频繁地写信催款并电话催询；对过期很长的顾客，可在催款时措辞严厉，必要时提请有关部门仲裁或提起诉讼。

催收账款要发生费用，某些催款方式的费用还会很高（如诉讼费）。一般说来，收款的花费越大，收账措施越有力，可收回的账款就越多，坏账损失就越少。因此制定收账政策，要在收账费用和所减少的坏账损失之间作出权衡。制定有效、得当的收账政策很大程度上靠有关人员的经验；从财务管理的角度讲，也有一些量化的方法可予参照，根据应收账款总成本最小化的原则，可以通过各收账方案成本的大小进行比较来对其加以选择。

【例 6-4】 已知某企业对应收账款原有的收账政策和拟改变的收账政策如表 6-3 所

示。假设资金利润率为 10%，根据表 6-3 中的资料，计算两种方案的收账总成。

表 6-3　收账政策备选方案资料

项　　　目	现行收账政策	拟改变的收账政策
年收账费用（万元）	90	150
应收账款平均收账天数（天）	60	30
坏账损失占赊销额的百分比（%）	3	2
赊销额（万元）	7 200	7 200
变动成本率（%）	60	60

计算结果如表 6-4 所示。

表 6-4　收账政策分析评价表

项　　　目	现行收账政策	拟改变的收账政策
赊销额（万元）	7 200	7 200
应收账款平均收账天数	60	30
应收账款平均余额（万元）	7 200/360×60＝1 200	7 200/360×30＝1 600
应收账款占用的资金（万元）	1 200×60%＝720	600×60%＝360
收账成本		
应收账款机会成本（万元）	720×10%＝72	360×10%＝36
坏账损失（万元）	7 200×3%＝216	7 200×2%＝144
年收账费用（万元）	90	150
收账总成本（万元）	378	330

表 6-4 的计算结果标明，拟改变的收账政策较现行的收账政策减少的坏账损失和减少的应收账款机会成本之和为（216－144）＋（72－36）＝108 万元，大于增加的收账费用150－90＝60 万元，因此改变收账政策的方案是可行的。

6.2.4　应收账款的账龄分析和风险控制

1. 应收账款账龄分析

企业的应收账款时间有长有短，有的尚未超过信用期限，有的则超过了信用期限。一般来讲，拖欠时间越长，款项收回的可能性越小，形成坏账的可能性越大。对此，企业应实施严密的监督，随时掌握回收情况。可以通过编制账龄分析表对应收账款回收情况进行监督，其格式如表 6-5 所示。

表 6-5　账龄分析表

应收账款账龄	客户数（个）	应收账款金额（万元）	金额比例（%）
信用期内	200	8	40
超过信用期 1～20 天	100	4	20

续表

应收账款账龄	客户数（个）	应收账款金额（万元）	金额比例（%）
超过信用期 21～40 天	50	2	10
超过信用期 41～60 天	30	2	10
超过信用期 61～80 天	20	2	10
超过信用期 81～100 天	15	1	5
超过信用期 100 天以上	5	1	5
应收账款总额	—	20	100

利用上述账龄分析表，可以了解到以下情况。

（1）有多少欠款尚在信用期内。表 6-5 显示，有价值 8 万元的应收账款处在信用期内，占全部应收账款的 40%。这些款项未到偿付期，欠款是正常的。

（2）有多少欠款超过了信用期，超过时间长短的款项各占多少，有多少欠款会因拖欠时间太久而可能成为坏账。

表 6-5 显示，有价值 12 万元的应收账款已超过了信用期，占全部应收账款的 60%。不过，其中拖欠时间较短（20 天内）的有 4 万元，占全部应收账款的 20%，这部分欠款收回的可能性很大；拖欠时间较长（20～100 天）的有 7 万元，占全部应收账款的 35%，这部分欠款的收回有一定难度；拖欠时间很长（100 天以上）的有 1 万元，占全部应收账款的 5%，这部分欠款很可能成为坏账。

2. 应收账款风险的防范与控制

任何企业在实施商业信用时，应收账款的坏账损失都难以避免。按照国家现行制度规定，确认坏账损失的标准有两条：一是因债务人破产或者死亡，依照民事诉讼以其破产财产或遗产（包括义务承担人的财产）清偿后，仍确实无法收回的应收账款；二是经主管财政机关核准的债务人预期未履行的偿债义务超过三年仍无法收回的应收账款。企业的应收账款现状符合上述任何一个条件，均可作为坏账处理。

为加速应收账款的周转，降低应收账款的风险，企业应采取以下措施。

（1）加强对客户偿债能力与信用状况的调查和分析。通过对客户的调查、分析和评价，确定各客户的信用等级，并给予相应的信用条件、信用期限、现金折扣及折扣期限以及赊销额度。比如在确定赊销额度时，可以采用总量控制法，只赊给客户所售货物的收益部分，即假设货物成本 2 000 元，售价 3 000 元，给客户的赊销额度可以是 1 000 元。

（2）做好日常核算工作。分类账中设置"应收账款"账户，汇总记载企业所有客户的账款增减数额，以反映企业总的应收账款数额以及各个客户应收账款数额的变动情况。

（3）定期与客户对账，抓紧催收货款。在给予客户信用期限和折扣期限内，要经常与客户保持联系，定期将账款往来清单送交客户核对，以保证记录的正确，及时掌握应收账款数额和偿还情况；对于已超过信用期限的，应及时通知客户，提醒其早日付清账款，必要时应电告或派人登门催收。

6.3　存货管理

存货，指企业在正常生产经营过程中持有以备出售的产成品或商品，或者为了出售仍然处在生产过程中的在产品，或者将在生产过程或提供劳务过程中耗用的材料、物料等。

6.3.1　存货的分类与功能

1. 存货的分类

（1）按照存货的经济内容，存货可分为商品、产成品、自制半成品、在产品、材料、包装物、低值易耗品等。

（2）按照存货的地点，存货可分为库存存货、在途存货、在制存货、寄存存货、委托外单位代销存货等。

（3）按照存货的取得来源，存货可分为外购的存货、自制的存货、委托加工的存货、投资者投入的存货、接受捐赠的存货、接受抵债取得的存货、非货币性交易换入的存货和盘盈的存货等。

2. 存货的功能

（1）防止停工待料。适量的原材料存货和在制品、半成品存货是企业生产正常进行的前提和保障。就企业外部而言，供货方的生产和销售往往会因某些原因而暂停或推迟，从而影响企业材料的及时采购、入库和投产。就企业的内部而言，有适量的半成品储备，能使各生产环节的生产调度更加合理，各生产工序步调更为协调，联系更为紧密，不至于因等待半成品而影响生产。可见，适当的存货能有效防止停工待料事件的发生，维持生产的连续性。

（2）适应市场变化。存货储备能增强企业在生产和销售方面的机动性以及适应市场变化的能力。企业有了足够的库存产成品，能有效地供应市场，满足顾客的需要。相反，若某种畅销产品库存不足，将会坐失眼前的或未来的推销良机，并可能因此而失去顾客。在通货膨胀时，适当地储存原材料存货，能使企业获得市场物价上涨的好处。

（3）降低进货成本。很多企业为扩大销售规模，对购货方提供较优厚的商业折扣待遇，即购货达到一定数量时，便在价格上给予相应的折扣优惠。企业采取批量集中进货，可获得较多的商业折扣。此外，通过增加每次购货数量，减少购货次数，可以降低采购费用支出。即便在推崇以零存货为处理目标的今天，仍有不少企业采取大批量购货模式，原因就在于这种方式有助于降低购货成本，只要购货成本的降低额大于因存货增加导致的储存等各项费用的增加额，便是可行的。

（4）维持均衡生产。对于那些所生产的产品属于季节性产品、生产所需材料的供应具有季节性的企业，为实现均衡生产，降低生产成本，就必须适当储备一定的半成品存货或保持一定的原材料存货。否则，这些企业按照季节变动组织生产活动，难免会产生忙时超负荷运转、闲时生产能力得不到充分利用的情形，这也会导致生产成本的提高。其他企业在生产过程中，同样会因为各种原因导致生产水平的高低变化。拥有合理的存货可以缓冲这种变化对企业生产活动及获利能力的影响。

6.3.2　存货的成本

要实现存货的功能，就必须持有一定数量的存货，也必然要为此而发生一定的支出，这就是存货成本，主要包括以下几个方面。

1. 进货成本

进货成本又称取得成本，主要由存货进价和进货费用两个方面构成。其中，存货进价又称购置成本，是指存货本身的价值，等于采购单价与采购数量的乘积。在一定时期进货总量既定的条件下，无论企业采购数量如何变动，存货的进价成本通常保持相对稳定（假设物价不变且无采购折扣），因而属于决策无关成本。进货费用又称订货成本，是指企业为组织进货而开支的费用，如与材料采购有关的办公费、差旅费、邮资、电话电报费、运输费、检验费、入库搬运费等。进货费用一般与订货次数有关，如差旅费、邮资等与进货次数成正比例关系，这类变动性费用属于决策的相关成本，另一部分与订货次数无关，如专设采购机构的基本开支等，这类固定性进货费用则属于决策的无关成本。

$$进货成本（TC_a）＝订货成本＋购置成本＝F_1＋\frac{D}{Q}×K＋D×U$$

式中　D——存货年度计划进货量；

Q——存货的进货批量；

U——采购单价；

K——平均每次进货费用；

F_1——固定进货费用。

2. 储存成本

企业为持有存货而发生的费用即为存货的储存成本，主要包括存货资金占用费（以贷款购买存货的利息成本）或机会成本（以现金购买存货而同时损失的证券投资收益等）、仓储费用、保险费用、存货残损霉变损失等。与进货费用一样，储存成本可以按照与储存数额的关系分为变动性储存成本和固定性储存成本两类。其中，固定性储存成本与存货数额多少没有直接联系，如仓库折旧费、仓库职工的固定月工资等，这类成本属于决策的无关成本；而变动性储存成本则随着存货储存数的增减成正比例变动关系，如存货资金的应计利息、存货残损和变质损失、存货的保险费用等，这类成本属于决策的相关成本。

$$储存成本（TC_c）＝固定储存成本＋变动储存成本＝F_2＋\frac{Q}{2}×K_c$$

式中　F_2——固定储存成本；

K_c——单位存货年度储存成本；

其他符号含义同上。

3. 缺货成本

缺货成本是因存货不足而给企业造成的损失，包括由于材料供应中断造成的停工损失、成品供应中断导致延误发货的信誉损失及丧失销售机会的损失等。如果生产企业能够以替代材料解决库存材料供应中断的话，缺货成本便表现为替代材料紧急采购的额外开支。缺货成本能否作为决策的相关成本，应视企业是否允许出现存货短缺的不同情形而定。若允许出现缺货，则缺货成本便与供货数量反向相关，属于决策相关成本；反之，若企业不允许发生缺货情形，此时不需考虑缺货成本。以 TC_s 表示缺货成本，以 TC 表示存货总成本，则有

$$存货总成本＝进货成本＋储存成本＋缺货成本$$

即

$$TC＝TC_a＋TC_c＋TC_s＝F_1＋\frac{D}{Q}×K＋D×U＋F_2＋\frac{Q}{2}×K_c＋TC_s$$

式中符号含义同上。

6.3.3　存货的规划

存货管理的目标是使存货始终保持在一个"最优化水平"上，所谓"最优化水平"就是指存货不能过高也不能过低，要控制在一个"恰到好处"的适当水平，如何才能"恰到好处"呢？这就需要探讨为了保证适当的存货量，一年分几次订货，每次订货批量多大最经济，订货点选在何时比较合适，这称为存货的规划。在众多存货规划的方法中，最常用的是存货经济批量法。

1. 基本经济批量模型

影响存货总成本的因素有很多，为了能够在众多因素中找出主要的影响因素，需要相关的假设条件，并在此基础上建立存货基本经济批量模型。

（1）基本经济批量模型假设。

①企业一定时期的进货总量可以较为准确地予以预测；

②存货的耗用或者销售比较均衡；

③存货的价格稳定，且不存在数量折扣，进货日期完全由企业自行决定，并且每当存货量降为零时，下一批存货均能马上一次到位；

④储存条件及所需现金不受限制；

⑤不允许出现缺货情形；

⑥市场供应充足，需要存货时可随时买到。

由于不允许缺货，不存在缺货成本，因此基本经济批量模型假设下与存货订货批量、批次直接相关的就只有相关进货成本和相关储存成本两项，并且两者与订货批量呈现相反的变动关系，即订货批量大，储存成本高，但全年订货批次就少，相关进货成本低；反之，订货批量小，储存成本低，但全年订货次数就多，相关进货成本高。

（2）计算公式。

$$存货相关总成本（TC^*）＝相关进货成本＋相关储存成本$$

即
$$TC^* = \frac{D}{Q} \times K + \frac{Q}{2} \times K_c$$

式中符号含义同上。

最佳经济批量为：
$$Q^* = \sqrt{\frac{2KD}{K_c}}$$

最佳经济批量下存货相关总成本：$TC^* = \sqrt{2DKK_c}$

全年进货批次：
$$N = \frac{D}{Q} = \sqrt{DK_c/2K}$$

经济订货批量平均占用资金：
$$W = \frac{QU}{2}$$

【例 6-5】 某企业全年需要甲材料 1 200 千克，每一次的订货成本为 400 元，单位储存成本为 6 元，材料单价为 200 元/千克，计算相关指标。

解： 最佳经济订货批量：$Q^* = \sqrt{\dfrac{2DK}{K_c}} = \sqrt{\dfrac{2 \times 1\,200 \times 400}{6}} = 400$（千克）

经济批量下存货相关总成本：$TC = \sqrt{2KD\,K_c} = \sqrt{2 \times 1\,200 \times 400 \times 6} = 2\,400$（元）

全年最佳订货批次：$N = \dfrac{D}{Q} = \dfrac{1\,200}{400} = 3$（次）

平均占用资金：$W = \dfrac{QU}{2} = \dfrac{400 \times 200}{2} = 40\,000$（元）

2. 存在商业折扣情况下的经济批量决策

在基本经济批量中，假定不存在价格折扣。而现实中，许多企业为扩大销售，对大批量采购在价格上都会给予一定的优惠，这种情况下，采购成本也成为决策的相关成本，即

存货相关总成本＝相关进货成本＋相关储存成本＋采购成本

计算步骤为：先假设不存在价格折扣，计算基本经济批量，然后加进不同批量的采购成本，通过比较，确定出总成本最低的订货批量，即有数量折扣时的经济订货批量。

【例 6-6】 某企业全年需要甲材料 1 200 千克，每一次的订货成本为 400 元，单位储存成本为 6 元，材料单价为 200 元/千克，计算相关指标。若每次订货超过 600 千克，可给予 3％ 的价格折扣，问应以多大的批量订货？

解：（1）按经济批量采购，不享受价格折扣，则

存货相关总成本＝相关进货成本＋相关储存成本＋采购成本

　　　　　　　＝1 200/400×400＋400/2×6＋1 200×200

　　　　　　　＝1 200＋1 200＋240 000

　　　　　　　＝242 400（元）

（2）不按经济批量，享受价格折扣，即每次进货 600 千克，则

存货相关总成本＝相关进货成本＋相关储存成本＋采购成本

　　　　　　　＝1 200/600×400＋600/2×6＋1 200×200×（1－3％）

　　　　　　　＝800＋1 800＋232 800＝235 400（元）

通过以上比较可知，订货量为 600 千克时，总成本较低，所以有数量折扣的经济批量

为 600 千克。

3. 存在缺货情况下的订货批量

若取消不允许出现缺货的假设即对缺货成本加以考虑。假设 S 为企业单位缺货年均成本，则允许缺货情况下的订货批量存货计算公式为

$$Q = \sqrt{\frac{2DK}{K_c}} \times \sqrt{\frac{K_c + S}{S}} = \sqrt{\frac{2KD(K_c + S)}{K_c S}}$$

【例 6-7】　接例 6-5，假设企业单位缺货成本年均 4 元，则

$$Q = \sqrt{\frac{2 \times 400 \times 1\,200 \times (6 + 4)}{6 \times 4}} = 632（千克）$$

通过以上计算可知，允许出现缺货时的经济订货批量为 632 千克。

6.3.4　存货的日常管理

存货日常管理的目标是，在保证企业生产经营正常进行的前提下尽量减少库存成本，防止存货积压。实践中常用的管理方法有存货储存期控制、存货 ABC 分类管理、存货定额控制等多种。这里只介绍存货 ABC 分类管理方法。

所谓 ABC 分类管理就是按照一定的标准，将企业的存货划分为 A、B、C 三类，分别实行分品种重点管理、分类别一般控制和按总额灵活掌握的存货管理方法。

企业存货品种繁多，尤其是大中型企业的存货往往多达上万种甚至数十万种。不同的存货对企业财务目标的实现具有不同的作用。有的存货尽管品种数量少，但金额大，如果管理不善，将给企业造成极大的损失。相反，有的存货虽然品种数量繁多，但金额微小，即使管理当中出现一些问题，也不至于对企业产生较大的影响，因此，无论是从能力还是经济角度，企业均不可能也没有必要对所有存货不分巨细地严加管理。ABC 分类管理正是基于这一考虑而提出的，其目的在于使企业分清主次，突出重点，以提高存货资金管理的整体效果。

1. 存货 ABC 分类的标准

存货分类的标准主要有两个：一是金额标准；二是品种数量标准。其中金额标准是最基本的，品种数量标准仅作为参考。

A 类存货的特点是金额巨大，但品种数量较少；B 类存货金额一般，品种数量相对较多；C 类存货的特点是数量繁多，但价值很小。如一个拥有上万种商品的百货公司，家用电器、高档皮货、家具、摩托车、大型健身器械等商品的品种数量并不很多，但价值却相当大；大众化的服装、鞋帽、床上用品、布匹、文具等商品数量比较多，但价值相对 A 类商品要小得多；至于各种小百货，如针线、纽扣、化妆品、日常卫生用品及其他日杂用品等，商品数量非常多，但所占金额却很小。一般而言，三类存货的金额比重大致为 A：B：C＝7：2：1，品种数量比重大致为 A：B：C＝1：2：7。可见，由于 A 类存货占用着绝大多数的资金，要能够控制好 A 类存货，基本上就不会出现较大的问题。

2. ABC 分类法的操作步骤

（1）计算每一种存货在一定期间内（通常为 1 年）的资金占用额。

（2）计算每一种存货资金占用额占全部存货资金占用额的百分比，并按大小顺序排列，编成表格。

（3）将存货占用资金数目大，品种数量较少的确定为 A 类；将存货占用资金一般，品种数量相对较多的确定为 B 类；将存货品种数量繁多，但价值较小的确定为 C 类。

（4）对 A 类存货进行重点规划和控制；对 B 类存货进行次重要管理；对 C 类存货实行一般管理。

【例 6-8】 某企业生产需要 20 种材料，共占用材料资金 100 万元。其中：A 类材料 2 件（10％的比重），价值量占用 60％；B 类材料 4 种（20％的比重），价值量占用 20％；C 类材料 14 种（70％的比重），价值量占用 20％。

通过对存货的 A、B、C 分类，可使企业分清主次，并采取相应的对策进行有效的管理和控制。从财务管理的角度来看，A 类存货种类虽然较少，但占用资金较多，应集中主要精力，对其经济批量进行认真规划，实施严格控制；C 类存货虽然种类繁多，但占用资金很少，不必耗费过多的精力去分别确定其经济批量，也难以实行分品种或分大类控制，因此，可凭经验确定进货量。B 类存货介于 A 类和 B 类之间，也应给予相当的重视，但不必像 A 类那样进行非常严格的规划和控制，管理中可根据实际情况采取灵活措施。

本章小结

本章主要介绍了下列短期投资管理的相关理论。

1. 现金是指在生产过程中暂时停留在货币形态的资金，包括库存现金、银行存款、银行本票和银行汇票等。

现金的持有动机包括交易动机、预防动机和投机动机，持有现金的成本由持有成本、转换成本和短缺成本三部分组成。

2. 确定最佳现金持有量的方法包括成本分析模式和存货模式。

3. 现金的日常管理主要涉及现金的流入和流出管理，现金流入管理主要是使现金尽可能早地流入企业，加速现金的周转；现金流出管理的管理重点是使现金尽可能推后流出企业。

4. 应收账款是指因对外销售产品、材料、供应劳务及其他原因，应向购货单位或接受劳务的单位及其他单位收取的款项，包括应收销售款、其他应收款、应收票据等。

应收账款的主要功能是促进销售和减少库存，其持有成本包括机会成本、管理成本及坏账成本。

5. 应收账款的日常管理主要涉及应收账款账龄分析和应收账款的风险防范与控制。

6. 存货，指企业在正常生产经营过程中持有以备出售的产成品或商品，或者为了出售仍然处在生产过程中的在产品，或者将在生产过程或提供劳务过程中耗用的材料、物料等。

其功能包括防止停工待料、适应市场变化、降低进货成本以及维持均衡生产，其成本包括进货成本、储存成本和缺货成本。

7. 存货基本经济批量是指在一定时期之内能够使存货总成本最低的订货数量。基本经济批量法是存货规划的一种方法。

8. 存货日常管理的目标是在保证企业生产经营正常进行的前提下尽量减少库存，防止积压。实践中形成的行之有效的管理方法有存货存储期控制、存货ABC分类管理、存货定额控制等多种方法。

基础与提高

一 单项选择题

1. 企业置存一定的现金，其动机是为了满足（　　）。

    A. 交易性、预防性、收益性需要

    B. 交易性、投机性、收益性需要

    C. 交易性、预防性、投机性需要

    D. 收益性、预防性、投机性需要

2. 在一定时期，当现金需要量一定时，同现金持有量成反比的成本是（　　）。

    A. 管理成本　　　　B. 资金成本　　　　C. 短缺成本　　　　D. 机会成本

3. 某企业拟以"2/20，n/40"的信用条件购进原料一批，则企业放弃现金折扣的机会成本率为（　　）。

    A. 2%　　　　　　B. 18%　　　　　　C. 36%　　　　　　D. 36.73%

4. 在其他因素不变的情况下，企业采用积极的收账政策，可能导致的后果是（　　）。

    A. 坏账损失增加　　　　　　　　B. 收账费用增加

    C. 平均收账期延长　　　　　　　D. 应收账款投资增加

5. 基本经济进货批量模式所依据的假设不包括（　　）。

    A. 允许缺货　　　　　　　　　　B. 存货价格稳定

    C. 仓储条件不受限制　　　　　　D. 所需存货市场供应充足

二 多项选择题

1. 为了提高现金的使用效率，通常可以采取的措施有（　　）。

    A. 加速收款

    B. 推迟应付款的支付

C. 尽量使现金流入和流出发生的时间一致

D. 尽量使用从支票开出到款项划款这一段时间的现金

2. 按照随机模式，确定现金存量的下限时应考虑的因素有（　　）。

A. 有价证券的日利息率　　　　　　　B. 企业每日的最高现金需要

C. 企业每日的最低现金需要　　　　　D. 有价证券的每次转换成本

3. 下列属于应收账款管理成本的是（　　）。

A. 对客户的资信调查费用

B. 催收应收账款而发生的费用

C. 无法收回应收账款而发生的费用

D. 因投资应收账款而丧失的利息费用

4. 下列各项中，企业制定信用标准时应予以考虑的因素是（　　）。

A. 客户的资信程度　　　　　　　　　B. 企业自身的资信程度

C. 同行业竞争对手的情况　　　　　　D. 企业承担违约风险的能力

5. 下列项目中属于与存货经济批量有关的是（　　）。

A. 存货单价　　　　　　　　　　　　B. 订货提前期

C. 储存变动成本　　　　　　　　　　D. 年度计划订货总量

三 简答题

1. 现金的含义是什么？现金的功能及持有成本有哪些？

2. 如何确定最佳现金持有量？如何对现金进行日常管理？

3. 应收账款有哪些功能？如何对应收账款进行日常管理？

4. 存货包括哪些？有哪些功能？如何确定最佳进货量？

5. 如何对存货进行日常管理？

四 计算分析题

某公司本年度需耗用乙材料 30 000 千克，该材料采购成本为 200 元/千克，年度储存成本为 16 元/千克，平均每次进货费用为 20 元。

求：（1）本年度乙材料的经济进货批量。

（2）本年度乙材料经济进货批量下的相关总成本。

（3）本年度乙材料经济进货批量下的平均资金占用额。

（4）本年度乙材料的最佳进货批次。

技能实训

一 实训项目

应收账款收账政策评价和存货经济批量的计算。

二 实训方式

1. 阅读实训材料并思考实训分析中的问题，然后分小组讨论。

2. 分小组讨论结束后，每位同学把完成情况整理成书面材料上交。

3. 教师评分后总结。

三 实训材料

某企业只生产一种产品，每年赊销额为240万元，该企业产品变动成本率为80％，资金利润率为25％。企业现有A、B两种收账政策可供选择，有关资料如下表所示。

项　　目	A政策	B政策
平均收账期（天）	60	45
坏账损失率	3	2
应收账款平均余额（万元）		
收账成本	—	—
应收账款机会成本（万元）		
坏账损失（万元）		
年收账费用（万元）	1.8	3.2
收账成本合计（万元）		

四 实训分析

1. 制定应收账款收账政策时要考虑哪些因素？

2. 填制表中空白部分。

3. 对上述收账政策作出评价。

案例讨论

CCC公司存货管理

CCC公司是一家大型生产性企业，存货数额很大。如何控制存货的采购，有效地利用存货为企业创造经济效益，妥善地保管存货，并采用合理的会计处理程序处理存货信息，是该公司存货管理工作的重点。

一、CCC企业财会部对存货所下的定义

存货是指企业在日常活动中持有以备出售的产成品或商品、处在生产过程中的在产品、在生产过程或提供劳务过程中耗用的材料和物料等。必须同时满足下列条件的，才能予以确认：

（1）与该存货有关的经济利益很可能流入企业；

（2）存货的成本能够可靠地计量。

由于 CCC 企业是一个制造业公司，下面包含若干个子公司，存货种类繁多，分类复杂。对其采购、销售业务流转程序设计复杂，各子公司有明确的内部控制制度，对存货管理比较到位，存货各个环节的会计程序处理遵循会计制度要求，正常业务都采用规定的流转程序进行。

二、存货的成本包括采购成本、加工成本和其他成本

采购成本包括买价款、相关税费、运输费、装卸费、保险费以及其可归属于存货采购成本的其他费用；存货的加工成本，包括直接人工以及按照一定方法分配的制造费用；制造费用，是指企业为生产产品和提供劳务而发生的各项间接费用。企业根据制造费用的性质，合理地选择制造费用分配方法。

在同一生产过程中，同时生产两种或两种以上的产品，并且每种产品的加工成本不能直接区分的，其加工成本应当按照合理的方法在各种产品之间进行分配。

三、与采购存货有关的各项凭证

1. 请购单

请购单是由商品制造、资产使用等部门的有关人员填写，送交采购部门，申请购买材料、劳务或其他资产的书面凭证。

2. 订购单

订购单是由采购部门填写，向另一企业购买订购单上所指定材料、劳务或其他资产的书面凭证。

3. 验收单

验收单是收到商品、资产时所编制的凭证，列示从供应商处收到的资产的种类和数量等内容。

4. 卖方发票

卖方发票是供应商开具的，交给买方以载明发运的货物或提供的劳务、应付款金额和付款条件等事项的凭证。

5. 付款凭单

付款凭单是采购方企业的应付凭单部门编制的，载明已收到商品、资产或接受劳务的厂商、应付款金额和付款日期的凭证；付款凭单是企业内部记录和支付负债的授权证明文件。

6. 转账凭证

转账凭证是指记录转账业务的记账凭证，它是根据有关转账业务（即不涉及现金、银行存款收付的各项业务）的原始凭证编制的。

四、与销售存货有关的凭证

1. 顾客订货单

顾客订货单即顾客提出的书面购货要求。企业可通过销售人员或其他途径，如采用电话、信函和向现有的及潜在的顾客发送订货单等方式接受订货，取得顾客订货单。

2. 销售单

销售单是列示顾客所订商品的名称、规格、数量以及其他与顾客订货单有关资料的表格，作为销售方内部处理顾客订货单的依据。

3. 发运凭证

发运凭证即在发运货物时编制的，用以反映发出商品的规格、数量和其他有关内容的凭据。发运凭证的一联寄送给顾客，其余联（一联或数联）由企业保留。这种凭证可用作向顾客开票收款的依据。

4. 销售发票

销售发票是用来表明已销售商品的规格、数量、销售金额、运费和保险费的价格、开票日期、付款条件等内容的凭证。销售发票的一联寄送给顾客，其余联由企业保留。销售发票也是在会计账簿中登记销售业务的基本凭证。

5. 商品价目表

商品价目表是列示已经授权批准的、可供销售的各种商品的价格清单。

五、存货业务会计处理程序

存货采购、验收、付款程序是存货业务会计处理程序的核心内容。首先由供货单位将存货购买发票和运输提货单函寄业务部门；业务部门根据有关存货购买通知单和合同编制存货验收单，一式四联，将发票、提货单、验收单给财会部门；储运部门到供货单位提取货物，将货物送到仓库并将验收单交给财会部门，同时凭提货单去供货单位提取货物送到仓库；仓库编制入库单，一式三联，然后分别通知业务部门和财会部门；财会部门核对合同副本和存货购买通知单，经确认无误后，办理货款结算，并登记有关总账和明细账。

该流程的主要控制内容如下。

（1）提货、验收、付款分管；

（2）存货验收、付款均要核对有关合同和有关凭证；

（3）定期进行账账、账实核对。

（资料来源：http://www1.open.edu.cn/modules/netcourse/2005 _ 12 _ 22/kjzds/unit07zxxdr/01.html）

思考与讨论：

1. CCC 公司存货管理对你有什么启示？

2. 你认为 CCC 公司存货管理的内部控制健全吗？

第 7 章　收入、利润及股利分配管理

学习目标

　　理解和掌握收入、营业收入的概念、内容及确认方法。熟练掌握有关利润分配的顺序、股利分配的影响因素。能够对各种股利分配政策加以灵活运用。

案例导入

　　2007 年 7 月，李郝和 6 名刚从广西财经学院毕业的大学生创办了一家广告公司，6 人出资比例相同。因同学伍红（化名）的父亲是一家行政单位的小头目，掌管着公路沿线一些户外广告业务，于是大家一致推选他为公司负责人。伍红和大家签订了经营合同，约定股份的分成。7 人辛勤工作，一年下来，公司挣了 23 万多元。今年初，大家为这笔收入如何分配争论不休，最后大家决定将钱平分。伍红认为，公司大多业务是因为他父亲的关系拿到的，如果大家执意平分收入，公司只好就此解散。李郝等 6 人细想后，也认为挣到这笔钱伍红的功劳较大。于是大家做出让步，让伍红拿 7 万元，其余的大家平分。分红事件发生后，伍红和大家心里有了疙瘩。因工资问题，他们两次发生争执。伍红最后表态：我是法定代表人，你们都是我的员工，我给你们每月 1 200 元，分红每人一年 2 万元，你们不服有本事告去。李郝他们只好签订了分红协议。

　　思考：这 7 位大学生创办的公司的利润究竟应该如何处理？伍红能否一人决定公司利润的分配政策？

⑦.1　营业收入的确认和管理

7.1.1　收入的定义和特征

1. 收入的定义

在市场经济体制下，作为利润主要组成部分的收入显得越来越重要。营业收入的管理

是财务管理的重要内容。广义的收入概念将企业日常活动及其之外的活动形成的经济利益流入均视为收入，包括营业收入、营业外收入、投资收益、补贴收入等；狭义的收入概念则将收入限定在企业日常活动所形成的经济利益总流入。我国现行制度采用的是狭义的收入概念，即收入是指企业在日常活动中形成的、会导致所有者权益增加的、与所有者投入资本无关的经济利益的总流入。所涉及的收入包括销售商品收入、提供劳务收入和让渡资产使用权收入。企业代第三方收取的款项，应当作为负债处理，不应当确认为收入。

收入主要包括企业为完成其经营目标所从事的经常性活动实现的收入，如工业企业生产并销售产品、商业企业销售商品、咨询公司提供咨询服务、软件公司为客户开发软件、安装公司提供安装服务、商业银行对外贷款、保险公司签发保单、租赁公司出租资产等实现的收入；另外，企业发生的与经常性活动相关的其他活动，如工业企业对外出售不需用的原材料、利用闲置资金对外投资、对外转让无形资产使用权等所形成的经济利益的总流入也构成收入。

2. 收入的特征

(1) 收入从企业的日常活动中产生，而不是从偶发的交易或事项中产生。

(2) 收入可能表现为企业资产的增加，或企业负债的减少，或者二者兼而有之。

(3) 收入必然导致企业所有者权益的增加。

(4) 收入只包括本企业经济利益的流入，不包括为第三方或客户代收的款项。

7.1.2　营业收入的定义和作用

1. 营业收入的定义

营业收入是收入的一部分，主要包括主营业务收入、其他业务收入、公允价值变动损益、投资收益等。一般企业的营业收入，按照形式，主要分为销售商品、提供劳务、让渡资产使用权取得的收入。

2. 营业收入的作用

(1) 营业收入是企业补偿生产经营耗费的主要资金来源。营业收入关系到企业的生产经营活动能否正常进行。加强营业收入管理，可以使企业的各种耗费得到合理及时补偿，有利于企业再生产活动的顺利进行。

(2) 营业收入是企业的经营成果的主要组成，是企业取得利润的重要保障。所以，加强营业收入管理是实现企业财务目标的重要手段之一。

(3) 营业收入是企业现金流入量的重要组成部分。加强营业收入管理，可以促使企业深入研究和了解市场需求的变化，作出正确的经营决策，避免盲目生产，提高企业的素质，增强企业的竞争力。

7.1.3　营业收入的确认

1. 销售商品收入的确认

一般的制造类工业企业，商品的销售收入带来了主要利润。当然，这里的商品也包括一部分原材料、包装物。商品销售收入的确认主要按照以下标准进行。

（1）企业已将商品所有权上的主要风险和报酬转移给购货方。企业已将商品所有权上的主要风险和报酬转移给购货方，是指与商品所有权有关的主要风险和报酬同时转移给了购货方。与商品所有权有关的风险，是指商品可能发生减值或毁损等形成的损失；与商品所有权有关的报酬，是指商品价值增值或通过使用商品等形成的经济利益。判断企业是否已将商品所有权上的主要风险和报酬转移给购货方，应当遵循实质重于形式的原则，同时考虑商品实物的交付及凭证的转移。

一般情况下，转移商品所有权凭证或交付实物后，商品所有权上的所有风险和报酬随之转移，如大多数商品零售、预收款销售商品、订货销售商品、托收承付方式销售商品、分期收款发出商品等。

某些情况下，转移商品所有权凭证或交付实物后，商品所有权上的主要风险和报酬随之转移，企业只保留商品所有权上的次要风险和报酬，如以交款提货方式销售商品、以买断方式委托代销商品等。

（2）企业既没有保留通常与所有权相联系的继续管理权，也没有对已售出的商品实施有效控制。通常情况下，企业售出商品后不再保留与商品所有权相联系的继续管理权，也不再对售出商品实施有效控制，表明商品所有权上的主要风险和报酬已经转移给购货方，应在发出商品时确认收入；反之，则销售收入不成立，如售后回购。

（3）收入的金额能够可靠地计量。收入的金额能够可靠地计量，是指收入的金额能够合理地估计。如果收入的金额不能够合理估计，则无法确认收入。

（4）相关的经济利益很可能流入企业。相关的经济利益很可能流入企业，是指销售商品价款收回的可能性大于不能收回的可能性，即销售商品价款收回的可能性超过50%。企业在确定销售商品价款收回的可能性时，应当结合以前和买方交往的直接经验、政府有关政策、其他方面取得的信息等因素进行分析。一般情况下，如果商品符合买方要求，双方已经交付账单，并承诺付款，则表明商品的经济利益能够流入企业。

（5）相关的已发生或将发生的成本能够可靠地计量。通常情况下，与销售商品相关的已发生或将发生的成本能够合理地估计，如库存商品的成本、商品运输费用等。如果库存商品是本企业生产的，其生产成本能够可靠地计量；如果是外购的，购买成本能够可靠地计量。有时，与销售商品相关的已发生或将发生的成本不能够合理地估计，那么企业不应确认收入，已收到的价款应确认为负债。

2. 提供劳务收入的确认

企业提供的劳务有不跨年度的和跨年度的两种。一年内开始并完成的劳务，企业应当在劳务完成时确认收入。开始和完成属于不同年度的劳务，企业应当根据劳务的结果能否可靠估计进行不同的处理。

（1）提供劳务交易结果能够可靠估计的情形。在资产负债表日，提供的劳务的结果能够可靠估计的，采用完工百分比法确认劳务收入。

在采用完工百分比法确认收入时，收入和相关成本应按以下公式计算：

本期确认的收入＝提供劳务收入总额×完工进度－以前会计期间累计
已确认提供劳务收入
本期确认的成本＝提供劳务估计成本总额×完工进度－以前会计期间累计
已确认提供劳务成本

劳务完成程度可以用多种方法来确定。按照新准则的规定，依据交易的性质，通常采用以下方法来确定劳务完成程度：第一，已完工作的测量；第二，已经提供的劳务占应提供劳务总量的比例；第三，已经发生的成本占估计总成本的比例。当同一种劳务可以选用上述一种以上的方法来确定完成程度时，应以采用何种标准更准确为原则。

提供劳务交易的结果能够可靠估计，是指同时满足下列条件。

①收入的金额能够可靠地计量，是指提供劳务收入的总额能够合理地估计；

②相关的经济利益很可能流入企业，是指提供劳务收入总额收回的可能性大于不能收回的可能性，企业在确定提供劳务收入总额收回的可能性时，应当进行定性分析；

③交易的完工进度能够可靠地确定，是指交易的完工进度能够合理地估计；

④交易中已发生和将发生的成本能够可靠地计量，是指交易中已经发生和将要发生的成本能够合理地估计。

通常，企业在与交易的其他方就以下方面达成协议后，表明能够对交易的结果作出可靠的估计。

①关于一方提供劳务和另一方获得劳务的强制执行权；

②进行交换的对价；

③结算的方式和条件。

（2）提供劳务交易结果不能可靠估计的情形。企业在资产负债表日提供劳务交易结果不能够可靠估计，即不能满足上述四个条件中的任何一个时，企业不能采用完工百分比法确认提供劳务收入。此时，企业应正确预计已经发生的劳务成本能够得到补偿和不能得到补偿，分别进行会计处理。

①已经发生的劳务成本预计能够得到补偿的，应按已经发生的能够得到补偿的劳务成本金额确认提供劳务收入，并结转已经发生的劳务成本。

②已经发生的劳务成本预计全部不能得到补偿的，应将已经发生的劳务成本计入当期损益，不确认提供劳务收入。

另外，企业与其他企业签订的合同或协议，有时既包括销售商品又包括提供劳务，如销售中央空调的同时负责安装工作，如果销售商品部分和提供劳务部分能够区分且能够单独计量的，企业应当分别核算销售商品部分和提供劳务部分，将销售商品的部分作为销售商品处理，将提供劳务的部分作为提供劳务处理；如果销售商品部分和提供劳务部分不能够区分，或虽能区分但不能够单独计量的，企业应当将销售商品部分和提供劳务部分全部作为销售商品部分进行会计处理。

3. 让渡资产使用权收入的确认

让渡资产使用权收入主要包括利息收入、使用费收入，企业对外出租资产收取的租金、进行债券投资收取的利息、进行股权投资取得的现金股利。

让渡资产使用权收入同时满足下列条件的，才能予以确认。

（1）相关的经济利益很可能流入企业；

（2）收入的金额能够可靠地计量。

7.1.4　营业收入的影响因素

通常在营业收入管理中主要应考虑以下几项影响因素：价格与销售量、销售退回、销售折扣、销售折让。

1. 价格与销售量

营业收入主要由商品的销售收入构成，商品的销售收入等于商品价格与商品销售量的乘积。企业在销售过程中应重点考虑这两个因素。商品价格的提高会使商品的销售量下降；商品销售价格的下降会促使商品销售量提高，但利润会减少。企业要在两者之间平衡，合理确定价格，保证一定的市场占有份额。

2. 销售退回

销售退回是指在产品已经销售，营业收入已经实现以后，由于购货方对收到货物的品种或质量不满意，或者其他原因而向企业退货，企业向购货方退回货款。销售退回对企业营业收入有较大影响，因为销售退回要冲减销售收入，造成营业收入的减少。所以，企业在销售过程中要做好各方面的工作，减少销售退回。

3. 销售折扣

销售折扣是企业根据客户的订货数量和付款时间给予客户的折扣或价格优惠，按折扣方式分为现金折扣和商业折扣。现金折扣是企业给予在规定的日期以前付款的客户的价格优惠，这种折扣是企业为了尽快收回款项而采取的一种手段，它能够提高资金的周转速度。商业折扣是在公布的价格之外给予客户一定比例的价格折扣，通常是企业出于稳定老客户关系，扩大销售量的目的。

4. 销售折让

销售折让是企业向客户交付商品后，因商品的品种、规格或质量等不符合合同的规定，经与客户协商，客户同意接受商品，而企业在价格上给予一定比例的减让。销售折让的处理方式类似于销售退回，也会冲减当期的销售收入，造成营业收入的减少。

7.1.5　营业收入的管理

营业收入管理是企业财务管理的一个重要方面，它关系到企业的生存和发展，加强营业收入管理对企业有重要的意义。

1. 做好营业收入的市场预测

营业收入的市场预测主要依赖于企业对市场的把握及经营经验，结合行业趋势的变化、企业市场销售人员对销售情况走势的分析、同行专家测评、问卷调查等方式进行，最终要求形成销售量或销售额的预测结果。

2. 根据市场预测，制订生产经营计划，保证营业收入的实现

营业收入计划的编制主要是通过预测的销售量计算出其销售收入。销售收入可以按照各种产品分别计算，然后再加总计算出计划期的总销售收入。销售收入由产品销售数量和销售价格决定。

3. 积极处理好经营中的过程控制，提高企业的经济效益

为了保证营业收入按计划实现，企业应该做好全方位的配套工作：保证资金链的通畅，并按照营业收入的预测确定合理的资金来源和渠道，降低资金成本；做好生产管理，从材料采购开始，在保证产品质量的前提下压缩采购成本、生产成本；做好销售过程中的促销工作，特别是丰富广告形式和合理投入广告经费；加快应收款的回收，保证企业财务管理最终目标的实现。

(7.2　利润分配管理

企业的利润分配对企业有重大意义。利润分配要求企业协调各方面的关系，严格遵照国家的法规和相关制度进行。分配的结果包括上缴给国家的各项税收、分配给投资者的利润、最后形成的企业留存利润。在分配过程中，如何确定合适的比例和数额，关系到企业形象、投资者对企业的信心以及企业以后的筹资方式和渠道。从本质上来考虑，利润分配的实质是确定对外分配和对内留存的适当比例。

7.2.1　利润分配的原则

1. 法定分配原则

不同利益主体的利益要求，决定了公司税后利润的分配必须从全局出发，照顾各方利益关系。为了规范利润分配，国家颁布了相关的法规，规定了利润分配的基本要求、一般程序和重要比例，企业应当按照国家规定执行，不得违反。如国家对用于分配利润的构成、分配决策机构、分配顺序、公积金的用途都给出了明文规定。

2. 合理确定分配比例原则

利润分配主要涉及投资者和企业的内部积累，如何确定合理的分配比例，对企业尤为重要。

利润合理比例的确定主要应满足以下两方面的要求。

（1）满足投资者的投资分红要求，充分保护投资者利益，提高投资者对企业的信心，维护企业的良好形象；

（2）在企业内部保持一定量的留存资金，用于满足企业生产经营和投资需求。

3. 维护各方利益原则

公司税后利润的分配由于涉及投资者、债权人、职工、社会等各个利益主体的切身利益，为维护社会秩序，企业应当承担调节职能，平衡各方面的利益冲突。投资者投资的根本目的在于获取投资收益和报酬，企业应当视情况给予分红；债权人通过借款获得借款收益，企业应当保证其利息和本金的支付；职工作为企业财富的基础创造者应当获取工资、奖金和其他劳务报酬；社会主要是指国家，企业应当缴纳税金以保证国家职能部门正常运行。

4. 权益对等原则

企业利润分配应当遵循投资与收益对等原则，做到"谁投资，谁受益"，收益大小与投资比例相适应，正确处理投资各方的利益关系。企业在向投资者分配利润时，要遵循"公开、公平、公正"的原则，按照投资各方的投资比例分配，不侵犯中小投资者的利益，不利用职权进行利润分配操作，维护投资各方利益，打造企业的良好形象。

5. 保证资本原则

国家对利润分配的内容给出了明确规定，企业税后利润有权进行利润分配，而作为投资资本不属于利润分配的范畴。利润分配的实质是对投资者资本的增加值进行分配，企业必须在有增加值即留存收益的情况下才能进行利润的分配，而投资者的投入资本只有当企业缩小规模或清算时才能考虑返还给投资者，两者性质完全不一样。

7.2.2 利润分配的顺序

企业的利润总额按照国家规定作出相应调整后，首先要缴纳所得税，税后剩余部分的利润为可供分配的利润。可供分配的利润再按如下顺序进行分配。

（1）弥补以前年度的亏损。我国财务制度和相关法规规定，企业年度亏损可以在 5 年内用税前利润弥补，超过 5 年不足的部分，用税后利润弥补。本年净利润加年初未分配利润大于零，可以进行分配。

（2）提取法定盈余公积金。即按税后利润扣除前两项后的 10% 提取法定盈余公积金。盈余公积金已达注册资金的 50% 时可不再提取。盈余公积金可用于弥补亏损或按国家规定转增资本金。

（3）提取任意盈余公积金。

（4）向投资者分配利润。

【例 7-1】 A 公司 2003 年年初未分配利润账户为贷方余额 30 万，当年发生亏损 150万，2004—2008 年，每年赢利 20 万，2009 年赢利 80 万，所得税税率为 25%，盈余公积金计提比例为 10%。2009 年该公司应缴所得税是多少？应提取的盈余公积金是多少？可供投资者分配的利润是多少？

解：（1）2009 年年初未分配利润＝30－150＋20×5＝－20（万元）

2009 年应缴所得税＝80×25%＝20（万元）

（2）2009 年税后利润＝80×（1－25％）＝60（万元）

2009 年可供分配利润＝60－20＝40（万元）

2009 年提取盈余公积金＝40×10％＝4（万元）

（3）2009 年可供投资者分配的利润＝40－4＝36（万元）

⑦.3　股利分配管理

7.3.1　股利分配政策

股利分配政策是股份公司关于是否发放股利、发放多少以及何时发放、发放方式等的方针和政策。它有狭义和广义之分。狭义的股利政策探讨保留盈余和普通股股利支付的比例关系问题，即股利发放比率的确定。而广义的股利政策则包括股利宣布日的确定、股利发放比例的确定、股利发放时的资金筹集等问题。

企业股利分配政策的制定，要求既能满足投资者的合理需求，又能保证企业长期稳定发展。影响股利分配政策的因素有以下几个方面。

（1）主要应遵守的法律方面的三个原则。保护资本完整，即不能用资本来发放股利，目的在于从根本上保护投资者和债权人的利益；股利出自赢利；确保债权人利益。

（2）控制权大小的约束。股利派发将增加将来依靠发行新股尤其是普通股筹资的可能性，而发行新股又意味着企业控制权的稀释，另外，新股发行更会导致流通股增加，普通股每股赢利和每股市价会下跌，但少发股利又可能引起现有股东不满，所以这种两难境地会影响企业决策。

（3）筹资能力和偿债需要。偿债能力强，可按较高比率支付股利，用现有货币资金偿债，则应尽量少发。

（4）公司资产的流动性。流动资产越多，变现能力越强，股利支付能力越强，但不应为支付股利而降低公司财产的流动性。

（5）投资机会。投资机会多，企业下期需要大量投资性现金，应当减少支付股利。

（6）公司加权资金成本。股利政策对公司加权资金成本的影响表现在四个方面：留存收益的多少、股利的信号作用（股利下降容易引发股价下跌）、投资者对股利风险和资本增值风险的看法、资本结构的弹性（股利政策在资本结构弹性小的公司比在弹性大的公司更重要）。

（7）股利政策惯性。在做重大调整时应考虑历年股利政策的连续性和稳定性，以免影响企业的声誉、股票价格、负债能力和信用。

（8）投资者结构或股东对股利分配的态度。考虑投资者或股东不一致的态度，以平衡公司和各类股东的关系。

7.3.2 股利分配政策的类型

股利分配政策在企业的理财政策中地位重大，关键问题就在于正确处理发放股利与留存收益之间的比例关系。就目前而言，常见的股利分配政策有以下几种。

1. 剩余股利政策

（1）剩余股利政策的概念。剩余股利政策是指公司净收益先满足再投资的需求，收益有剩余，则派发股利；收益没有剩余，则不派发股利。

剩余股利政策重视企业的最优资本结构，主要考虑企业的投资需求和资本成本。在这种股利政策下，能使企业的资本成本降到最低，企业价值达到最大化。

（2）剩余股利政策的基本步骤。

①确定公司的最优资本结构目标，即确定权益资本和债务资本的合适比例，使平均资本成本最低；

②预计公司投资资金需求中所需要的权益资本数额；

③尽可能用留存收益来满足投资资金需求中所需增加的股东权益数额；

④留存收益在满足公司股东权益增加需求后，如果有剩余再用来发放股利。

【例7-2】 A公司2009年提取公积金后的净利润为1 000万元，最优资本结构中权益资本和债务资本的比例为6∶4。公司2010年有一个投资项目，计划投资1 500万元，A公司采用剩余股利政策，最多能发放多少股利？

解： 新增投资中权益资本的数额＝1 500×60％＝900（万元）

可以用于发放股利的剩余资金＝1 000－900＝100（万元）

在上面的例题中，如果该公司提取公积金后的净利润小于900万元，则企业不能发放股利。

（3）剩余股利政策的优缺点。

①优点。剩余股利政策优先保证投资的需要，降低投资的资金成本，保持最优资本结构，实现企业价值最大化。

②缺点。剩余股利政策使得股利发放额随每年投资机会和赢利水平的波动而波动；在投资机会维持不变的情况下，股利发放额将因公司每年赢利的波动而同方向波动。剩余股利政策不利于投资者安排收入与支出，也不利于公司树立良好的形象，影响股东及投资者对企业的信心。剩余股利政策一般适用于刚成立的企业。

2. 固定股利（或稳定的股利）政策

（1）固定股利政策（或稳定的股利政策）的概念。固定股利政策（或稳定的股利政策），是公司将每年派发的股利额固定在某一特定水平上，长期内派发的股利额保持不变。只有当企业对未来利润增长确有把握时才增加每股股利额。

在这种政策下，不论经济状况如何，也不论企业经营业绩如何，公司都将每期的股利固定在某一水平上；只有当公司管理者认为未来赢利将显著地、不可逆转地增长时，才会提高股利的支付水平。

（2）固定股利政策（或稳定的股利政策）的优缺点。

①优点。固定股利或稳定的股利增长率可以传递公司经营业绩固定或稳定增长的信息，给投资者带来稳定的股利收入，增加投资者对公司的信心，树立良好的企业形象，有利于公司股票价格的稳定与上升。

②缺点。公司股利支付与公司赢利相脱节，它可能会给公司造成较大的财务压力，也不能保持较低的资本成本，公司很难长期采用该政策。固定股利政策（或稳定的股利政策）一般适用于经营情况比较稳定的企业。

3. 固定股利支付率政策

（1）固定股利支付率政策的概念。所谓固定股利支付率政策是指公司事先确定一个固定的股利支付率，并长期用净利润乘以该比例支付股利的政策。利润多，则股利多；利润少，则股利少。这样，股东的股利每年都随利润的变动而变动。

（2）固定股利支付率政策的优缺点。

①优点。固定股利支付率政策使股利与企业盈余紧密结合，以体现多盈多分、少盈少分、不盈不分的原则；另外，保持股利与利润间的一定比例关系，不会给企业带来巨大的财务负担。

②缺点。在这种政策下，公司每期都根据一定比例支付现金股利，带来一定的财务压力；确定一个合理恰当的股利支付比例有一定的困难；股利的不确定不利于维护企业稳定的形象，不利于稳定投资者的信心，可能造成公司股价的下跌。固定股利支付率政策适用于财务状况较稳定的的公司。我国部分上市公司也采用该政策。

4. 低正常股利加额外股利政策

（1）低正常股利加额外股利政策的概念。低正常股利加额外股利政策是公司事先设定一个较低的经常性股利额，一般情况下，公司每期都按此金额支付正常股利，只有企业赢利较多时，再根据实际情况向股东发放额外股利。

这种政策，既解决了固定股利支付政策的呆板性问题，又解决了固定股利支付率政策的不稳定性问题。

（2）低正常股利加额外股利政策的优缺点。

①优点。低正常股利加额外股利政策有较大的灵活性，企业可以根据公司的具体情况，选择不同的股利发放水平，以完善公司的资本结构，进而实现公司的财务目标；低正常股利加额外股利政策有助于稳定股价，增强投资者信心。公司每年固定派发的较低股利使公司仍然能够按照既定承诺的股利水平派发股利，使投资者保持一个固定收益，这有助于维持公司股票的现有价格。而当公司赢利状况较好且有剩余现金时，可以在正常股利的基础上再派发额外股利，增强投资者信心。

②缺点。公司的赢利波动使得额外股利不断变化，还是会给投资者造成公司收益不稳定的感觉；如果取缔长期发放的额外股利可能会使股东认为这是公司财务状况不良的表现，进而可能引起公司股价下跌的不良后果。低正常股利加额外股利政策适用于赢利政策经常波动的企业。

总之，每个企业都应当根据自身特有的情况，充分考虑自己的赢利能力和财务风险，选择适合企业自身的股利支付政策。

本章小结

本章主要介绍了下列关于收入、利润及分配管理的相关理论。

1. 营业收入是收入的一部分，主要包括主营业务收入、其他业务收入、公允价值变动损益、投资收益等。一般企业的营业收入，按照形式，主要分为销售商品、提供劳务、让渡资产使用权取得的收入。

2. 我国的利润分配程序：企业的利润总额按照国家规定作相应调整后，先缴纳所得税，税后剩余部分的利润为可供分配的利润。可供分配的利润分配顺序如下：弥补以前年度的亏损；提取法定盈余公积金；提取任意盈余公积金；向投资者分配利润。

3. 股利分配政策在企业的理财政策中地位重大。现行的股利分配政策主要有剩余股利政策、固定股利或稳定的股利政策、固定股利支付率政策、低正常股利加额外股利政策。每种股利政策都有其优缺点，企业应当根据自身情况选择恰当的股利政策。

基础与提高

● 单项选择题

1. 一般而言，适宜采用固定股利政策（或稳定的股利政策）的公司是(   )。
   A. 赢利较高而且投资机会较多的公司
   B. 经营比较稳定或正处于成长期的企业
   C. 收益波动较大的公司
   D. 负债率较高的公司

2. 在下列股利分配政策中，能保持股利与收益之间一定的比例关系，并体现多盈多分、少盈少分、无盈不分原则的是(   )。
   A. 固定股利支付率政策
   B. 剩余股利政策
   C. 低正常股利加额外股利政策
   D. 固定股利政策（或稳定的股利政策）

3. 按照剩余股利政策，假定某公司资产负债率是30%，明年计划投资600

万元，今年年末股利分配时，应从税后净利润中保留（　　）万元用于投资需要。

A. 180 　　　　　 B. 240 　　　　　 C. 360 　　　　　 D. 420

4. 主要依靠股利维持生活的股东和养老基金管理人最不赞成的公司股利政策是（　　）。

A. 剩余股利政策

B. 固定股利政策（或稳定的股利政策）

C. 固定比例政策

D. 正常股利加额外股利政策

5. 下列（　　）项目不能用于分派股利。

A. 盈余公积金 　　　　　　　　　　 B. 股本

C. 税后利润 　　　　　　　　　　　 D. 上年未分配利润

二 多项选择题

1. 下列属于固定股利政策优点的是（　　）

A. 可以使公司树立良好的形象 　　　 B. 具有灵活性

C. 降低了投资者的投资风险 　　　　 D. 适合经济波动的企业

2. 剩余股利政策的优点包括（　　）。

A. 保持理想的资本结构

B. 充分利用资金成本最低的资金来源

C. 收益分配稳定

D. 有利于公司股票价格的稳定

3. 利润分配的原则包括（　　）。

A. 依法分配原则 　　　　　　　　　 B. 各方利益兼顾原则

C. 投资和收益对等原则 　　　　　　 D. 合理积累原则

4. 股东从保护自身利益的角度出发，在确定股利分配政策时应考虑的因素有（　　）。

A. 投资机会 　　　 B. 控制权 　　　 C. 稳定收入 　　　 D. 规避风险

5. 有利于公司树立良好的形象、增强投资者信心、稳定公司股价的股利政策有（　　）。

A. 剩余股利政策

B. 固定股利政策（或稳定的股利政策）

C. 固定股利支付率政策

D. 低正常股利加额外股利政策

三 简答题

1. 影响股利政策的因素有哪些？

2. 股利政策有哪几种类型，各有什么优缺点？

3. 股利政策如何实施？

4. 股利分配政策对投资者的影响有哪些？

（四）计算分析题

1. 某公司 2004 年初未分配利润账户为贷方余额 20 万，当年发生亏损 80 万，2005 年—2008 年，每年赢利 10 万，2009 年赢利 50 万，所得税税率为 25％，盈余公积计提比例为 10％。该公司 2009 年应缴所得税是多少？应提取盈余公积金多少？可供投资者分配的利润是多少？

2. A 公司 2009 年提取公积金后的税后利润为 800 万元，资产负债率为 40％，公司 2010 年有一个投资项目，计划投资 1 000 万元，A 公司采用剩余股利政策最多能发放多少股利？

（五）解决问题

1. 股利政策分配训练。访问一个大中型股份制公司，查访其最近 5 年的股利分配政策，包括股利分配的程序、方案、投资者的态度。

2. 讨论股利政策对企业的影响。

3. 了解当地公司的股利分配政策及程序的制定，了解投资者对股利政策的要求。

技能实训

一 实训项目

股利政策的选择。

二 实训方式

1. 个人阅读实训材料，对实训分析中的问题进行思考，然后分组讨论对实训材料涉及的利润分配的认识。

2. 分组讨论结束后，每位同学把讨论情况整理成书面材料上交。

3. 教师评分后总结。

三 实训材料

2009 年 2 月，公布 2008 年年报及利润分配方案的上市公司陆续增多。32 家钢铁公司中包括鞍钢等大都预计利润下滑，攀钢钢钒等甚至出现首亏。而抚顺特钢却以净利润增长 46.48％成为一枝独秀。但令股民费解的是，2008 年抚顺特钢仍然是不转增不送股不分红，这已经是抚顺特钢连续第 7 年没有进行任何利润分配了，2008 年底其账上未分配利润已高达 2.92 亿。

根据公司年报，2008 年上半年钢铁市场形势比较好，公司赢利较高，公司全年销售收入同比增加 10.78％；虽四季度遭遇金融危机影响，销售收入和利润均大幅下降，公司全年净利润却达 3 475.87 万元。但是 2008 年抚顺特钢董事会仍然决定不分配利润。事实上，自 2000 年上市以来，抚顺特钢仅在 2000 年底和 2001 年底时分别派发股利 0.5（含税）元股和 0.3（含税）元股，尔后再也没有进行分红或转送股。而 7 年不分红，截止 2007 年抚顺特钢的未分配利润已达到 2.59 亿。加上当期的净利润，2008 可供分配的利润已达 2.92 亿元。而抚顺特钢总股份为 5.2 亿，如果将未分配利润全部进行分红，那么每十股将能派到 5.6 元！

抚顺特钢资金来源仅是自有资金和银行借贷。2008 年抚顺特钢货币资金有 8.2 亿，占流动资产的 32%，占总资产的 18.8%。

抚顺特钢的公告显示："2009 年公司将全面启动对现有工艺装备、生产线的技术改造和配套完善以及新建生产线工程。全年技改结转工程 39 项，新开工程 14 项，计划投资 2.4 亿元。考虑到公司正处于快速发展阶段，公司拟将未分配利润用于补充资本性支出资金缺口。"

记者又翻阅抚顺特钢历年年报，发现尽管每年均能实现赢利，但不分红的原因均是加大工艺装备技改的投入、增加资本支出的需要。而技术改造计划投入的数额几乎逐年增加，由 2007 年计划投入 1.47 亿，到 2008 年的 2.75 亿、2009 年的 2.4 亿。

记者拨通了抚顺特钢证券代表赵越先生的电话。他向记者解释："我们有几项非常关键的投入。应该说长期以来我们有很多工程在进行，技术改造比较多，而且还有些计划没有提出来，技术改造是一个连续的过程。"

"作为我们特钢来讲，高端钢的技术还不够成熟，尤其与西方相比差距还比较大。许多高端钢都需要进口。我们技术改造项目的目的是替代进口，这对国民经济、国防建设都很重要。"赵越如是说。

但令人不解的是，就算不分红，如此多的未分配利润和资本公积金也可以进行转送股，但是 7 年的时间内，抚顺特钢却从未进行过转送股。

"为什么没有转送股，是因为董事会没有提出，具体情况需要问董秘。但是今年我们董事会公司章程中现金分红有了一个修改，从明年起就可以按照新的规定走了。"赵越向记者表示。

因董秘出差，记者一直未联系到其人。由于公司章程修改的议案尚未公告，记者从赵越口述了解到部分关于分红修改的内容。但记者发现抚顺特钢只是就章程中不符合去年证监会发布的《关于修改上市公司现金分红若干规定的决定》的内容进行一些修改外，并没有制定更加明确的利润分配政策。也许最能安慰投资者的是增加了"公司重视对投资者的合理回报，公司可以采用现金或者股票方式分配股利，积极推行现金分配方式，公司可以采用中期现金分配方式分配股利"这项内容。

（资料来源：《证券日报》2009 年 2 月 20 日第 C01 版）

四 实训分析

1. 分析抚顺特钢的利润分配是否恰当？公司关于改造加大投入的说法是否合理？

2. 如果你是公司董事会的成员，对抚顺特钢的利润分配政策如何选择？

案例讨论

济南钢铁公布利润分配预案分析

济南钢铁作为国内一流、国际先进的钢铁生产企业，先后被评为全国实施卓越绩效模式先进企业、全国质量管理奖、中国企业500强、中国企业信息化500强重大企业信息化建设成就奖、自主创新突出贡献奖、全国第一批循环经济试点单位，出口产品总量、创汇额在全国冶金行业处于前列，出口中厚板连续保持第一；效益在全国同类、同规模企业排名中位居榜首。

2005年，在经历了原材料价格的大幅增长与钢材价格的大幅下滑后，济南钢铁经营业绩仍保持良好势头，全年实现主营业务收入240.16亿元，同比增长25.44%；利润总额12.78亿元；净利润8.29亿元，同比增长3.11%。良好的业绩为公司赢得了众多赞誉。

2005年度该公司的股东大会审议并通过了《公司2005年度利润分配预案》等十二项议案，公司董事长陈启祥主持了大会。陈启祥指出，2005年在公司董事会的正确决策和全体职工的共同努力下，克服原材料价格上涨、钢材价格下滑等不利因素，上下同心，群策群力，生产经营取得了令人满意的成绩，实现了公司以股票公开上市为契机，不断展现蓝筹绩优股形象的目标。

2005年济南钢铁共实现净利润8.29亿元，分配如下：

提取10%法定公积金8 285.8万元；

提取5%法定公益金4 142.9万元；

当年可供股东分配的利润为7.04亿元，加上年初转入的未分配利润2.18亿元，实际可供股东分配利润为9.22亿元。

利润分配预案如下：

（1）公司2005年末总股本9.4亿股为基数，向全体股东每10股派送红股1股（面值1元）；

（2）派发现金4亿元人民币（含税），共计派发股利4.7亿元，剩余未分配利润4.52亿元，结转至下年度；

（3）以公司2005年末总股本9.4亿股为基数，向全体股东每10股转增1股，进行资本公积金转增股本，本次转增的股本数额为9 400万股。

（资料来源：《证券日报》2006年5月26日第A03版）

思考与讨论：

1. 济南钢铁利润分配预案中选择派股加现金股利的理由是什么？

2. 现金股利的支持会对公司有什么影响？

3. 派股对济南钢铁股东的控制权有无影响？

第 *8* 章　财务预测与财务计划

学习目标

　　理解和掌握财务预测和财务计划的概念、种类及作用；熟练掌握财务预测的方法，能够进行简单的财务预测。

案例导入

　　某大学 10 位同学大学毕业后打算开设一家麦当劳加盟店，年营业额在 600 万左右，毛利率大约 40%，折合人民币 240 万左右。

　　现在在开店之前正在预测资金的需求量。加盟麦当劳需投入 250 万元左右的资金，主要包括餐厅的厨房、桌椅和装修等固定设施以及标牌的使用。每年可以摊销 25 万元左右的折旧和其他费用。按照麦当劳的规定，加盟店每月需缴纳其营业额的 17%～23% 作为专利费、服务费以及租金，一年大约要 120 万左右。加盟店一般 15 名员工，麦当劳现时的工资标准为 5 元/小时，以每人每天工作 8 小时，一周工作 5 天计算，一家加盟店每年在员工工资的支出上约为 15 万元左右。另外，员工出游、小部分全职员工多收入的部分工资及福利，一年下来，在员工工资及福利上的支出约为 20 万元。麦当劳食品烹饪工作绝大部分由机械完成，另外，高频率使用功率极大的冷暖设备，因此在水电煤费用上的支出数额相当可观。以相近面积的同类西式快餐店的水电费用支出估计，其在这方面的支出约每月 1 万元左右，合计 12 万元/年。经营餐饮业还要缴纳一些额外的费用，如环卫费、教育费附加等，合计每年约 2 万元。另外，每年缴纳营业税大约 30 万元。

　　根据上面的估算，一家麦当劳店的税前利润大约 31 万/年元左右，一年的纯利润大约为 23.25 万元左右。

　　思考： 如果这 10 位同学现有资金 200 万，还需要对外融资多少？多长时间可以收回投资？

8.1 财务预测的概念、职能与分类

8.1.1 财务预测的概念

预测是预计未来事件的一门科学，它需要采集历史数据并用某种数学模型来外推。它也可以是对未来的主观或直觉的预期。它还可以是上述的综合，即经良好判断调整的数学模型。

预测是进行企业财务决策的前提，它是根据所研究企业过去的信息，结合现象的影响因素，运用科学的方法，预测现象将来的发展趋势。财务预测，就是财务工作者根据企业过去一段时期财务活动的资料，结合企业现在面临和即将面临的各种变化因素，运用科学的计算方法，结合主观经验的判断，来预测企业未来的财务状况和融资要求。

8.1.2 财务预测的职能

企业在再生产过程中总会有一定量的资金需求，要求通过自有资金和外部融资予以满足。企业在外部融资过程中总要寻求一定的资金提供者，双方就资金成本相关的条款进行协商，达成一致。在此之前，企业对自己的资金需求和资金成本要求等财务需求要实现预知，并据此安排一定的融资计划，防止发生资金周转困难。

企业财务管理的核心在于做好资金的筹集和使用工作，要求企业正确预测未来的资金流量，努力实现收支平衡、长远规划，使财务管理工作处于主动地位。

8.1.3 财务预测的分类

（1）财务预测按预测所跨越的时间长度可分为长期预测、中期预测和短期预测。长期预测主要是指 5 年以上的财务变化以及趋势的预测，主要为企业长期发展的重大决策提供财务依据。中期预测主要是指 1 年以上、5 年以下的财务变化及其趋势的预测，是长期预测的细化和短期预测的基础。短期预测则是指 1 年以内的财务变化及其趋势的预测，主要为编制年度计划、季度计划等短期计划服务。

（2）财务预测按预测的内容可分为资金预测、成本和费用预测、营业收入预测、利润预测和销售收入预测。

（3）财务预测按预测方法可分为定性财务预测和定量财务预测。定性预测是通过判断事物所具有的各种因素、属性进行预测的方法，它是建立在经验判断、逻辑思维和逻辑推理基础之上的，主要特点是利用直观的材料，依靠个人的经验综合分析，对事物未来状况进行预测。经常采用的定性预测方法有专家会议法、菲尔调查、访问、现场观察、座谈等。

定量预测是通过分析事物各项因素、属性的数量关系进行预测的方法。它的主要特点是根据历史数据找出其内在规律，运用连贯性原则和类推性原则，通过数学运算对事物未

来状况进行数量预测。定量预测的方法很多，应用比较广泛的有时间序列预测法、相关因素预测法、概率分析预测法等。

8.2　销售收入的预测及财务预测的方法

8.2.1　销售收入的预测

销售收入预测是企业根据企业的历史销售情况，结合对市场的研究调查，收集有关方面的信息，对预期产品销售收入进行预计和测算，并分析其变化趋势。通过销售收入预测可以改进企业的销售方案，加强各项工作的计划性，取得较好的经济效益。

1. 销售收入预测的程序

影响销售收入的因素有很多，从总体上来看可分为内因和外因。内部因素主要由企业本身决定，主要包括企业产品的质量、规格，企业的销售方案，企业的服务质量等；外部因素主要是指市场环境、国家宏观政策、产业政策、国际经济环境等。企业销售收入预测是各预测的起点，企业应当从各个方面着手，做好充分的调查和调研，正确进行销售收入预测，其具体程序如下。

（1）确定预测目标。销售收入预测是以产品的销售为中心的，产品的销售十分复杂。有关的系统变量很多，如市场需求潜量、市场占有率、产品的售价等。这些变量对预测时间的长短、预测资料的要求、预测方法的选择都各有不同。所以应当有重点地选择预测目标，组织人力研究调查方案、制定预测规划。

（2）收集和分析资料。在预测目标确定以后，为满足预测工作的要求，必须收集与预测目标有关的资料，所收集到的资料的充足与可靠程度对预测结果的准确度具有重要的影响。所以，必须对收集的资料进行分析。在搜集、整理和分析资料的过程中，企业尤其要关注资料的相关性、真实性、完整性和可比性。

（3）根据预测目标，结合资料，进行定性分析和定量测算。在进行销售收入预测时，企业应当根据预测对象，选择预测方法，建立一定的数学模型，使预测结果更加准确。

（4）估计预测误差。由于销售收入预测受多方面因素的影响，企业应当合理估计销售收入预测的误差，分析可能出现的各种情况，测算出误差的范围。

（5）对预测效果进行分析评价。企业应当将销售的实际发生情况与预测对比，找出差异，分析原因，为后期更准确的销售收入预测做好准备。

2. 销售收入预测的具体方法

销售收入预测是企业各项预测的起点，预测的准确性决定了后期各项预测的准确性。因此，预测人员一般应当具有较高的专业水平、良好的专业素质和丰富的实践经验，在大量数据的基础上，选择科学的预测方法，提高预测的准确性。销售收入预测的方法有很多，常见的主要有定性分析法和定量分析法两类。

（1）定性分析法。

1）市场调研法。市场调研法就是通过对产品在市场上的供求情况变动的详细调查，了解各因素对该产品市场销售的影响状况，并据以推测该种产品市场销售量的一种分析方法。在这类方法下，首先进行市场调研取得各种与该产品有关的资料，然后根据该产品销售的具体特点和调查所得的资料情况，采用具体的预测方法进行预测。

2）判断分析法。判断分析法主要是根据熟悉市场未来变化的专家的丰富实践经验和综合判断能力，在对预测期销售情况进行综合分析研究以后所作出的产品销售趋势的判断。参与判断预测的专家既可以是企业内部人员，如销售部门经理和销售人员，也可以是企业外界的人员，如有关推销商和经济分析专家等。判断分析法的具体方式一般可分为下列三种。

①意见汇集法。意见汇集法也称主观判断法，它是由本企业熟悉销售业务、对于市场的未来发展变化的趋势比较敏感的领导人、主管人员和业务人员，根据其多年的实践经验，分析各种不同意见并对其进行综合分析评价后所进行的判断预测。这一方法产生的依据是，企业内部的各有关人员由于工作岗位和业务范围及分工有所不同，尽管他们对各自的业务都比较熟悉，对市场状况及企业在竞争中的地位也比较清楚，但其对问题理解的广度和深度却往往受到一定的限制。如果有关人员能对信息进行交流和互补，在此基础上经过意见汇集和分析，就能作出比较全面客观的销售判断。

如果用算术平均法，公式为

$$销售额预测值 = \frac{\sum X_i}{n}$$

如果用加权平均法，公式为

$$销售额预测值 = \sum W_i X_i$$

【例 8-1】 A 公司采用意见汇集法对销售额进行预测。其中销售人员预计 2010 年销售额为 2 000 万元，销售人员占销售部的比率为 80%，销售部经理预测为 1 900 万，销售部门经理占销售部的比率为 20%，两种预测 2010 年销售额的方法如下。

算术平均法：$\dfrac{\sum X_i}{n} = \dfrac{2\,000 + 1\,900}{2} = 1\,950$（万元）

加权平均法：$\sum W_i X_i = 2\,000 \times 80\% + 1\,900 \times 20\% = 1\,980$（万元）

②德尔菲法。德尔菲法又称专家调查法，它是一种客观判断法，由美国兰德公司在 20 世纪 40 年代首先倡导使用。它主要采用通信的方式，通过向见识广、学有专长的各有关专家发出预测问题调查表来搜集和征询专家们的意见，并经过多次反复综合、整理、归纳各专家的意见以后，对销售收入作出综合的预测判断。

③专家小组法。专家小组法也属于一种客观判断法，它由企业组织各有关方面的专家组成预测小组，通过召开各种形式座谈会的方式，进行充分广泛的调查研究和讨论，然后运用专家小组的集体科研成果作出最后的预测判断。

④模拟顾客综合判断法。先请各位专家模拟各种类型的顾客，通过比较本企业和竞争

对手的产品质量、售后服务和销售条件等作出购买决策，然后把这些"顾客"准备购买本企业产品的数量加以汇总，形成一个销售收入预测值。

（2）定量分析法。定量分析法主要是根据有关的历史资料，运用现代数学方法对历史资料进行分析加工处理，并通过建立预测模型来对产品的市场变动趋势进行研究并作出推测的预测方法，如趋势预测分析法和因果预测分析法。运用这类方法的前提是拥有尽可能多的数据资料，以便通过对数据类型的分析，确定具体适用的预测方法对产品的市场需求作出量的估计。

1）趋势预测分析法。趋势预测分析法是指应用事物发展的延续性原理来预测事物发展的趋势。首先把本企业的历年销售资料按时间顺序排列下来，然后运用数理统计的方法来预计、推测计划期间的销售数量或销售金额，故亦称"时间序列预测分析法"。这类方法的优点是收集信息方便、迅速，缺点是对市场供需情况的变动因素未加考虑。

①算术平均法。算术平均法是以过去若干期的销售量或销售额的算术平均数 $\dfrac{\sum\limits_{i=1}^{n} X_i}{n}$ 作为计划期的销售收入预测值。其计算公式为

$$销售收入预测值 = \frac{\sum\limits_{i=1}^{n} X_i}{n} = \frac{X_1 + X_2 + \cdots + X_n}{n}$$

【例 8-2】　A 公司 2009 年 1—6 月的销售额如表 8-1 所示。求企业以后期间的销售额。

表 8-1　A 公司 2009 年上半年销售额汇总表　　　　　单位：万元

月份	1	2	3	4	5	6	合计
销售额	150	160	150	145	175	180	960

解：预测销售额 $= \dfrac{960}{6} = 160$（万元）

②移动加权平均法。移动加权平均法是先根据过去若干期的销售量或销售额，按其距离预测期的远近分别进行加权（近期所加权数大些，远期所加权数小些）；然后计算其加权平均数，并以此作为计划期的销售收入预测值。所谓"移动"是指对计算平均数的时期不断向后推移。例如，预测 7 月份的销售量以 4、5、6 月份的历史资料为依据；若预测 8 月份的销售量，则以 5、6、7 月份的资料为准。一般情况下，预测数受近期实际销售的影响程度较大，因此越接近预测期的实际销售情况所加权数应越大些。

【例 8-3】　续上例，假设 7 月份的销售额为 180 万元，计算 8 月份的预测销售额。

解：8 月份的预测销售额 $= \dfrac{160 + 150 + 145 + 175 + 180 + 180}{6} = 165$（万元）

③指数平滑法。指数平滑法就是遵循"重近轻远"的原则，对全部历史数据采用逐步衰减的不等加权办法进行数据处理的一种预测方法。指数平滑法通过对历史时间序列进行逐层平滑计算，消除随机因素的影响，识别经济现象的基本变化趋势，并以此预测未来。它是短期预测中最有效的方法。使用指数平滑系数来进行预测，对近期的数据观察值赋予

较大的权重，而对以前各个时期的数据观察值则顺序地赋予其递减的权重。指数平滑法在同类预测法中被认为是最精确的，因为最近的观察值已经包含了最多的未来情况的信息。其计算公式为

$$预测销售额 = \alpha D_{t-1} + (1-\alpha) S_{t-1}$$

式中　α——指数平滑系数，$0 < \alpha < 1$；

　　　D_{t-1}——第 $t-1$ 期的实际销售额；

　　　S_{t-1}——第 $t-1$ 期的预测销售额。

【例 8-4】　续上例，8 月份的实际销售额为 200 万元，指数平滑系数为 0.6，计算 9 月份的预测销售额。

解：7 月预测销售额 $= 0.6 \times 200 + (1-0.6) \times 180 = 192$（万元）

2）因果预测分析法。因果预测分析法，是利用事物发展的因果关系来推测事物发展趋势的方法。它一般是根据过去掌握的历史资料，找出预测对象的变量与其相关变量之间的依存关系，来建立相应的因果预测的数学模型；然后通过对数学模型的求解来确定对象在计划期的销售量或销售额。

因果预测所采用的具体方法较多，最常用而且最简单的是回归分析法。回归分析主要是研究事物变化中的两个或两个以上因素之间的因果关系，并找出其变化的规律，应用回归数学模型，预测事物未来的发展趋势。由于在现实的市场条件下，企业产品的销售量往往与某些变量因素之间存在着一定的函数关系，因此我们可以利用这种关系，选择最恰当的相关因素建立起预测销售量或销售额的数学模型。例如轮胎与汽车，面料、辅料与服装，水泥与建筑之间存在着依存关系，而且都是前者的销售量取决于后者的销售量。所以，可以利用后者现成的销售收入预测的信息，采用回归分析的方法来推测前者的预计销售量（额）。这种方法的优点是简便易行，成本低廉。回归分析法主要包括一元线性回归法（预测对象的相关因素有一个）与多元回归法（预测对象的相关因素有两个或两个以上）。

①一元线性回归法。一元线性回归法是用途较为广泛的一种预测方法。一元线性回归法即最小二乘法，是用来处理两个变量之间线性关系的一种方法。

②多元回归法。企业的经营活动往往受多方面因素的影响，即一个因变量和几个自变量存在依存关系。例如有的企业的产品是供应若干个其他企业生产用的零部件，因此生产零部件的企业的产品销售量受其他企业生产量的影响。在因变量同时受两个或两个以上自变量的影响的情况下，就要用多元回归预测法进行预测。

③时间序列分析法。时间序列分析法是利用变量与时间存在的相关关系，通过对以前数据的分析来预测将来的数据。在分析销售收入时，大家都懂得将销售收入按照年或月的次序排列下来，以观察其变化趋势。时间序列分析法现已成为销售收入预测中具有代表性的方法。

8.2.2　财务预测的方法

1. 销售百分比法

销售百分比法是假设资产、负债等与销售收入之间存在一定的比例关系，企业根据这

种比例关系确定企业未来的融资需求。运用销售百分比法在于确定资产负债表项目与销售收入之间的比例关系，所有项目分为相关项目与非相关项目，相关项目与销售收入成正比例关系，非相关项目则属于不考虑因素。另外，销售百分比法与销售收入预测的准确性密切相关。

销售百分比法确定融资需求又有两种方法。

（1）根据销售总额确定融资需求。

①确定销售百分比。

②计算预计销售额下的资产和负债。

③预计留存收益增加额。

留存收益增加额＝预计销售额×计划销售净利率×（1－股利支付率）

④计算外部融资需求。

外部融资需求＝预计总资产－预计总负债－预计股东权益

（2）根据销售增加额确定融资需求。

融资需求＝资产增加－负债自然增加－留存收益增加

＝（资产销售百分比×新增销售额）－（负债销售百分比×新增销售额）－

［计划销售净利率×计划销售额×（1－股利支付率）］

【例 8-5】 A 公司 2007 年的资产负债表如表 8-2 所示。该公司本年度销售收入为 1 000 000 元，销售利润率为 10％，股利支付率为 80％。假设 2008 年的销售收入为 1 200 000 元。试用销售百分比法进行财务预测。

表 8-2　资产负债表（2007 年 12 月 31 日）　　　　　单位：万元

资　　产	金　额	负债与所有者权益	金　额
库存现金	2	短期借款	2
应收票据	4	应付票据	3
应收账款	8	应付账款	5
存货	10	实收资本	20
长期资产	20	留存收益	14
资产合计	44	负债与所有者权益合计	44

解：（1）确定销售百分比（见表 8-3）。

表 8-3　销售百分比

资　　产	销售百分比（％）	负债与所有者权益	销售百分比（％）
库存现金	2	短期借款	
应收票据	4	应付票据	3
应收账款	8	应付账款	5
存货	10	实收资本	
长期资产	不变	留存收益	
合计	24	负债与所有者权益合计	8

（2）计算预计销售额下的资产和负债。

预计销售额下的资产＝120×24％＝28.8（万元）

预计销售额下的负债＝120×8％＝9.6（万元）

（3）预计留存收益增加额＝预计销售额×计划销售净利率×（1－股利支付率）

$$＝120×10％×（1－80％）＝2.4（万元）。$$

（4）计算外部融资需求。

外部融资需求＝预计总资产－预计总负债－预计股东权益

$$＝48.8－（2＋3.6＋6）－（20＋16.4）＝0.8（万元）$$

A公司2008年的预计资产负债表如表8-4所示。

表8-4　资产负债表（2008年12月31日）　　　　　单位：万元

资　产	金　额	负债与所有者权益	金　额
库存现金	2.4	短期借款	2
应收票据	4.8	应付票据	3.6
应收账款	9.6	应付账款	6
存货	12	实收资本	20
长期资产	20	留存收益	16.4
		外部筹资	0.8
资产合计	48.8	负债与所有者权益合计	48.8

【例8-6】　续上例，计算A公司的外部融资额。

解：A公司的外部融资额＝（24％×20）－（8％×20）－[10％×120×（1－80％）]

$$＝0.8（万元）$$

2. 回归分析法

回归分析法使用历史资料来预测资产负债表项目和销售额之间的函数关系，从而预测融资需求。

用回归分析法进行融资预测的步骤如下。

（1）假设回归方程 $y＝a＋bx$。

（2）根据最小二乘法的原理。

$$a = \frac{\sum x^2 \sum y - \sum x \sum xy}{n \sum x^2 - (\sum x)^2}$$

$$b = \frac{n \sum xy - \sum x \sum y}{n \sum x^2 - (\sum x)^2}$$

（3）根据回归方程进行财务预测。

【例8-7】　A公司2003—2007年销售额与资金需求量的关系如表8-5所示，假设2008年预计销售额为120万元，则需要多少资金？

表 8-5 2003—2007 年的销售额和资金需求量 单位：万元

年 度	销售额	资金需求量
2003	100	100
2004	80	90
2005	90	95
2006	100	110
2007	110	120

根据公式计算相关数据，如表 8-6 所示。

表 8-6 相关数据表

年 度	销售额 x（万元）	资金需求量 y（万元）	xy	x^2
2003	100	100	10 000	10 000
2004	80	90	7 200	6 400
2005	90	95	8 550	8 100
2006	100	110	11 000	10 000
2007	110	120	13 200	12 100
$n=5$	$\sum x=480$	$\sum y=515$	$\sum xy=49\ 950$	$\sum x^2=46\ 600$

根据公式，得

$$a\approx8.85，b\approx0.98$$

回归方程为 $$y=8.85+0.98x$$

根据回归方程预测 2008 年的资金需求量。

$$y=8.85+0.98\times120=126.45（万元）$$

财务预测的方法还有通过编制现金预算预测财务需求（详见本书第 9 章），使用现代计算机技术进行财务预测等。

在企业财务管理工作中，存在着大量的财务预测工作。销售百分比法是一种简单和常用的方法，其主要是假设资产、负债、收入、成本与销售额成正比。但由于规模经济现象和批量购销问题的存在，销售百分比法的假设经常不成立，这使其应用范围受到了限制。为了改进财务预测的质量，回归分析不失为一种有效的方法，利用数理统计的相关原理使数据预测结果更具有说服力。随着 Excel 的广泛使用，利用其稳定的性能、强大的功能来解决财务预测的回归分析问题显得十分有效。此外，企业也可以根据历史资料建立综合财务数据库，对财务数据进行实时更新，支持财务决策。

8.3 财务计划

8.3.1 财务计划的概念

财务计划，也称"财务收支计划"，是企业以货币形式预计一定时期内资金的取得与运用和各项经营收支及财务成果的书面文件。它是对一定时期内生产经营活动所需资金及其来源、耗费，利润分配和财务收支活动作出的安排。它是加强企业经济核算、健全财务管理的主要工具，也是企业组织收入、控制支出、进行资金调度、平衡货币收支和财务监督的依据。财务计划的目的是为了确立财务管理上的奋斗目标，在企业内部实行经济责任制，使生产经营活动按计划协调进行，挖掘增产节约的潜力，提高经济效益。

8.3.2　财务计划的内容

1. 现金流量计划

现金流量计划是规定企业在一定时期内现金的收入、现金的支出以及组织现金供应的计划。在现金预算囊括了企业在预算期内现金收入和现金支出的情况，使企业财务管理人员了解现金供应和支出情况，判断现金是溢余还是短缺，便于做出合理投资和正确筹资的决策。

2. 资本支出计划

资本支出计划是关于企业长期投资和资产购入、改造的计划。资本支出预算的目的是将各个长期投资计划风险与收益的对比分析、配合可运用的资金，最终从众多投资方案中作出最佳的选择。

3. 利润计划

利润计划是根据企业经营决策、投资决策的需要，对企业在一定时间内的收入、成本和净利润作出规划。它是企业利润总额预测的具体化，提供未来一定时间内成本、收入、利润等方面的资料。

4. 资产负债计划（预计资产负债表）

资产负债计划（预计资产负债表）是提供一定时间的资产、负债和股东权益情况，以反映企业预计财务状况的一种报表。现金流量计划和利润计划都是编制预计资产负债表的重要资料。

8.3.3　财务计划的编制原则

（1）合法性原则。企业的财务收支活动，包括财务计划，应当体现国家计划对企业的指导，符合国家政策、法令的各项规定。

（2）切实性原则。财务计划制定的各项指标既要能够调动职工增产节约、改善经营管理的积极性，又要有切实的措施保证其实现。

（3）协调性原则。财务计划中的各项指标要与企业的全部生产经营活动相适应，要与其他各项计划协调一致。

（4）分期性原则。财务计划要按年度、季度、月度分别编制，以月保季、以季保年。

8.3.4　财务计划的编制程序

（1）由企业最高领导人根据财务决策提出一定时期的经营目标，并向各级、各部门下达规划指标。

（2）各级、各部门在规划指标范围内编制本部门预算草案。

（3）由财务部门或预算委员会对各部门预算草案进行审核、协调，汇总编制总预算并报企业负责人、董事会批准。

（4）将批准的预算下达各级、各部门执行。

8.3.5　财务计划的类型

（1）固定计划。固定计划是按计划期某一固定的业务水平编制的财务计划，计划一旦编制一般不予修订。

（2）弹性计划。弹性计划是按计划期内不同的经营水平编制的具有伸缩性的财务计划。

（3）滚动计划。滚动计划是用不断延续的方式，使计划期始终保持一定长度的财务计划。

（4）零基计划。零基计划是对计划期内的指标不是从原有基础出发，而是以零为起点，考虑各项指标应达到的水平而编制的财务计划。

8.3.6　财务计划的作用

（1）财务计划可使企业目标具体化。在企业的总体目标或规划中，对企业在未来若干年内就达到的各项目标的规定，是经过了高度的概括和抽象的，因而比较原则和笼统。企业要完成其规定的经营目标，还要将其目标分解成各部门、各责任人应完成的具体指标。为保证这些具体指标的实施，各部门就要做好反复的预算平衡工作，明确各部门应完成的奋斗目标，以便合理地安排财务活动，做好财务工作。

（2）财务计划可作为企业控制的标准和依据。财务计划的编制目的是约束和控制企业的财务行为。企业的财务部门需要把实际执行情况和计划进行对比，发现差异，找出原因，并采取必要的措施，保证计划的完成。

（3）财务计划是考核各部门工作业绩的依据。财务计划不仅可以约束和控制企业的各项活动，而且还可用作评判企业各部门工作业绩的标准和依据。

本章小结

本章主要介绍了下列财务预测与财务计划的相关理论。

1. 财务预测是企业根据以往历史经验和未来市场等的变化趋势，预测企业未来的融资需求。

2. 销售收入预测是企业根据历史销售情况，结合对市场的研究调查，收集有关方面的信息，对预期产品销售收入进行预计和测算，并分析其变化趋势。通过销售收入预测可以改进企业的销售方案，加强各项工作的计划性，取得较好的经济效益。

3. 财务预测的方法主要有销售百分比法、回归分析法。

4. 财务计划，也称财务收支计划，是企业以货币形式预计一定时期内资金的取得与运用和各项经营收支及财务成果的书面文件。

5. 财务计划的编制方法主要有固定计划、弹性计划、滚动计划、零基计划。

基础与提高

一 单项选择题

1. 某企业外部融资占销售增长的百分比为5%，若上年销售收入为1 000万元，预计销售收入增加200万，则相应外部应追加的资金为（　　）万元。

   A. 50　　　　　　B. 10　　　　　　C. 40　　　　　　D. 30

2. 某企业上年销售收入为1 000万元，若预计下一年通货膨胀率为5%，公司销量增长10%，所确定的外部融资占销售增长的百分比为25%，则相应外部应追加的资金为（　　）万元。

   A. 38.75　　　　B. 37.5　　　　　C. 25　　　　　　D. 25.75

3. 除了销售百分比法以外，财务预测的方法还有（　　）。

   A. 回归分析法　　　　　　　　　B. 概率分析法

   C. 画图测算　　　　　　　　　　D. 可持续增长率模型

4. 下列选项属于财务计划作用的是（　　）。

   A. 可以作为财务预测的基础

   B. 抽象财务总目标

   C. 能够作为考核业绩的依据

   D. 能够通过计算得出预期数据

5. 下列选项不属于财务计划内容的是（　　）。

   A. 现金流量计划

   B. 资产负债计划（预计资产负债表）

   C. 利润计划

   D. 生产计划

二 多项选择题

1. 财务预测按内容可分为（　　）。
   A. 资金预测
   B. 成本和费用预测
   C. 定性财务预测
   D. 定量财务预测

2. 企业销售增长时需要补充资金。假设每元销售所需资金不变，以下关于外部融资需求的说法中正确的有（　　）。
   A. 股利支付率越高，外部融资需求越大
   B. 销售净利率越高，外部融资需求越小
   C. 如果外部融资销售增长比为负数，说明企业有剩余资金，可用于增加股利或短期投资
   D. 当企业的实际增长率低于本年的内含增长率时，企业不需要从外部融资

3. 下列属于财务计划的类型的是（　　）
   A. 固定计划
   B. 弹性计划
   C. 滚动计划
   D. 零基计划

4. 运用销售百分比法进行财务预测时要考虑的因素有（　　）。
   A. 与销售有关的资产、负债项目
   B. 销售增长额
   C. 销售净利率
   D. 留存收益率

5. 财务计划的编制原则是（　　）。
   A. 合法性原则
   B. 切实性原则
   C. 统一性原则
   D. 客观性原则

三 简答题

1. 什么是财务预测，它的职能是什么？
2. 什么是财务计划，它的内容是什么？
3. 财务预测和财务计划的关系是怎样的？
4. 财务预测和财务计划对后期财务管理工作有什么影响？

四 计算分析题

某公司根据历史资料统计的经营业务量与资金需求量的有关情况如下表所示。

经营业务量（万件）	10	8	12	11	15	14
资金需求量（万元）	20	21	22	23	30	28

用回归分析法预测该公司在经营业务量为 12 万件时的资金需求量。

五 解决问题

1. 寻找一家小企业，进行市场销售趋势分析，对其采用销售百分比法进行财务预测。
2. 讨论财务预测和财务计划为何能够使企业资金供求处于主动地位？
3. 了解当地企业内部是否进行财务预测，有无财务预测成果，并收集相关资料。

技能实训

一 实训项目

进行销售收入预测。

二 实训方式

1. 个人阅读实训材料并思考实训分析中的问题，然后进行销售收入预测。
2. 每位同学把讨论情况整理成书面材料上交。
3. 教师评分后总结。

三 实训材料

蓝翔公司在 2009 年度的销售收入为 1 600 000 元，销售净利率为 15%，股利发放率为 40%，随销售收入变动的资产占销售收入的比例为 45%，随销售收入变动的负债占销售收入的比例为 35%，计划 2010 年的销售收入比 2009 年增加 400 000 元，销售净利率和股利发放率与 2009 年保持不变，随销售收入变动的资产占销售收入的比例为 42%，随销售收入变动的负债占销售收入的比例为 30%，固定资产的折旧为 40 000 元，新增投资项目所需资金为 150 000 元。

四 实训分析

1. 计算 2010 年的资金需求量及对外资金需求量。
2. 计算 2010 年销售净利率上升 1% 的对外资金需求量。

案例讨论

财务预测要避免片面性

在对某热电企业的价值分析中，分析人员预测该区域内蒸汽的需求和电力的需求都将大幅上升，由此判断该企业的销售收入和净利润都将大幅增加，企业价值也将不断升高。

在这个简单的分析逻辑中，至少有几个关键点被有意或者无意地忽略了。首先，市场需求的增加并不必然导致企业销售收入的提高，即便不考虑替代品以及竞争对手等相关因素，企业的产能是企业销售收入能否和市场需求同步提升的关键。如果企业的产能已经接近饱和，那么要想实现销售收入的增长就必须进行新的资本支出。

在上述例子中，企业可能需要新建锅炉和发电机组才能扩大自身的销售规模。所以一般来说，在财务预测中，资本支出和企业销售收入的增长经常会保持一定的比例关系。只预测销售收入而不预测资本支出显然会夸大需求增加对企业的正面影响。而如果要进行必要的资本支出，企业是否有足够的自有资金、银行借款能否顺利实现等都必须纳入公司分析的整体框架。其次，销售收入的上升也不必然意味着企业净利润的增加，这里首先要考虑的是成本费用是否也会相应地增加。如果企业完全受制于上游原材料生产厂商，例如钢铁企业对于铁矿石的需求等，那么销售收入增加所带来的净利润增加将非常有限。即使对于那些并不严重依赖上游的行业，销售收入的增加也不一定会带来企业净利润的同比例增长。

（资料来源：《中国证券报》2007 年 2 月 9 日第 A20 版）

思考与讨论：

预测销售收入时，除了利用财务预测方法进行数据计算外还要考虑哪些因素？

第9章 财务预算

学习目标

　　理解和掌握财务预算、财务控制的含义、内容及分类；掌握财务预算的编制方法；能够进行财务预算财务控制。

案例导入

　　过去，红河针织厂的经费来源和开支职工只能在年终厂务公开栏的财务公开表上看到。今年，全厂职工通过一张财务预算表能清楚地了解到："全厂总收入 160 万元，管理费支出 41 万元，工资费用支出 35 万元……"整个财务预算包括了职工福利、管理费用支出等 7 类 30 项。厂领导介绍说，年初由厂部会议主要成员提出本年度办实事、重大建设项目等，参照上年度全厂收支情况，编制初步预算方案并报厂工会审核，随后厂部将修改、完善的预算方案提交厂部会议，党员代表会和 20 多名职工代表讨论通过后，形成决议张榜公布。通过财务预算节约了开支，实行财务预算制后，仅照明电表改造一项就节资 2 万元。截至目前，共节约各类开支 20 余万元。

　　思考：红河针织厂在实现财务预算之后，开支金额有哪些变化？对全厂职工有什么影响？

⑨.1　财务预算概述

9.1.1　财务预算的含义、功能和分类

1. 财务预算的含义和功能

财务预算是一系列专门反映企业未来一定期限内预计财务状况和经营成果，以及现金

收支等价值指标的各种预算的总称，主要包括现金预算、销售预算、期间费用预算、资本预算、预计财务报表等内容。

财务预算是财务管理的重要内容。它能够协调、规划企业内部各部门、各层次的经济关系与职能；同时，它能使决策目标具体化、系统化和定量化，明确企业有关生产经营人员各自的职责及相应的奋斗目标。财务预算作为全面预算体系中的最后环节，可以总括地反映经营期特种决策预算与业务预算的结果，使预算执行情况一目了然；通过财务预算，可以建立评价企业财务状况的标准，将实际数与预算数对比，建立绩效考核体系，及时发现问题和调整偏差，使企业的经济活动按预定的目标进行，从而实现企业的财务目标。

2. 财务预算的分类

（1）按照预算期间的长短，财务预算可以分为长期预算和短期预算。长期预算是指预算期超过一年的预算，如资本预算；短期预算是预算期在一年以内的预算，如生产费用预算。

（2）按照预算内容，财务预算可以分为现金收支预算、信贷预算、长期资金支出预算、筹资预算等。

（3）按照预算的编制方法，财务预算可以分为固定预算、弹性预算、零基预算、增量预算等。

9.1.2　财务预算的编制方法

1. 固定预算

固定预算又称静态预算，是把企业预算期的业务量固定于某一水平上，以其为唯一基础来确定其他项目预计数的预算方法。

固定预算不考虑业务量的变动，比较简单，但是它在具体执行过程中过于机械化，不善于变通，当实际与预算相差甚多时，固定预算就会失去意义。一般情况下，固定预算适合于业务量水平稳定或非赢利组织预算的编制。

【例 9-1】　A 公司预计某种产品的产量是 100 件，采用完全成本法，按照固定成本预算法编制的成本预算表如表 9-1 所示。

表 9-1　A 公司产品成本预算（预计产量：100 件）　　　　单位：元

成本项目	总成本	单位成本
直接材料	5 000	50
直接人工	3 000	30
制造费用	2 000	20
合计	10 000	100

A 公司预算期实际产量为 120 件，实际成本为 12 960 元，其中，直接材料费为 6 240 元，直接人工费为 4 200 元，制造费用为 2 520 元，单位成本为 108 元。A 公司业绩报告如表 9-2 所示。

表 9-2　A 公司成本业绩报告　　　　　　　　　单位：元

成本项目	实际成本	预算成本		差异	
		未按产量调整	按产量调整	未按产量调整	按产量调整
直接材料	6 240	5 000	6 000	＋1 240	＋240
直接人工	4 200	3 000	3 600	＋1 200	＋600
制造费用	2 520	2 000	2 400	＋520	＋120
合计	12 960	10 000	10 000	＋2 960	＋960

从表 9-2 中可看出，固定预算不考虑业务量的变化，对差异的影响较大。

2. 弹性预算

弹性预算是与固定预算相对应的一种预算，它依据本量利之间的依存关系，编制能够适应一定业务量范围的一种预算。

与固定预算相比弹性预算是一组预算，其依据的业务量可以是材料耗用量、工时、费用定额等。业务量的选择根据企业的具体情况而定，一般限定在正常业务量的 70％～110％之间。弹性预算一般适用于与业务量有关的预算，如制造费用、销售费用、管理费用等间接费用的预算。

弹性预算的关键点在于确定业务量的范围，如材料的耗费可以采用实物量，其他费用视情况采用人工工时或机器工时。弹性预算的具体编制方法一般有公式法和列表法。

（1）公式法。公式法是指根据成本公式 $y＝a＋bx$，确定固定成本 a 和变动成本 b。根据成本性态分析，将成本项目分解为固定成本 a 和变动成本 b，然后在预差业务量范围内根据给定的 x，计算出预算成本 y。这种方法，一旦确定公式 $y＝a＋bx$，那么就可以在一定业务量范围内计算任何值下的预算成本。它计算简单，而且预算成本公式的确定相对比较简单；但是固定成本 a 和变动成本 b 的确定往往带有一定的误差。

【例 9-2】　假设 A 公司按公式法所编制的制造费用预算表（业务量工时范围为10 000～50 000 小时）如表 9-3 所示。

表 9-3　A 公司制造费用弹性预算表（公式法）　　　　　　　单位：元

项目	固定成本（a）	变动成本（b）
管理人员工资	10 000	
厂房租金	12 000	
水费	50	0.2
电费	200	0.4
辅助材料	100	0.3
修理费		0.5
生产人员工资	2 000	4
合计	24 350	5.4

根据表 9-3，可以在业务量范围内算出任何水平上的预算费用，如当业务量为 12 000

时，预算成本 $y = 24\,350 + 5.4 \times 12\,000 = 89\,150$（元）

（2）列表法。列表法是指在一定业务量范围内，将业务量划分为若干个区间，通过计算临界点上的预算值来预测成本的方法。这种方法可以直接在表中获取任何业务量范围内的预算成本。业务区间的划分可以按照 10%、5% 等；间隔越小，成本计算越精确，但是编制预算的工作量越大。

【例 9-3】　假设 A 公司按列表法所编制的制造费用预算表如表 9-4 所示。

表 9-4　A 公司制造费用弹性预算表（列表法）　　　　　　单位：元

工　时	10 000	20 000	30 000	40 000	50 000
占正常生产能力的比例	70%	80%	90%	100%	110%
1. 变动成本	5 000	10 000	15 000	20 000	25 000
修理费	5 000	10 000	15 000	20 000	25 000
2. 混合成本	9 350	18 350	27 350	36 350	45 350
水费	2 050	4 050	6 050	8 050	10 050
电费	4 200	8 200	12 200	16 200	20 200
辅助材料	3 100	6 100	9 100	12 100	15 100
3. 固定成本	22 000	22 000	22 000	22 000	22 000
管理人员工资	10 000	10 000	10 000	10 000	10 000
厂房租金	12 000	12 000	12 000	12 000	12 000
制造费用预算	36 350	50 350	64 350	78 350	92 350

表 9-4 中如果业务量为 12 000 小时，变动成本为 $12\,000 \times 0.5 = 6\,000$ 元；固定成本保持不变为 22 000 元；混合成本可以逐项测算，12 000 小时位于 10 000 小时与 20 000 小时之间，用插值法计算的水费为

$$\frac{x - 2\,050}{4\,050 - 2\,050} = \frac{12\,000 - 10\,000}{20\,000 - 10\,000}$$

$$x = 2\,450\ （元）$$

同理，电费为 5 000 元，辅助材料为 3 700 元，所以业务量为 12 000 小时时，制造费用预算成本为 $6\,000 + 22\,000 + 5\,000 + 2\,450 + 3\,700 = 39\,150$ 元。

3. 零基预算

零基预算法，又称零底预算法，其全称为"以零为基础编制计划和预算的方法"，简称零基预算，是指在编制预算时对于所有的预算支出，均以零为基底，不考虑以往情况如何。零基预算不以过去为基准，一切从实际出发，充分考虑现实因素，具有很强的实用性。

零基预算需要企业财务管理人员经过充分讨论，进行成本性态分析，划分可避免项目成本和不可避免项目成本，确定重点项目以后才能编制。零基预算的难点在于确定费用和效益之间的关系。

【例 9-4】　假设 A 公司 2010 年按零基预算法所编制的期间费用预算如表 9-5 所示：

表9-5　A公司期间费用预算表（零基预算法）　　　　　单位：元

项　目	金　额
广告费	50 000
差旅费	20 000
办公费	15 000
业务招待费	30 000
合计	115 000

第一，经过研究，差旅费和办公费为不可避免项目，必须得到全额保证。对广告费和业务招待费需要进行成本性态分析，见表9-6。

表9-6　广告费和业务招待费的成本性态分析　　　　　单位：元

项目	成本	收益
广告费	1	15
业务招待费	1	10

第二，预算分析全年可动用的资金数额为 100 000 元，全年不可避免项目差旅费和办公费合计为 35 000 元，可分配的数额为 65 000 元。

第三，按照成本和效益的比重，将 65 000 元可分配的资金数额在广告费和业务招待费之间进行分配：

$$广告费可分配的金额 = 65\ 000 \times \frac{15}{10+15} = 39\ 000（元）$$

$$业务招待费可分配的金额 = 65\ 000 \times \frac{10}{10+15} = 26\ 000（元）$$

4. 增量预算

增量预算方法，又称调整预算方法，是指以基期成本费用水平为基础，结合预算期业务量水平及影响成本变动的未来因素情况，通过调整原有费用项目而编制预算的一种方法。

增量预算方法的假设前提有三个：现有的业务活动是企业必需的，必须保留下去；原有的各项开支都是合理的；增加费用预算是值得的，所以才在原来的基础上进行调整。

增量预算的不足有以下几点。

（1）在典型的增量预算中，原有的开支项一般很难砍掉，即使其中的一些项目已没有设立的必要了。这是因为增量预算在编制新年度的预算时，认为现有的业务活动是企业必需的，必须保留下去。

（2）增量预算只针对部门，很少考虑项目或业务之间的差异性，从而缺乏针对性。

（3）增量预算对各项开支的改变很大程度上依赖于主观判断，而管理层一般只对增加的部分进行审查，缺乏一定的合理性。

（4）增量预算往往缺乏灵活性。

（5）增量预算带有"平均主义"色彩，不利于控制成本或提高效率，没有考虑企业的长远发展。

9.2　财务预算的编制分类

9.2.1　销售预算的编制

销售预算是企业财务总预算编制的起点，其他预算如生产、材料采购、存货费用等方面的预算，都要以销售预算为基础。销售预算把费用与销售目标的实现联系起来，销售预算以销售收入预测为基础，预测的主要依据是各种产品历史销售量，结合市场预测中各种产品发展趋势等资料，确定预计的销售量、销售价等，并求出预计的销售收入。

预计销售收入＝预计销售量×预计销售单价

预计经营现金收入＝当期现销收入＋当期收回的以前期间的应收账款

【例 9-5】　A 公司计划 2010 年只销售甲产品，预计销售量为 5000 件，季度销售量分别是 1 000 件、1 200 件、1 500 件和 1 300 件，销售单价为 500 元，每季度现销 90％，其余 10％于下季度收回，该公司一般无坏账。A 公司年初应收账款为 15 000 元，则该公司销售预算如表 9-7 所示。

表 9-7　A 公司 2010 年销售预算　　　　　单位：元

季度	1	2	3	4	全年
预计销售单价	500	500	500	500	500
预计销售量（件）	1 000	1 200	1 500	1 300	5 000
预计销售收入	500 000	600 000	750 000	650 000	2 500 000

根据表 9-8，还可以算出 A 公司 2010 年年末应收账款余额为

A 公司 2010 年年末应收账款＝650 000×10％＝65 000（元）

表 9-8　A 公司 2010 年经营现金销售收入预算　　　　　单位：元

季度	1	2	3	4	全年
预计销售收入	500 000	600 000	750 000	650 000	2 500 000
期初应收账款	15 000				15 000
第 1 季度现金收入	450 000	50 000			500 000
第 2 季度现金收入		540 000	60 000		600 000
第 3 季度现金收入			675 000	75 000	750 000
第 4 季度现金收入				585 000	585 000
现金收入合计	465 000	590 000	735 000	660 000	2 450 000

9.2.2 生产预算的编制

生产预算是根据销售预算编制的，计划为满足预算期的销售量以及期末存货所需的生产量。计划期间除必须有足够的产品以供销售之外，还必须考虑到计划期期初和期末存货的预计水平。计算公式如下：

预计生产量＝预计销售量＋预计期末存货－预计期初存货

其中：预计销售量来自于销售预算；预计期初存货为上期期末存货；预计期末存货按照销售长期预测以及估计期末存货量占下期销售量的比例估算。

【例9-6】 A公司2010年年初和年末有关存货的资料如表9-9所示。

表9-9 2010年度A公司存货资料 单位：件

产　品	年初甲产品存量	年末甲产品存量	预计期末甲产品占下期销售量
甲	70	120	10%

2010年度A公司生产预算如表9-10所示。

表9-10 2010年度A公司生产预算 单位：件

季　度	1	2	3	4	全　年
预计销售量	1 000	1 200	1 500	1 300	5 000
加：预计期末存货	120	150	130	120	120
减：预计期初存货	70	120	150	130	70
预计生产量	1 050	1 230	1 480	1 290	5 050

9.2.3 直接材料预算的编制

直接材料预算，是指在预算期内，根据生产预算所确定的材料采购数量和消耗情况而编制的计划，根据生产预算的每季预计生产量，单位产品的材料消耗量，预算期的期初、期末存料量，材料的计划单价以及采购材料的付款条件等编制的预算。

预计采购量＝生产需要量＋期末预计存量－期初存量

生产需要量＝预计生产量×产品耗用该材料的消耗定额

预计采购成本＝预计采购量×预计单价

另外，材料采购还涉及现金支出，所以要编制有关各季度的材料采购现金支出预算。有关现金支出的公式如下：

预算期采购现金支出＝本期现购材料现金支出＋本期支付以前期间的应付账款

本期现购材料现金支出＝本期预计采购金额×本期预计的付现率

【例9-7】 A公司每件产品的材料消耗量为20千克，材料单价为6元，采购材料的款项当期支付80%，其余20%在下季度支付。季度末材料库存量为下季度生产需要量的10%，预算期期末材料库存量为120千克，预算期期初材料库存量为1 020千克。应付账款期初余额为 5 750 元。A 公司 2010 年度直接材料预算及采购现金支出预算如表 9-11、表 9-12 所示。

表 9-11 A 公司 2010 年度直接材料预算

计量单位：千克
金额单位：元

季度	1	2	3	4	全年
预计生产量	1 050	1 230	1 480	1 290	5 050
单位产品耗用量	20	20	20	20	20
生产需要量	21 000	24 600	29 600	25 800	101 000
加：预计期末存货量	2 460	2 960	2 580	120	120
减：预计期初存货量	1 020	2 460	2 960	2 580	1 020
预计采购量	22 440	25 100	29 220	23 340	100 100
单价	6	6	6	6	6
预计采购金额	134 640	150 600	175 320	140 040	600 600

表 9-12 A 公司 2010 年度直接材料采购现金支出预算　　　　单位：元

季度	1	2	3	4	全年
期初应付账款	5 750				5 750
第 1 季度采购现金支出	107 712	26 928			134 640
第 2 季度采购现金支出		120 480	30 120		150 600
第 3 季度采购现金支出			140 256	35 064	175 320
第 4 季度采购现金支出				112 032	112 032
现金支出合计	113 462	147 408	170 376	147 096	578 342

根据表 9-12，还可以算出 A 公司 2010 年年末应付账款余额为

A 公司 2010 年年末应付账款＝140 040×20％＝28 008（元）

9.2.4 直接人工费用预算的编制

直接人工费用预算是为确定一定预算期内人工工时和人工成本水平而编制的预算。直接人工费用预算的计算公式如下。

预计人工工时总数＝预计生产量×单位产品工时定额

预计直接人工费用＝预计人工工时总数×单位工时工资率

【例 9-8】 A 公司甲产品的单位平均生产工时为 20 小时，小时工资率为 8 元。A 公司 2010 年度直接人工预算如表 9-13 所示。

表 9-13　A公司 2010 年度直接人工预算　产量计量单位：件

工时计量单位：小时

金额计量单位：元

季度	1	2	3	4	全年
预计生产量	1 050	1 230	1 480	1 290	5 050
单位产品工时定额	20	20	20	20	20
总工时	21 000	24 600	29 600	25 800	101 000
单位工时工资率	8	8	8	8	8
预计直接人工费用	168 000	196 800	236 800	206 400	808 000

9.2.5　制造费用预算的编制

制造费用预算是一种反映直接材料预算和直接人工预算以外的所有产品成本的预算。在编制制造费用预算时，通常可按其成本性态分为变动性制造费用和固定性制造费用。其中，变动性制造费用根据预计生产量乘以单位产品预定分配率进行预计；固定性制造费用一般参照以往水平，并加以修正确定。制造费用预算涉及计算公式如下。

$$预计制造费用 = 预计人工小时 \times 变动性费用分配率 + 固定性制造费用$$

$$变动性费用分配率 = \frac{变动性制造费用}{相关分配标准}$$

$$预计需用现金支付的制造费用 = 预计制造费用 - 折旧$$

【例 9-9】　假设 A 公司制造费用都支付现金（折旧除外），有关费用如表 9-14 所示。

表 9-14　　A公司 2010 年制造费用预算表　工时计量单位：小时

金额计量单位：元

季度	1	2	3	4	全年
变动制造费用：					
间接材料	1 800	3 500	3 200	1 500	10 000
间接人工	500	900	800	500	2 700
水电费	400	500	300	400	1 600
其他	1 400	1 500	1 600	1 400	5 900
小计	4 100	6 400	5 900	3 800	20 200
固定制造费用：					
管理人员工资	2 000	2 000	2 000	2 000	8 000
折旧费	10 000	10 000	10 000	10 000	40 000
办公费	3 000	2 000	2 500	2 500	10 000
其他	4 500	4 050	4 600	4 600	17 750
小计	19 500	18 050	19 100	19 100	75 750
合计	23 600	24 450	25 000	22 900	95 950
减：折旧	10 000	10 000	10 000	10 000	40 000
现金支出的费用	13 600	14 450	15 000	12 900	55 950

$$变动性制造费用分配率=\frac{20\ 200}{101\ 000}=0.2（元/小时）$$

$$固定性制造费用分配率=\frac{75\ 750}{101\ 000}=0.75（元/小时）$$

9.2.6　产品成本预算的编制

产品成本预算，是指一定预算期内为每种产品的单位产品成本、生产成本、销售成本等内容而编制的一种日常业务预算。产品成本预算是生产预算、直接材料预算、直接人工预算、制造费用预算的汇总，即产品成本预算主要依据生产预算、直接材料预算、直接人工预算、制造费用预算等汇总编制。产品成本预算的主要内容是产品的总成本与单位成本。

某种产品某期预计发生的产品生产成本＝该产品该期预计耗用全部直接材料成本＋该产品该期预计耗用直接人工成本＋该产品该期预计耗用变动性制造费用。

【例 9-10】　A 公司 2010 年甲产品成本预算表如表 9-15 所示。

表 9-15　A 公司 2010 年度甲产品成本预算表　　　　　　　单位：元

成本项目	单位成本	每单位	投入量成本	生产成本 5 050（件）	期末存货 120（件）	销货成本 5 000（件）
直接材料	6	20 千克	120	606 000	14 400	600 000
直接人工	8	20 小时	160	808 000	19 200	800 000
变动性制造费用	0.2	20 小时	4	20 200	480	20 000
固定性制造费用	0.75	20 小时	15	75 750	1 800	75 000
合计	14.95		299	1 509 950	35 880	1 495 000

9.2.7　销售费用预算的编制

销售费用预算，是指为了实现销售所需支付的费用预算。销售费用预算可以分为变动性销售费用预算和固定性销售费用预算。变动性销售费用预算就是为了实现产品的销售量所需支付变动销售费用的预算。变动性销售费用预算要以预计的销售量为基础分费用项目进行确定。固定性销售费用预算就是为了实现产品销售所需支付的固定性销售费用的预算。另外，销售费用预算也要涉及相应的现金支出的预算。

【例 9-11】　A 公司 2010 年度单位变动性销售费用包括销售佣金 2 元，销售运杂费 2.5 元，其他 0.5 元。其他季节性固定性制造费用包括管理人员工资 4 000 元，销售机构办公费 1 000 元，广告费 3 000 元，其他 2 000 元。A 公司 2010 年度销售费用预算见表 9-16。

表 9-16 A 公司 2010 年度销售费用预算　　　　　　　　　单位：元

季度	1	2	3	4	全年
单位产品费用额	5	5	5	5	5
预计销售量（件）	1 000	1 200	1 500	1 300	5 000
变动性销售费用	5 000	6 000	7 500	6 500	25 000
固定性销售费用	10 000	10 000	10 000	10 000	40 000
现金支出合计	15 000	16 000	17 500	16 500	65 000

9.2.8　管理费用预算的编制

管理费用预算是指企业日常生产经营中为搞好一般的管理活动而发生的各项费用的预算。管理费用的主要构成是固定成本，另外，管理费用预算的编制也涉及现金支出的预算编制。

【例 9-12】　A 公司 2010 年每季度主要管理费用预算如表 9-17 所示。

表 9-17 A 公司 2010 年每季度主要管理费用预算　　　　　　　　　单位：元

费用项目	每季度金额
管理人员工资	30 000
保险费	20 000
办公费	20 000
折旧费	10 000
其他	30 000
合计	110 000
现金支出	100 000

9.2.9　现金预算的编制

现金预算，也称现金收支预算或现金收支计划，是指用于预测组织还有多少库存现金，以及在不同时点上对现金支出的需要量。

现金预算是有关预算的汇总，由现金收入、现金支出、现金多余或不足、资金的筹集和运用四个部分组成。现金收入部分包括期初现金余额和预算期现金收入，其主要来源是销货收入。年初的现金余额是在编制预算时预计的。销货现金收入的数据来自销售预算。现金支出部分包括预算的各项现金支出。其中，直接材料、直接人工、制造费用、销售与管理费用的数据，分别来自前述有关预算，所得税、购置设备、股利分配等现金支出的数据分别来自另行编制的专门预算。现金多余或不足是现金收入合计与现金支出合计的差额：差额为正，说明收入大于支出，现金有多余，可用于偿还借款或用于短期投资；差额为负，说明支出大于收入，现金不足，需要向银行取得新的借款。

【例9-13】 A公司2010年度规定每季度现金余额不得少于5 000元，资金不足向银行借款，借款以万元为单位，借款年利率为10%，借款在期初借，期末还。公司预计本年度资本性支出150 000元，用于第2季度购买设备，每季度缴纳所得税20 000元，每半年末支付股利5 000元。A公司2010年度现金预算如表9-18所示。

表9-18 A公司2010年度现金预算　　　　　　　　　　单位：元

季　度	1	2	3	4	全　年
期初现金余额	25 000	59 938	10 280	175 104	25 000
加：现金销售收入（表9-8）	465 000	590 000	735 000	660 000	2 450 000
可用现金余额	490 000	649 938	745 280	835 104	2 720 326
减：各项支出					
直接材料（表9-11）	113 462	147 408	170 376	147 096	578 342
直接人工（表9-13）	168 000	196 800	236 800	206 400	808 000
制造费用（表9-14）	13 600	14 450	15 000	12 900	55 950
销售费用（表9-16）	15 000	16 000	17 500	16 500	65 000
管理费用（表9-17）	100 000	100 000	100 000	100 000	400 000
所得税费用	20 000	20 000	20 000	20 000	80 000
购买设备		150 000			150 000
股利		5 000		5 000	10 000
现金支出合计	430 062	649 658	559 676	507 896	2 147 290
现金余额	59 938	280	185 604	327 208	573 036
借款		10 000 *			10 000
偿还借款			10 000		10 000
利息			500 *		500
合计			10 500		10 500
期末现金余额	59 938	10 280	175 104	327 208	327 208

注：* 第2季度现金为280元，由于现金余额要保持10 000元的水平，所以向银行借款，银行借款以万元为单位，所以最少借进10 000元，并于第2季度初借进，第3季度末偿还，期限为半年，利息为10 000×10%×6/12＝500元。

9.2.10　预计财务报表的编制

预计财务报表是在企业的各项预算和预测基础上编制的专门反映企业未来一定预算期内预计财务状况和经营成果的报表的总称，包括预计利润表、预计资产负债表和预计现金流量表。预计现金流量表平时可用现金预算代替。

预计财务报表的作用与实际财务报表不同。预计财务报表主要为企业内部财务管理服务，是控制企业资金、成本和利润总量的重要手段。它可以从总体上反映一定期间企业经营的全局情况，因此在某种程度上有企业"总预算"的意义。

1. 预计利润表

预计利润表以报表形式反映企业预算期内的经营成果。预计利润表的编制要建立在前期销售预算、成本预算、费用预算的基础上。

【例 9-14】 A 公司 2010 年的预计利润表如表 9-19 所示。

表 9-19　2010 年度 A 公司预计利润表　　　　　　　　　单位：元

项　　目	金　　额
销售收入	2 500 000
销售成本	1 495 000
销售费用	440 000
管理费用	440 000
财务费用	500
利润总额	124 500
所得税费用	80 000
税后净利	44 500

2. 预计资产负债表

预计资产负债表是依据期初的实际资产负债表和全面预算中的其他预算所提供的资料编制而成的，反映企业预算期末财务状况的总括性预算。预计资产负债表可以为企业管理层提供会计期末企业预期财务状况的信息，有助于管理层预测未来期间的经营状况，并采取适当的改进措施。

【例 9-15】 A 公司 2010 年的预计资产负债表如表 9-20 所示。

表 9-20　2010 年度 A 公司预计资产负债表（简表）　　　　　单位：元

资　产			负债及所有者权益		
项　　目	年初数	年末数	项　　目	年初数	年末数
流动资产：			流动负债：		
库存现金	25 000	327 208	应付账款	5 750	28 008
应收账款	15 000	65 000	长期负债		
原材料	6 120	720	长期借款	600 000	600 000
库存商品	20 930	35 880	所有者权益：		
固定资产	2 970 000	3 120 000	普通股	2 000 000	2 000 000
累计折旧	100 000	180 000	未分配利润	331 300	740 800 *
资产合计	2 937 050	3 368 808	负债和所有者权益合计	2 937 050	3 368 808

注：* 年末未分配利润＝331 300＋419 500－10 000＝740 800（元）。

9.3 财务控制

预算执行是指经法定程序审查和批准的预算的具体实施过程，是把预算由计划变为现实的具体实施步骤。预算执行工作是实现预算收支任务的关键步骤，也是整个预算管理工作的中心环节。企业要对预算执行进行全面控制。

9.3.1 财务控制的含义和种类

1. 财务控制的含义

财务控制，是指按照一定的程序与方法，确保企业及其内部机构和人员全面落实和实现财务预算的过程。

财务控制是指对财务预算编制的关于资金投入及收益过程和结果进行对比与校正，目的是确保企业目标以及为达到此目标所制定的财务预算得以实现。财务控制是内部控制的一个重要组成部分，是内部控制的核心，是内部控制在日常资金流控制方面的体现。财务控制以价值形式为控制手段，以不同岗位、部门和层次的不同经济业务为综合控制对象，以控制日常现金流量为主要内容。

2. 财务控制的种类

(1) 按控制的时间，分为事前财务控制、事中财务控制和事后财务控制。

事前财务控制是指在财务收支行为发生之前就实施的控制；事中财务控制是指在财务收支活动发生过程中进行的控制；事后财务控制是指对财务收支活动的结果进行考核、评价、奖惩。

(2) 按控制的主体可分为所有者财务控制、经营者财务控制和财务部门财务控制。

所有者财务控制是指企业所有者进行的有关财务收支的控制，目的在于实现股东财富最大化或企业价值最大化；经营者财务控制是指企业经营管理者对企业财务收支活动进行的控制，目的在于提高经营效率，保证经营目标的实现；财务部门财务控制，是指企业的财务部门对日常经营活动中财务活动进行控制，以保证日常现金供给。

(3) 按控制的依据可分为预算控制和制度控制。预算控制是指以预算为基础，授权给相关部门实行的控制；制度控制是指通过制定企业规章制度，特别是内部控制制度，来约束各部门财务收支活动的控制。

(4) 按控制的对象可分为收支控制和现金控制。收支控制是指对企业财务收入活动和财务支出活动进行的控制，目的在于提高收入、降低成本；现金控制是指对企业现金流入活动和现金流出活动进行的控制，目的在于保持现金流量平衡。

(5) 按控制的手段可分为定额控制和定率控制。定额控制是指对企业和责任中心的财务指标根据制订的定额来控制实际成本的发生，以达到降低成本目的的一种控制制度，它是一种绝对额控制；定率控制是指对企业和责任中心的财务指标根据相对比率来控制。通常，定率控制反映出投入和产出对比、开源和节流并重的特征。两者相比，定额控制无弹性，定率控制有弹性。

9.3.2 责任中心财务控制

责任中心是指承担一定经济责任并享有一定权利的企业内部（责任）单位。责任中心是企业内部划分的责任单位，企业为了保证财务预算的有效执行和控制，把财务总预算中涉及的任务逐层分解，下达到各责任中心，形成责任预算。各责任中心根据下达的责任指标贯彻和落实财务预算。责任中心可划分为成本中心、利润中心和投资中心。

1. 成本中心

（1）成本中心的含义及范围。成本中心是指不考核其收入，而仅考核其所发生的成本和费用的单位内部组织，它往往没有收入，它的职能是用一定的成本去完成规定的具体任务。成本中心的范围最广，只要有成本费用发生的地方，都可以建立成本中心，多个小的成本中心又可以构成一个大的成本中心，从而在企业形成逐级控制、层层负责的成本中心体系。一般企业的成本中心主要是负责产品生产的生产部门、劳务提供部门或给以一定费用指标的企业管理科室。

（2）成本中心的类型。

①按照是否有下属成本中心可分为基本成本中心和复合成本中心。基本成本中心是指没有下属成本中心，如一个生产步骤是一个成本中心；基本成本中心对其可控成本向上一级责任中心负责。复合成本中心有若干个下属成本中心。

②按照成本费用计量的主客观性可分为技术性成本中心和酌量性成本中心。技术性成本是指发生的数额通过技术分析可以相对可靠地估算出来的成本，如产品生产过程中发生的直接材料、直接人工、间接制造费用等；技术性成本在投入量与产出量之间有着密切联系，可以通过弹性预算予以控制。酌量性成本是否发生以及发生数额的多少是由管理人员的决策决定的，主要包括各种管理费用和某些间接成本项目，如研究开发费用、广告宣传费用、职工培训费用等。酌量性成本在投入量与产出量之间没有直接关系，其控制应着重于预算总额的审批上。

（3）成本中心的特点。

①成本中心只考虑成本费用。成本中心一般没有经营权和销售权，成本中心的经营活动不会形成货币性收入，如企业的某个管理科室不会形成产品，更不可能形成产品销售收入。当然，也有一些成本中心有少量收入，但其收入和产出之间不存在对应关系。所以成本中心只能提供成本费用信息，即只计量支出，不计量货币收入。

②成本中心只对可控成本承担责任。成本中心能够控制的称为可控成本，不能控制的称为不可控成本。一般来讲，可控成本的确定应具备三项条件：成本中心有办法了解所发生耗费的性质；成本中心有办法对所发生耗费加以计量；成本中心有办法对所发生耗费加以控制和调节。

成本的可控性具有一定的相对性，它与成本发生的空间范围有关。某个成本中心的不可控制的成本，对另一个成本中心来讲往往是可控的，如下一级责任单位不可控制的成本，对于上一级责任单位来讲往往是可控的。

(4) 成本中心的考核指标。成本中心的考核指标包括成本（费用）变动额和成本（费用）变动率两项指标。具体计算公式如下。

$$成本（费用）变动额＝实际责任成本（费用）－预算责任成本（费用）$$

$$成本（费用）变动率＝成本（费用）变动额/预算责任成本（费用）×100\%$$

另外，在对成本中心进行考核时，如果实际产量与预算产量不一致，应当按照弹性预算的方法调整预算指标：

$$预算责任成本（费用）＝实际产量×单位预算责任成本$$

【例9-16】 A公司某成本中心2010年预计产量为1 100件，单位成本为295.25元；实际产量为1 100件，单位成本为295元，计算成本变动额和变动率。

解：成本变动额＝1 100×295－1 100×295.25＝－275（元）

$$成本降低率＝\frac{275}{1\,100×295.25}×100\%＝0.085\%$$

上述计算表明，A公司该成本中心成本降低275元，成本降低率为0.085%。

2. 利润中心

(1) 利润中心的含义。利润中心是指拥有产品或劳务的生产经营决策权，既对成本负责又对收入和利润负责的责任中心，它有独立或相对独立的收入和生产经营决策权。利润中心可以根据其利润的多少来对该中心进行业绩考评。

(2) 利润中心的种类。利润中心包括自然利润中心和人为利润中心两种。自然利润中心具有产品销售权，可以直接对外销售产品并取得销售收入。人为利润中心有部分的经营权，能按照内部转移价格向其他责任中心提供产品或劳务，取得"内部销售收入"。一般的说，只要能够制定出合理的内部转移价格，就可以将企业大多数生产半成品或提供劳务的成本中心改造成人为利润中心。

(3) 利润中心的考核指标。利润中心的考核指标就是利润，通过比较一定时期的实际利润与预算制定利润，来评价利润中心的业绩。

①当利润中心不计算共同成本或不可控成本时，其考核指标是利润中心边际贡献总额，该指标等于利润中心销售收入总额与可控成本总额（或变动成本总额）的差额。

②当利润中心计算共同成本或不可控成本，并采取变动成本法计算成本时，其考核指标有：

$$\begin{matrix}利润中心边\\际贡献总额\end{matrix}＝\begin{matrix}利润中心销\\售收入总额\end{matrix}－\begin{matrix}利润中心变\\动成本总额\end{matrix}$$

$$\begin{matrix}利润中心负责人\\可控利润总额\end{matrix}＝\begin{matrix}利润中心边\\际贡献总额\end{matrix}－\begin{matrix}利润中心负责人\\可控固定成本\end{matrix}$$

$$\begin{matrix}利润中心可\\控利润总额\end{matrix}＝\begin{matrix}利润中心负责人\\可控利润总额\end{matrix}－\begin{matrix}利润中心负责人\\不可控固定成本\end{matrix}$$

$$\frac{\text{企业利}}{\text{润总额}} = \frac{\text{各利润中心可}}{\text{控利润总额之和}} - \frac{\text{企业不可分摊}}{\text{管理费用等}}$$

【例 9-17】 A 公司某利润中心 2009 年实现销售收入 600 000 元，销售变动成本为 450 000 元，该中心负责人可控固定成本为 40 000 元，中心负责人不可控固定成本为 5 000 元，计算该中心的各项考核指标。

解： 该利润中心边际贡献总额＝600 000－450 000＝150 000（元）

利润中心负责人可控利润总额＝150 000－40 000＝110 000（元）

利润中心可控利润总额＝110 000－5 000＝105 000（元）

3. 投资中心

（1）投资中心的含义。投资中心是既对成本、收入和利润负责，又对投资效果负责的责任中心。投资中心必然是利润中心，因为投资的目的就是获得利润。投资中心是最高层次的责任中心，它拥有最大的决策权，也承担最大的责任。一般而言，大的集团公司的分公司或子公司是投资中心。当然，投资中心不等于利润中心，利润中心并不都是投资中心。利润中心没有投资决策权，而且在考核利润时也不考虑所占用的资产。

（2）投资中心的考核指标。

①投资利润率。投资利润率又称投资收益率，是指投资中心所获得的利润与投资额之间的比率。其计算公式为

$$\text{投资利润率} = \frac{\text{利润}}{\text{投资额}} \times 100\%$$

$$= \frac{\text{销售收入}}{\text{投资额}} \times \frac{\text{成本费用}}{\text{销售收入}} \times \frac{\text{利润}}{\text{成本费用}}$$

$$= \text{资本周转率} \times \text{销售成本率} \times \text{成本费用利润率}$$

其中，投资额是指投资中心的总资产扣除对外负债后的余额，即投资中心的净资产。投资利润率指标的优点：能反映投资中心的综合获利能力；可以作为选择投资机会的依据；可以正确引导投资中心的经营管理行为，使其长期化。该指标的最大局限性在于会造成投资中心与整个企业利益的不一致。

【例 9-18】 A 公司某子公司 2009 年的投资额为 100 000 元，该子公司的投资利润为 20 000 元，资本成本为 2%，计算该子公司的投资利润率。

解： 投资利润率 $= \dfrac{20\ 000}{100\ 000} \times 100\% = 20\%$

【例 9-19】 假设 A 公司上述子公司有一投资机会，投资额为 20 000 元，投资利润率为 15%，资本成本为 12%，计算其增资以后的投资利润率。

解： 增资以后的投资利润率 $= \dfrac{20\ 000 + 20\ 000 \times 15\%}{100\ 000 + 20\ 000} \approx 19.17\%$

由此可见，如果该子公司追加投资，会使整个子公司的投资利润率下降，子公司负责人考虑经营业绩，可能不会进行投资。但该项目对于整个企业来说，由于投资利润率大于资本成本，是值得投资的，这就造成了投资中心与整个企业集团利益的背离。

②剩余收益。剩余收益，是指投资中心获得的利润扣减其投资额按预期的最低收益率

计算投资收益后的余额。其计算公式为

$$剩余收益＝利润－投资额×规定或预期的最低投资收益率$$

以剩余收益为评价指标，只要投资中心的某项投资利润率大于按预期最低收益率计算的投资收益，该项投资就是可行的。

【例 9-20】　续例 9-18，计算 A 公司该子公司 2009 年的剩余收益。

解： 剩余收益＝20 000－100 000×12％＝8 000（元）

【例 9-21】　续例 9-19，计算 A 公司该子公司 2009 年追加投资后的剩余收益。

解： 剩余收益＝20 000＋20 000×15％－（100 000＋20 000）×12％＝8 600（元）

由于追加投资后剩余收益仍然大于零，所以追加投资方案可行。

用剩余收益来评价投资中心业绩克服了投资利润率的缺点，但剩余收益是绝对数，不利于不同部门之间的比较。

本章小结

本章主要介绍了下列财务预算的有关理论。

1. 财务预算是一系列专门反映企业未来一定期限内预计财务状况和经营成果，以及现金收支等价值指标的各种预算的总称，主要包括现金预算、销售预算、期间费用预算、资本预算、预计财务报表等内容。

2. 财务控制是指按照一定的程序与方法，确保企业及其内部机构和人员全面落实和实现财务预算的过程。

3. 责任中心是指承担一定经济责任并享有一定权利的企业内部（责任）单位。责任中心可划分为成本中心、利润中心和投资中心。

基础与提高

● 单项选择题

1. 下列预算中不是在生产预算的基础上编制的是（　　）。
   - A. 材料采购预算
   - B. 直接人工预算
   - C. 单位生产成本预算
   - D. 管理费用预算

2. 下列各项属于零基预算的程序的是（　　）。
   - A. 动员企业内部各部门员工，讨论计划期内应该发生的费用项目，对每一费用项目编写一套方案，提出费用开支的目的，以及需要开支的费用数额
   - B. 划分不可避免费用项目和可避免费用项目

    C. 划分不可延缓费用项目和可延缓费用项目

    D. 划分不可提前费用项目和可提前费用项目

3. 在下列预算方法中，能够适应多种业务量水平并能克服固定预算方法缺点的是（   ）。

    A. 弹性预算方法   B. 增量预算方法

    C. 零基预算方法   D. 流动预算方法

4. 某企业正在编制第四季度的材料采购预算，预计直接材料的期初存量为 1 000 千克，本期生产消耗量为 3 500 千克，期末存量为 800 千克；材料采购单价为 25 元/千克，材料采购货款有 30% 当季付清，其余 70% 在下季付清。该企业第四季度采购材料形成的"应付账款"期末余额预计为（   ）元。

    A. 3 300   B. 24 750   C. 57 750   D. 82 500

5. 下列与投资利润率的计算无关的是（   ）

    A. 利润   B. 销售收入   C. 成本费用   D. 资本成本

二 多项选择题

1. 下列各项中属于财务预算的有（   ）。

    A. 现金预算   B. 财务费用预算

    C. 预计资产负债表   D. 预计利润表

2. 下列哪些可以作为弹性预算所依据的业务量（   ）。

    A. 产量   B. 销售量

    C. 直接人工工时   D. 材料消耗量

3. 下列哪几项是编制预计利润表的依据（   ）。

    A. 各业务预算表   B. 决策预算表

    C. 现金预算表   D. 预计资产负债表

4. 责任中心可划分为（   ）。

    A. 成本中心   B. 利润中心   C. 投资中心   D. 采购中心

5. 财务控制按控制的对象分为（   ）。

    A. 收支控制   B. 定额控制   C. 定率控制   D. 现金控制

三 简答题

1. 固定预算和弹性预算的主要区别是什么？

2. 增量预算和零基预算各自的优缺点是什么？

3. 财务预算主要由哪些部分组成？

4. 财务控制的含义和原则是什么？

5. 什么是责任中心？包括哪几类？有什么区别？

四 计算分析题

某公司有 A 成本中心、B 利润中心和 C 投资中心。

A 成本中心 2009 年预算产量为 2 500 件，单位成本为 200 元；实际产量为 2 400 件，单位成本为 210 元。

B 利润中心 2009 年实现销售收入 780 000 元，利润中心销售产品的变动成本和变动费用为 460 000 元，利润中心负责人可控固定成本为 80 000 元，利润中心负责人不可控而由该中心负担的固定成本为 42 000 元。

C 投资中心 2009 年年初有资产总额为 740 000 元，年末有资产总额 860 000元，当年实现销售收入为 2 000 000 元，发生成本费用总额为 1 800 000 元，实现营业利润总额为 200 000 元。

公司加权平均利润率为 15%。

计算：（1）A 成本中心的变动额、变动率。

（2）B 利润中心的边际贡献总额、利润中心负责人可控利润总额、利润中心可控利润总额。

（3）C 投资中心的剩余收益。

五 解决问题

1. 寻找一家作为一般纳税人的中型企业，编制财务预算表。

2. 如何在不同的企业中灵活应用财务预算？

3. 了解当地企业内部是否进行财务预算，有无财务预算成果，是否执行，有何控制政策和程序。

技能实训

一 实训项目

编制现金预算。

二 实训方式

1. 阅读实训材料，分小组编制销售收入预算表、现金收入预算表。

2. 每组同学把编制的销售收入预算表、现金收入预算表上交。

3. 教师评分后总结。

三 实训材料

某公司应收账款的回收情况为当月销货款可以收回 50%，第二个月可以收回 30%，第三个月可以收回 20%。公司全年经营 A 产品，增值税率为 17%，每件售价为 200 元，5 月份实际销售 2 500 件，6 月份实际销售 2 800 件，计划 7月份销售 3 200 件，8 月份销售 2 900 件，9 月份销售 3 400 件。

四 实训分析

计算第三季度各月现金收入及 9 月末应收账款余额，并编制第三季度的现金收入预算。

案例讨论

效益从预算管理开始

预算管理是现代企业尤其是企业集团普遍采用的重要管理手段，是企业内部控制的重要内容。河北省电力公司深刻认识到预算管理对企业发展的重要性，近年来，该公司从构建预算管理体系、加强预算管理流程监控等方面入手，全面推行预算管理。

构建预算管理体系保障

为给预算管理工作提供坚强的组织保障，河北省电力公司加强了预算管理的组织建设。由总经理亲自担任预算管理委员会主任，有关领导任副主任，各预算管理相关部门的负责人为委员。总会计师兼任预算管理委员会办公室主任，对预算管理全过程涉及的各项工作进行全面指导与协调。

为强化业务预算管理，使之与财务预算有机衔接，河北省电力公司建立了大修、科技、技改等专项业务的运作程序。过去那种"先资金后项目"的资金切块管理方式已被"先项目后资金"的科学管理方式所替代，所有资金项目都要经过技术评价和经济评价，再根据轻重缓急确定资金的安排，从源头上避免了低效和无效投入。

加强预算管理流程监控

"预算管理始于业务，服务于电网建设和企业发展，是贯穿于企业经营管理的一条主线。"这是河北省电力公司预算管理工作的重要内涵。在预算管理流程的各个环节，河北省电力公司加大监控力度，确保预算工作为公司发展提供最大限度的支持。

在预算编制过程中，河北省电力公司将财务预算与业务预算紧密结合，并逐步理顺各项管理流程，深化业务预算基础管理工作。在河北省电力公司，预算编制遵循这样一个流程：省公司根据国家电网公司的有关具体要求，研究预算编制的基本目标和原则，提出预算安排的初步意见；基层单位将年度预算草案上报省公司，同时将大修及专项支出预算及资本性资金收支预算上报相关职能部门；预委办组织各职能部门对除项目资金需求外的其他预算内容进行会审，并提出初步意见；所有分项业务预算由各职能部门初步审核；各职能部门根据预算会审情况和对经营形势的分析等形成分项业务预算，并按《河北省电力公司资金投放管理办法》的规定程序逐层审查，提交资金投放委办公室审议后，提交预委办；预委办综合平衡各业务预算后编制省公司年度预算草案，由预算管理委员会审查后，报经总经理办公会议批准后下达实施。在严格遵循这个流程的同时，河北省电力公司还大力推行零基预算，不断提高预算的科学性。

为确保预算目标可控、在控，河北省电力公司将年度预算目标分解细化，对因特殊事项导致阶段目标执行差异较大的情况，及时滚动调整，保证阶段目标的可行性和合理性。同时，建立月度预算、月度重点分析、季度全面分析、重点问题专题分析制度，及时发现和解决预算执行中的问题，确保年度预算目标的实现。

在预算执行过程中，由预算管理委员会办公室、资金投放委员会办公室、各业务主管部门和审计监察部门组成检查组，对年度预算安排的资金项目进行重点检查，确保资金使用规范、预算执行到位。同时，充分发挥财务稽核的作用，通过稽核加大对预算执行过程的督导和执行结果的评价。通过以上措施，为预算执行的规范性和严肃性增加了一道保护屏障。

河北省电力公司还将年度预算指标细化为发展能力、营利能力、资产效率等指标纳入业绩考核，将其下达各单位，并进行严格的奖惩，大大增强了预算的约束力和激励作用，有力地保证了预算目标的全面实现。2006 年，河北省电力公司有三个单位因业绩考核指标超额完成受到奖励，同时也有两个单位因个别指标没有完成而受到处罚。

促进企业效益全面提升

"2006 年，由于预算委员会调研深入细致，各部门间分析、沟通充分，售电量年误差仅 1.3 亿千瓦时，误差率仅为 0.16％，预算编制的准确性大大提高。"

数据显示，通过加强预算管理，近几年河北省电力公司的经营效益总体呈现以下特点：

——资产经营业绩快速提升。售电量继续保持快速增长，销售收入增长高于售电量增长，利润增长高于销售收入增长，经营业绩屡创新高，2004—2006 年利润增幅分别为 27.95％和 70.60％，今年上半年同比增长近 110％。

——资产质量明显提高。新增电网资产连年创历史新高，资金存量持续下降，应收账款逐年降低，资产结构得到优化。

——资金运作成效显著。在资金运作效益不断提高的同时，实现了对财务费用和资产负债率的有效控制。在电网投资力度不断加大的情况下，资产负债率连续三年控制在 70％左右。

科学的决策体系和严密的执行组织体系，充分发挥了预算对经营资源的科学有效配置和全面加强经营管理的引导、促进作用。坚持以电网发展为主导，河北省电力公司优化资金投向，保证重点需求，在预算资金安排上加大了电网建设改造投资，加大了安全投入、技改投入、配网改造投入、营销投入、农网资产维护投入，使电网建设速度、设备健康水平、电网安全稳定运行、优质服务水平都得到了明显提升。

"我们将继续深化全面预算管理，不断创新预算管理理念，加快预算管理信息化建设，狠抓二级预算管理，完善标准成本体系，深化细化预算管理的内容，不断提高预算管理水平。"谈及下一步的工作打算，河北省电力公司预委办有关负责人表示。

（资料来源：《国家电网报》2007 年 8 月 15 日第 007 版）

思考与讨论：

如何保障预算目标的实现？

第*10*章 筹资决策

　　理解和掌握资金成本的概念，了解筹资方式，掌握资金成本的计算、经营杠杆和财务杠杆的灵活运用、资本结构的确定，能够对筹资方式灵活地组合运用。

案例导入

　　湖南华菱钢铁集团公司董事长李效伟在接受《中国冶金报》记者采访时讲的一段话发人深省。他说，华菱集团每年要拿出30多亿元用于基建、技改工程。这些资金主要靠自筹、股票融资、低息贴息贷款等渠道筹措。其中自筹部分达20亿元，低息贴息10多亿元，基本不再向银行贷款。寥寥数语，细细品味却是一条十分宝贵的经验。按平均利率5％计算，30多亿元如用贷款，仅利息一笔一年要支出1.5亿元以上；自筹20亿元减少支出1亿元，其余10多亿元低息贴息贷款如果利息平均降低3％，一年又少支出3 000多万元，两项合计一年减少利息支出1.3亿元，较之使用银行贷款利息支出可减少86％。如果钢铁行业基建、技改筹资结构都能达到华菱的标准，全年600亿元的投资中30亿元的利息减少86％，就可获益25.8亿元。

　　思考：华菱的做法是否能优化筹资结构、降低资金成本？

⟨10.1　资金成本的概念和计算

10.1.1　资金成本的概念

　　资金成本是指资金需求者为筹集和使用资金而付出的代价，也是资金提供者获得的报酬，即资本的价格。广义上讲，企业筹集和使用任何资金，不论短期的还是长期的，都要付出代价。狭义的资本成本仅指长期资金（包括权益性资本和借入长期资金）的成本。由于长期资金也被称为资本，所以长期资金成本也称为资本成本。

资金成本包括资金的筹集费和占用费两个部分。资金筹集费指在资金筹集过程中支付的各项费用，如发行股票、债券支付的印刷费、发行手续费等；资金占用费指占用资金支付的费用，如股票的股息、银行借款和债券利息等。资金占用费是筹资企业经常发生的，而资金筹集费通常在筹集资金时一次性发生。

10.1.2 个别资金成本的计算

个别资金成本是指各种长期资金的成本，主要包括债券成本、银行借款成本、优先股成本、普通股成本和留存收益成本，前两者统称为负债资金成本，后三者统称为权益资金成本。

1. 债券成本

债券成本是指企业由于发行债券而负担的债券利息和发行债券支付的筹资费用。利息费用计入税前的成本费用，可以起到抵减所得税的作用。

$$K_b = \frac{I(1-T)}{B_0(1-f)} = \frac{B \cdot i(1-T)}{B_0(1-f)}$$

式中　K_b——债券成本；

　　　I——年利息；

　　　T——所得税税率；

　　　B_0——债券发行价；

　　　i——债券票面利率；

　　　B——债券面值；

　　　f——债券筹资费率。

【例 10-1】　A 公司发行 5 年期债券，面值为 1 000 元，发行价为 1 020 元，票面利率为 10%，每年付息一次，到期还本，发行费率为 5%，所得税税率为 25%。计算该债券的资金成本。

解：$K_b = \dfrac{1\,000 \times 10\% \times (1-25\%)}{1\,020 \times (1-5\%)} \approx 7.74\%$

2. 银行借款成本

借款成本的计算与债券基本相同，包括借款利息和借款费用，同样要考虑利息抵税。

$$K_I = \frac{I(1-T)}{L(1-f)} = \frac{L \cdot i(1-T)}{L(1-f)} = \frac{i(1-T)}{1-f}$$

式中　K_I——银行借款成本；

　　　I——利息；

　　　T——所得税税率；

　　　L——借款总额；

i——借款利率；

f——借款费率。

【例 10-2】　A 公司取得 3 年期借款 100 万元，年利率为 6%，每年末付息一次，到期还本，筹资费率为 1%，企业所得税税率为 25%。计算该借款的资本成本。

解：$K_I = \dfrac{6\% \times (1-25\%)}{1-1\%} \approx 4.55\%$

3. 优先股成本

优先股成本包括筹资费用和优先股股利。优先股的筹资费用较高，股利可以视同为债券及借款利息，但是优先股股利为税后利润，不能抵税。

$$K_p = \frac{D}{P_p(1-f)}$$

式中　K_p——优先股成本；

D——优先股年股利；

P_p——发行额；

f——优先股筹资费率。

【例 10-3】　A 公司按面值发行 1000 万元优先股，年股利率为 5%，发行费率为 2%。计算该优先股成本。

解：$K_p = \dfrac{1\,000 \times 5\%}{1\,000 \times (1-2\%)} \approx 5.10\%$

4. 普通股成本

发行普通股的成本主要包括筹资费用和发放的股利。由于股利的确定取决于公司的经营情况，所以一般难以确定。在计算普通股成本时，企业一般假设股利每年固定增长，其计算公式为

$$K_S = \frac{D_1}{P_0(1-f)} + g$$

式中　K_S——普通股成本；

D_1——预计第 1 年发放的每股股利；

P_0——每股市价；

f——普通股筹资费率；

g——普通股股利年增长率。

【例 10-4】　A 公司按面值发行普通股，预计发行价格为每股 20 元，第 1 年末支付每股股利 10%，筹资费率为 2%，估计增长率为 6%。计算该普通股的成本。

解：$K_S = \dfrac{20 \times 10\%}{20 \times (1-2\%)} + 6\% \approx 16.20\%$

5. 留存收益成本

留存收益成本是指股东不分配的股利，留在企业内部用于企业自身发展。留存收益的成本率就是普通股东要求的投资收益率。由于留存收益成本是一种机会成本，而不是实际

发生的费用，所以只能对其进行估算。除了没有筹资费用以外，留存收益的成本类似于并低于普通股成本。其计算公式为

$$K_e = \frac{D_1}{P_0} + g$$

式中　K_e——留存收益成本；

其他符号同普通股。

【例 10-5】　A 公司年末留存收益 50 万元，第 1 年末支付每股股利 10％，普通股每股 20 元，估计增长率为 6％。计算该留存收益的成本。

解：$K_e = \dfrac{20 \times 10\%}{20} + 6\% \approx 16\%$

10.1.3　加权平均资金成本的计算

资金成本对企业的投资决策和筹资决策有着重要的意义。企业在筹资过程中，为了降低资金成本和筹资风险，会采取多种筹资方式。多种筹资方式下，企业以各种资本在企业全部资本中所占的比重为权数，对各种长期资金的资金成本加权平均计算出来的资金总成本称为加权平均资金成本。加权平均资金成本的计算公式为：

$$K_w = \sum_{j=1}^{n} K_j W_j$$

式中　K_w——加权平均资本成本；

K_j——第 j 种资本的个别资本成本；

W_j——第 j 种资本的比重；

n——个别的数目。

【例 10-6】　A 公司拟筹资 100 万元，各种筹资方式和个别资金成本如表 10-1 所示。计算加权平均资金成本。

表 10-1　A 公司的筹资方式及个别资金成本　　　　　　单位：万元

筹资方式	筹资额度	资本成本
发行债券	10	5％
银行借款	20	5.2％
优先股	10	6％
普通股	40	10％
留存收益	20	9％
合计	100	

加权平均资金成本＝10/100×5％＋20/100×5.2％＋10/100×6％＋40/100×10％＋20/100×9％＝7.94％

计算个别资金占全部资金的比重时，可分别选用账面价值、市场价值、目标价值权数来计算。市场价值权数指债券、股票以市场价格确定权数。这样计算的加权平均资金成本

能反映企业目前的实际情况。为弥补证券市场价格变动频繁的不便，也可以用平均价格。目标价值权数是指债券、股票以预计的未来目标市场价值确定权数。这种能体现期望的资金结构，而不是像账面价值权数和市场价值权数那样只反映过去和现在的资金成本结构，所以按目标价值权数计算的加权平均资本成本更适用于企业筹措新资金。但是，企业很难客观合理地确定证券的目标价值，使这种计算方法不易推广。

10.1.4 边际资金成本的含义和计算

1. 边际资金成本的含义

当企业筹措的资金超过一定限度时，原来的资金成本就会增加。在企业追加筹资时，需要知道筹资额在什么数额上会引起资金成本怎样的变化。这就要用到边际资金成本的概念。边际资金成本是指资金每增加一个单位而增加的成本。从理论上来推算，保持现行资本结构的情况下，只要各种资金成本不变，其新增资金的成本也不会变化；当某种资金的增加突破一定的限度时，就会引起资金成本的变化，即边际资金成本。

2. 边际资金成本的计算

(1) 确定最优资本结构。

(2) 计算个别资本成本。

(3) 计算筹资分界点。

在计算边际资金成本时，最重要的是确定导致资金成本变化的点，即筹资分界点。筹资总额分界点是某种筹资方式的成本分界点与目标资本结构中该种筹资方式所占比重的比值，反映了在保持某资金成本的条件下，可以筹集到的资金总限度。一旦筹资额超过筹资分界点，即使维持现有的资本结构，其资金成本也会增加。其计算公式为：

$$筹资分界点 = \frac{某种筹资方式的成本分界点}{目标资本结构中该筹资方式所占比重}$$

(4) 计算边际资金成本。根据计算出的分界点，可得出若干组新的筹资范围，对各筹资范围分别计算加权平均资金成本，即可得到各种筹资范围的边际资金成本。

【例 10-7】 A 公司采用多种方式进行筹资，各种筹资方式所占比重、数量范围和资本成本如表 10-2 所示。计算 A 公司的筹资分界点及边际资金成本。

表 10-2 A 公司筹资资料

筹资方式	目标资本结构（%）	追加筹资数量范围（元）	个别资金成本（%）
长期债券	40	10 000 以下	5
		10 000～50 000	6
		50 000 以上	7
普通股	60	12 000 以下	12
		12 000～60 000	13
		60 000 以上	14

解：计算 A 公司筹资分界点，如表 10-3 所示。

表 10-3　公司筹资分界点计算表

筹资方式	目标资本结构（%）	资本成本（%）	各种筹资方式筹资范围（元）	筹资分界点（元）	筹资总额范围
长期债券	40	5	10 000 以下	10 000/0.4＝25 000	25 000 以下
		6	10 000～50 000	50 000/0.4＝125 000	25 000～125 000
		7	50 000 以上		125 000 以上
普通股	60	12	12 000 以下	12 000/0.6＝20 000	20 000 以下
		13	12 000～60 000	60 000/0.6＝100 000	20 000～100 000
		14	60 000 以上		100 000 以上

计算边际资金成本，如表 10-4 所示。

表 10-4　A 公司边际资金成本计算表

筹资总额范围	筹资方式	资本结构	个别资金成本	边际资金成本
20000 以下	长期债券	40%	5%	40%×5%＋60%×12%＝9.2%
	普通股	60%	12%	
20000～25000	长期债券	40%	5%	40%×5%＋60%×13%＝9.8%
	普通股	60%	13%	
25000～100000	长期债券	40%	6%	40%×6%＋60%×13%＝10.2%
	普通股	60%	13%	
100000～125000	长期债券	40%	6%	40%×6%＋60%×14%＝10.8%
	普通股	60%	14%	
125000 以上	长期债券	40%	7%	40%×7%＋60%×14%＝11.2%
	普通股	60%	14%	

10.2　经营杠杆

10.2.1　杠杆原理

财务中的杠杆效应，即财务杠杆效应，是指由于固定费用的存在而导致的，当某一财务变量以较小幅度变动时，另一相关变量会以较大幅度变动的现象。财务中的杠杆效应包括经营杠杆、财务杠杆和复合杠杆三种形式。为了了解财务中的杠杆效应，我们必须首先掌握一些有关成本习性的概念。

10.2.2 相关概念

1. 成本习性

成本习性也称成本性态，指成本的变动（y）与业务量（x）之间的依存关系。这里的业务量可以是生产或销售的产品数量，也可以是反映生产工作量的直接人工小时数或机器工作小时数。

成本按习性可划分为固定成本、变动成本和混合成本三类。

（1）固定成本。固定成本，是指其总额在一定时期和一定业务量范围内不随业务量发生任何变动的那部分成本。属于固定成本的主要有按直线法计提的折旧费、保险费、管理人员工资、办公费等。单位固定成本将随产量的增加而逐渐变小。

（2）变动成本。变动成本是指其总额与业务量成正比例变动的那部分成本。直接材料、直接人工等都属于变动成本，但产品单位成本中的直接材料、直接人工将保持不变。

（3）混合成本。有些成本虽然也随业务量的变动而变动，但不成同比例变动，这类成本称为混合成本。混合成本可以按照一定量的关系分解为固定成本和变动成本。

2. 总成本习性模型

根据上述成本性态分析得知，成本基本可以分为固定成本和变动成本。由此，我们可以建立总成本习性模型：

$$y = a + bx$$

式中　y——总成本；

　　　a——固定成本；

　　　b——单位变动成本；

　　　x——业务量。

3. 边际贡献

边际贡献是指销售收入减去变动成本后的余额，其计算公式如下：

$$M = px - bx = (p-b)x = mx$$

式中　M——边际贡献总额；

　　　p——销售单价；

　　　b——单位变动成本；

　　　x——产销量；

　　　m——单位边际贡献。

4. 息税前利润的计算

息税前利润（EBIT），是扣除利息、所得税之前的利润。其计算公式为：

$$\text{EBIT} = px - bx - a = (p-b)x - a = M - a = 净利润 + 所得税 + 利息$$

10.2.3 经营杠杆的定义

经营杠杆又称营业杠杆或营运杠杆，指在企业生产经营中由于存在固定成本而使利润变动率大于产销量变动率的现象。根据成本性态，在一定产销量范围内，产销量的增加一般不会影响固定成本总额，但会使单位产品固定成本降低，从而提高单位产品利润，并使利润增长率大于产销量增长率；反之，产销量减少会使单位产品固定成本升高，从而降低单位产品利润，并使利润下降率大于产销量的下降率。所以，产品只有在没有固定成本的条件下，才能使边际贡献总额等于经营利润，使利润变动率与产销量变动率同步增减。这种情况在一般企业里不存在。

10.2.4 经营杠杆的计算

经营杠杆的作用程度用经营杠杆系数表示，也称营业杠杆程度，是息税前利润的变动率相对于销售额（营业额）变动率的倍数。为了反映营业杠杆的作用程度，估计营业杠杆利益的大小，评价营业风险的高低，需要测算经营杠杆系数。其测算公式是：

$$经营杠杆系数（DOL）=\frac{\Delta EBIT/EBIT}{\Delta S/S}=\frac{\Delta EBIT/EBIT}{\Delta Q/Q}$$

式中，$\Delta EBIT$ 为息税前利润变动额；$EBIT$ 为基期息税前利润；ΔS 为销售收入的变动；S 为基期销售收入；ΔQ 为产销量变动；Q 为基期产销量。

另外，对上述公式简化，可以得到简化公式：

$$经营杠杆系数（DOL）=\frac{M}{EBIT}=\frac{M}{M-a}$$

【例10-8】 A公司2007年销售量为20 000件，单价为20元，单位变动成本为5元，固定成本为8万元，预计2008年销售量为25 000件，其他条件不变。计算该公司2008年的经营杠杆系数。

解： A公司经营杠杆系数分析计算见表10-5。

表10-5 A公司经营杠杆系数分析计算表

项目	2007年	2008年
单价	20	20
单位变动成本	15	15
单位边际贡献	5	5
销量（件）	20 000	25 000
边际贡献	100 000	125 000
固定成本	80 000	80 000
息税前利润（EBIT）	20 000	45 000

（1）根据定义公式计算经营杠杆系数：

$$息税前利润变动率=\frac{45\ 000-20\ 000}{20\ 000}\times100\%=125\%$$

$$销售量变动率=\frac{25\ 000-20\ 000}{20\ 000}\times100\%=25\%$$

所以，2008年A公司的经营杠杆系数 $DOL=125\%\div25\%=5$

（2）根据经营杠杆系数简化公式计算经营杠杆系数：

$$DOL = \frac{M_{2007}}{EBIT_{2007}} = \frac{100\,000}{20\,000} = 5$$

分析：A 公司销售量每增加 1％，其息税前利润（$EBIT$）将增长 1％×5＝5％。A 公司 2008 年销售量增长 5 000/20 000＝25％，则 $EBIT$ 将增长 25％×5＝125％；如果 A 公司销售量下降 5 000/20 000＝25％，则 $EBIT$ 将下降 25％×5＝125％。

10.2.5　经营杠杆和经营风险的关系

在较高经营杠杆率的情况下，当业务量减少时，利润将以经营杠杆率的倍数成倍减少；业务量增加时，利润将以经营杠杆率的倍数成倍增长。这表明经营杠杆率越高，利润变动越剧烈，企业的经营风险越大。反之，经营杠杆率越低，利润变动越平稳，企业的经营风险越小。通常情况下，经营杠杆高低只反映企业的经营风险大小，不能直接代表其经营成果的好坏。在业务量增长同样幅度的前提下，企业的获利水平不同；在业务量减少同样幅度的情况下，企业利润的下降水平也不同。无论经营杠杆高低，增加业务都是企业获利的关键因素。

10.3　财务杠杆

10.3.1　财务杠杆的含义

财务杠杆也称资本杠杆，是指由于长期债务的存在而导致息税前利润和每股收益之间存在变量关系的杠杆效应。在企业资本结构维持不变的情况下，负债相对固定，利息也维持相对稳定，当企业息税前利润增长时，单位利润负担的固定成本减少，这种固定融资费用的存在会使普通股利润变动率大于息税前利润变动率。

10.3.2　财务杠杆的计量

财务杠杆计量的主要指标是财务杠杆系数，财务杠杆系数是指普通股每股收益的变动率相当于息税前利润变动率的倍数。用公式表示为

$$财务杠杆系数（DFL）= \frac{\Delta EPS/EPS}{\Delta EBIT/EBIT}$$

式中　ΔEPS——普通股每股收益的变动额；

EPS——基期每股收益。

如果企业没有优先股，上述公式还可以简化为：

$$DFL = \frac{EBIT}{EBIT - I}$$

式中　I——债务利息。

如果企业发行优先股，由于优先股股息为税后利润分配，则简化公式为

$$DFL = \frac{EBIT}{EBIT - I - d/(1-T)}$$

式中　I——债务利息；

　　　d——优先股股利；

　　　T——所得税税率。

值得注意的是，上述公式中，EBIT、I、d、T 均为基期值。

【例 10-9】　续上例，A 公司 2008 年预计需要资金 15 万元，有两种方案可供选择。方案甲：发行普通股筹资，每股面值 15 元，共 10 000 股；方案乙：40% 为负债筹资，60% 为普通股筹资，普通股筹资条件同甲方案，负债年利率为 10%。2007 年 EBIT 为 2 万元，所得税税率为 25%，2008 年 EBIT 预计增长 125%，计算 A 公司 2008 年甲、乙两方案的财务杠杆系数（DFL）。

解： A 公司融资方案与每股收益计算分析表见表 10-6。

表 10-6　A 公司融资方案与每股收益计算分析表　　　　单位：元

时间	项目	甲方案	乙方案
2007 年	发行普通股股数（股）	10 000	6 000
	普通股股本（每股面值 15 元）	150 000	90 000
	债务（利率 10%）	0	60 000
	资金总额	150 000	150 000
	息税前利润	20 000	20 000
	减：债务利息	0	6 000
	税前利润	20 000	14 000
	减：所得税	5 000	3 500
	税后净利	15 000	10 500
	每股收益（元/股）	1.5	1.75
2008 年	息税前利润增长率	125%	125%
	增长后的息税前利润	45 000	45 000
	减：债务利息	0	6 000
	税前利润	45 000	39 000
	减：所得税	11 250	9 750
	税后净利	33 750	29 250
	每股收益（元/每股）	3.375	4.875
	每股收益增加额	1.875	3.125
	普通股每股收益增长率	125%	179%

（1）根据定义公式计算财务杠杆系数：

$$DFL_{甲} = \frac{\Delta EPS/EPS}{\Delta EBIT/EBIT} = \frac{125\%}{125\%} = 1$$

$$DFL_乙 = \frac{\Delta EPS / EPS}{\Delta EBIT / EBIT} = \frac{179\%}{125\%} \approx 1.43$$

（2）根据简化公式计算财务杠杆系数：

$$DFL_甲 = \frac{20\ 000}{20\ 000 - 0} = 1$$

$$DFL_乙 = \frac{20\ 000}{20\ 000 - 6\ 000} \approx 1.43$$

从上例中可以看出，甲、乙两个方案的筹资金额相同，息税前利润也相等，息税前利润的增长幅度也相同，不同的是两种方案的资本结构。甲、乙两个筹资方案中，资本结构的主要不同在于甲方案是完全用普通股筹资，而乙方案中有 40% 的负债筹资。两者的不同导致不同的结果：两方案的息税前利润都增加 25%，甲方案的每股收益只增长 125%，而乙方案的每股收益增长 179%。说明由于乙方案中存在负债，使得乙方案的利润增长超过了甲方案，这就是上述讨论的财务杠杆效应。当然，如果 A 公司的息税前利润下降，那么，乙方案每股收益的下降幅度也会高于甲方案。

10.3.3　财务杠杆与财务风险的关系

财务风险是指企业为取得财务杠杆效应而利用负债资金时，增加了破产机会或普通股每股利润大幅度变动的机会所带来的风险。财务杠杆会加大财务风险，企业举债比重越大，财务杠杆效应越强，财务风险越大。在企业资金总额、息税前利润相同的情况下，负债比例越高，财务杠杆系数越大，杠杆效应越强，即普通股每股收益波动幅度越大。财务杠杆系数越大，当息税前利润上涨时，每股收益增加幅度越大；反之，当息税前利润下跌时，每股收益下降幅度更大。所以，企业的财务决策者应当合理安排负债水平，在财务杠杆效应与财务风险之间权衡，确保企业收益性和稳定性。

（10.4　综合杠杆

10.4.1　综合杠杆的含义

根据前面两节的内容，我们知道，由于存在固定性经营成本，产生经营杠杆效应，使得产销量的增长引起息税前利润更大幅度的增长；由于存在固定的债务成本，产生财务杠杆效应，使得息税前利润的增长引起普通股收益更大幅度的增长。

综合杠杆也称为总杠杆，是由于上述两种杠杆共同起作用而形成的杠杆。这种由于固定成本和固定财务费用的存在而导致的普通股每股利润变动率大于产销量变动率的杠杆效应。

10.4.2 综合杠杆的计量

综合杠杆计量的主要指标是综合杠杆系数（DCL），它是指普通股每股收益变动率相当于产销量变动率的倍数。其计算公式为：

$$DCL = 经营杠杆系数 \times 财务杠杆系数 = DOL \times DFL$$

$$= \frac{\Delta EPS/EPS}{\Delta S/S} = \frac{\Delta EPS/EPS}{\Delta Q/Q} = \frac{M}{EBIT-I}$$

【例 10-10】 续上例，A 公司选择乙方案，计算 A 公司的综合杠杆系数。

解： A 公司乙方案综合杠杆系数计算分析表见表 10-7。

表 10-7 A 公司乙方案综合杠杆系数计算分析表　　　　　　单位：元

项目	2007 年	2008 年	变动率
销售单价（元/件）	20	20	
单位变动成本	15	15	
销售量	20 000	25 000	25%
边际贡献	100 000	125 000	
固定成本	80 000	80 000	
息税前利润	20 000	45 000	125%
利息	6 000	6 000	
税前利润	14 000	39 000	
所得税（25%）	3 500	9 750	
净利润	10 500	29 250	
发行普通股股数	6 000	6 000	
每股收益	1.75	4.875	179%

（1）根据定义公式计算综合杠杆系数：

$$DCL = \frac{\Delta EPS/EPS}{\Delta Q/Q} = \frac{179\%}{25\%} \approx 7$$

（2）根据简化公式计算综合杠杆系数：

$$DCL = \frac{M}{EBIT-I} = \frac{100\ 000}{20\ 000 - 6\ 000} \approx 7$$

或者　　　　　　　　　　$$= DOL \times DFL = 5 \times 1.43 \approx 7$$

上例中，综合杠杆系数为 7，表示产销量增长 1%，每股收益会增长 7%；反之，产销量下降 1%，每股收益会下降 7%。

10.4.3 综合杠杆和综合风险的关系

由于综合杠杆作用使普通股每股收益大幅度波动而造成的风险称为综合风险，综合风险直接反映企业的整体风险。在其他因素不变的情况下，综合杠杆系数越大，每股收益波动越大，企业综合风险越大；反之，综合杠杆系数越小，每股收益波动越小，企业综合风险越小。

10.5 最优资本结构的决策方法

10.5.1 资本结构的含义

资本结构是指企业各种资本的构成及其比例。广义的资本结构是指企业全部资本价值的构成及其比例关系。狭义的资本结构是指企业长期资金的构成及其比例关系。

10.5.2 最优资本结构的确定方法

根据上述理论的分析，负债对企业意义重大，负债可以抵税，降低企业的资本成本；但是，企业在负债经营时也要充分考虑财务风险。企业要在资金成本和财务风险之间作出比较，综合考虑，寻求最优资本结构。

所谓最优资本结构，是指企业在一定时期内，使加权平均资金成本最低，企业的价值达到最大化时的资本结构。

确定最优资本结构的方法主要有比较资金成本法、每股收益无差别点分析法等。

1. 比较资金成本法

比较资金成本法是指企业在筹资决策时，首先拟定多个备选方案，分别计算各个方案的加权平均资金成本，相互比较选择综合资金成本率最低的资本结构作为最优资本结构。比较资金成本法一般包括以下步骤：拟定几个筹资方案；确定各方案的资本结构；计算各方案的综合资金成本；通过比较，选择综合资金成本最低的资本结构为最优资本结构。比较资金成本法可以分为初始筹资和追加筹资两种。

（1）初始资本结构决策。初始资本结构决策是企业创建时比较备选筹资方案确定最优资本结构。

【例 10-11】 A 公司创建时，拟筹资 5 000 万元，现有如下两个筹资方案可供选择（表 10-8），试确定最优资本结构。

表 10-8 A 公司筹资资料　　　　　　　　　　　　　　　　单位：万元

筹资方式	资本成本（%）	A 方案	B 方案
长期借款	10	2 000	1 500
股票	15	3 000	3 500
Σ	—	5 000	5 000

解：A 方案的综合资金成本 $=\dfrac{2\ 000}{5\ 000}\times10\%+\dfrac{3\ 000}{5\ 000}\times15\%=4\%+9\%=13\%$

B 方案的综合资金成本 $=\dfrac{1\ 500}{5\ 000}\times10\%+\dfrac{3\ 500}{5\ 000}\times15\%=3\%+10.5\%=13.5\%$

根据上述计算结果，A 方案的综合资金成本率小于 B 方案，在其他条件相同的情况下，A 方案为最优筹资方案，其所形成的资本结构也是最优资本结构。

（2）追加资本结构决策。在企业的再生产过程中，会因为扩大业务或投资而增加资本，原来的资本结构会因追加筹资而发生变化。所以，原来的资本结构不一定是最优资本结构，企业应当重新计算，寻求追加资本以后的最优资本结构。

【例 10-12】　续上例，A 公司现追加筹资 3 000 万元，具体资料如表 10-9 所示。

表 10-9　A 公司追加筹资资料　　　　　　　　　　　单位：万元

筹资方式	原资本结构		追加资本 A 方案		追加资本 B 方案	
	筹资额（万元）	资金成本（％）	筹资额（万元）	资金成本（％）	筹资额（万元）	资金成本（％）
长期借款	2 000	10	500	7	1 500	8
股票	3 000	15	2 500	18	1 500	16
Σ	5 000	13	3 000	—	3 000	—

解：A 方案的综合资金成本 $= \frac{2\,000}{8\,000} \times 10\% + \frac{500}{8\,000} \times 7\% + \frac{3\,000}{8\,000} \times 13\% + \frac{2\,500}{8\,000} \times 18\%$

$= 13.4375\%$

B 方案的综合资金成本 $= \frac{2\,000}{8\,000} \times 10\% + \frac{1\,500}{8\,000} \times 8\% + \frac{3\,000}{8\,000} \times 13\% + \frac{1\,500}{8\,000} \times 16\%$

$= 11.875\%$

运用比较资金成本法，以综合资金成本最低为唯一判断标准，在应用中具有直观性和操作上的简便性。另外，资金成本的降低必然给企业财务带来良好的影响，一定条件下可以使企业的市场价值增大。但是，比较资金成本法仅仅以加权平均资金成本最低作为唯一标准，一定条件下会使企业蒙受较大的财务损失，并可能导致企业市场价值的波动。

2. 每股收益无差别点分析法（EBIT—EPS 分析法）

将企业的赢利能力（用 EBIT 表示）与负债对股东财富（用 EPS 表示）的影响结合起来分析资金结构与每股利润之间的关系，进而确定合理的资金结构的方法，叫息税前利润—每股利润分析法，简写为 EBIT—EPS 分析法，也被称为每股收益无差别点法。每股收益无差别点是指两种筹资方式下普通股每股收益相等时的点。

【例 10-13】　A 公司原有资金 1 000 万元，因企业扩大生产准备筹集资金 400 万元，筹资方式有发行股票和债券。预计息税前利润为 200 万元，所得税税率为 25％。用 EBIT—EPS 分析法来确定最优资本结构。企业原有的资本结构如表 10-10 所示，不同资本结构下的每股收益如表 10-11 所示。试确定合理的筹资结构。

表 10-10　A 公司的资本结构表

筹资方式	原有资本结构	增资以后的资本结构	
		增发普通股	增发债券
企业债券（利率8％）	200	200	600
普通股（每股1元）	500	600	500

筹资方式	原有资本结构	增资以后的资本结构	
		增发普通股	增发债券
资本公积	100	400	100
留存收益	200	200	200
资金总额	1 000	1 400	1 000
普通股股数（万股）	500	600	500

注：新股发行价为 3 元，每股溢价 2 元。

表 10-11　不同资本结构下的每股收益

项目	增发普通股	增发企业债券
预计息税前利润	200	200
减：利息	16	48
税前利润	184	152
减：所得税（25%）	46	38
净利润	138	114
普通股股数（万股）	600	500
每股收益（元）	0.23	0.228

解： 从表 10-11 可以看出，企业筹资 400 万元，用发行普通股的方式每股收益较多，有利于企业股票的上涨，更符合理财目标。

那么，息税前利润的多少和筹资方式的选择究竟有什么样的关系呢？这要求用 $EBIT-EPS$ 分析法来测算每股收益无差别点处的息税前利润。计算公式为：

$$\frac{(EBIT-I_1)(1-T_1)}{N_1}=\frac{(EBIT-I_2)(1-T_2)}{N_2}=EPS$$

式中　$EBIT$——无差别点处的息税前利润；

　　　I_1、I_2——筹资利息；

　　　N_1、N_2——流通在外的普通股股数；

　　　T_1、T_2——所得税税率。

将 A 公司的相关数据代入下式：

$$\frac{(EBIT-200\times8\%)\times(1-25\%)}{600}=\frac{(EBIT-600\times8\%)\times(1-25\%)}{500}$$

得 $EBIT=208$（万元），此时的 $EPS=0.24$（元）

用图表示如图 10-1 所示。

分析： 当 $EBIT>208$ 万元时，企业增发债券筹资比较有利；当 $EBIT<208$ 万元时，企业增发股票筹资比较有利。上例中 A 公司预计 $EBIT=200$ 万元，所以增发股票筹资比较有利。

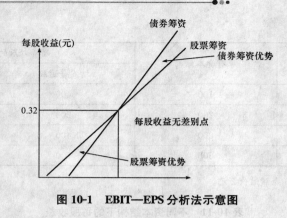

图 10-1　EBIT—EPS 分析法示意图

10.6　短期筹资决策

10.6.1　短期借款

短期借款指企业向银行或其他非银行金融机构借入的、还款期限在一年或超过一年的一个经营周期内的各种借款。

1. 短期借款的种类

企业的短期借款主要有经营周转借款、临时借款、结算借款等。按照惯例，短期借款按照偿还方式不同，可分为一次性偿还借款和分期偿还借款；按利息的支付方式不同，可分为收款法借款、贴现法借款和加息法借款；按有无担保，分为抵押借款和信用借款。

2. 短期借款的信用条件

按照国际惯例，银行发放短期贷款时，一般涉及以下信用条件。

（1）信贷额度。信贷额度又称"信贷限额"，是借款人与银行在协议中规定的允许借款人的最高限额。

①周转信贷协定。周转信贷协定又叫"循环贷款协定"，是银行具有法律义务承诺提供不超过某一最高限额的贷款协定。在协定的有效期内，只要企业的借款总额未超过最高限额，银行必须满足企业任何时候提出的借款要求。企业享用周转信贷协定，通常要对贷款限额的未使用部分付给银行一笔承诺费。

【例 10-14】　假定 A 公司取得银行为期一年的周转信贷协定，金额为 100 万元，承诺费率为 0.5%，借款企业年度内使用了 80 万元，则借款企业应向银行支付的承诺费为多少？

解：承诺费＝（100－80）×0.5%＝0.1（万元）

②补偿性余额借款法。补偿性余额借款法是银行要求企业借款时必须按实际借款额的一定百分比（通常为 10%～20%）在银行中保留最低存款余额。补偿性余额提高了借款的

实际利率，对企业来说增加了财务负担，但是银行的贷款风险得到了降低。补偿性余额实际利率的计算公式为：

$$实际利率 = \frac{名义借款金额 \times 名义利率}{名义借款金额 \times (1 - 补偿性余额的比例)} = \frac{名义利率}{1 - 补偿性余额的比例}$$

【例 10-15】　A 企业从银行取得一笔期限为一年的 100 万元借款，借款年利率为 10%，银行要求的补偿性余额比例为 20%，则企业的实际借款利率是多少？

解： 企业的实际借款利率 $= \dfrac{10\%}{1 - 20\%} = 12.5\%$

（2）借款抵押。银行对财务风险大、信誉不好的企业发放贷款时，往往需要企业抵押一定的物品，来降低借款风险。抵押物品可以是厂房、机器设备等。银行一般按抵押物品价值的 30%～50% 发放贷款。

（3）偿还条件。银行一般都会规定贷款的偿还期限。企业如果在贷款到期以后仍然无力偿还的，银行将其视为逾期贷款，加收罚息。

（4）以实际交易为借款条件。当企业发生经营性临时资金需求时，需要向银行借款，银行以企业将要进行的实际交易为贷款基础，单独立项，单独审批，并确定相应的贷款条件和信用保证。

3. 借款利息的支付方式

（1）利随本清法。利随本清法，又称收款法，是指在借款到期时向银行支付利息的办法。采用这种方法借款的名义利率等于实际利率。

（2）贴现法。贴现法，是银行向企业发放贷款时，先从本金中扣除利息部分，贷款到期时企业偿还本金的一种计息方法。采用这种方法，企业的实际贷款额只有本金扣除利息部分，所以，其实际利率高于名义利率。贴现法实际利率计算公式为：

$$贴现贷款实际利率 = \frac{利息}{贷款金额 - 利息} \times 100\% = \frac{名义利率}{1 - 名义利率} \times 100\%$$

【例 10-16】　A 企业从银行取得借款 200 万元，期限为 1 年，名义利率为 10%，按贴现法付息。该企业贴现贷款的实际利率是多少？

解： 贴现贷款实际利率 $= \dfrac{200 \times 10\%}{200 - 200 \times 10\%} \times 100\% \approx 11.11\%$

$$= \frac{10\%}{1 - 10\%} \times 100\% \approx 11.11\%$$

4. 短期借款筹资的优缺点

（1）短期借款筹资的优点。

①筹资速度快。企业取得短期借款的时间要比长期借款短得多。因为银行在向企业发放长期贷款时要对企业进行全方位的调查分析，需要花费很长的时间。

②筹资弹性大。短期借款借款数额和借款时间弹性较大，企业可以在需要资金时借入，在资金充裕时还款，便于企业灵活安排。

（2）短期借款筹资的缺点。

①筹资风险大。短期资金需要在短期内偿还，在短期筹资数额较大的情况下，如果企

业资金调度不够，企业可能无力还本付息，会面临破产的风险。

②资金成本高。与其他短期筹资方式相比，短期借款筹资资金成本较高，尤其是在补偿性余额和附加利率的情况下，实际利率高于名义利率。

10.6.2　商业信用

商业信用是指企业在正常的经营活动和商品交易中由于延期付款或预收账款所形成的企业常见的信贷关系。商业信用产生的根本原因是由于在商品经济条件下，各企业相互依赖，但它们在生产时间和流通时间上往往存在着不一致，造成商品运动和货币运动在时间和空间上脱节。而通过企业之间相互提供商业信用，可满足企业对资本的需要，从而保证整个社会的再生产得以顺利进行。

1. 商业信用的条件

（1）预收货款。预收货款是指企业按照合同规定向购货单位预收的完全或部分货款。预收货款一般用于以下两种情况：

①企业已知买方信用欠佳；

②销售生产周期长，售价高的商品。

（2）延期付款，但不涉及现金折扣。这是指企业购买商品时，卖方允许企业在交易发生后一定时期内按发票金额支付货款的情形，如"net45"，是指在45天内按发票金额付款。这种条件下的信用期一般为30～60天，但有些季节性的生产企业可能为其顾客提供更长的信用期间。在这种情况下，买卖双方存在商业信用，买方可因延期付款而取得资金来源。

（3）延期付款，但早付款可享受现金折扣。在这种条件下，买方若提前付款，卖方允许给予一定的现金折扣，如买方不享受现金折扣，则必须在一定时期内付清账款。如"2/10，n/30"便属于此种信用条件。应用现金折扣主要是为了加速账款的收现。现金折扣为发票的1%～5%。

在这种条件下，双方存在信用交易。买方若在折扣期内付款，则可获得短期的资金来源，并能得到现金折扣；若放弃现金折扣，则可在稍长时间内占用卖方的资金。

2. 放弃现金折扣成本的计算

采用商业信用形式销售产品时，为了鼓励购买单位尽早付款，销货单位往往都规定一些信用条件，这主要包括现金折扣和付款期间两部分内容。如果销货单位提供现金折扣，购买单位应尽量争取获得此项折扣，因为丧失现金折扣的机会成本很高。

现金折扣的计算公式：

$$放弃现金折扣成本 = \frac{现金折扣率}{1-现金折扣率} \times \frac{360}{信用期-折扣期}$$

【例10-17】　A企业按"2/10，n/30"的信用条件采购商品。即如果在10天内付款，可获得2%的现金折扣；如果放弃现金折扣，货款应当在30天内付清。该企业放弃现金折扣的成本是多少？

解：放弃现金折扣成本 $= \dfrac{2\%}{1-2\%} \times \dfrac{360}{30-10} \approx 36.73\%$

3. 商业信用筹资的优缺点

（1）商业信用筹资的优点。

①商业信用非常方便。如果没有现金折扣，或企业不放弃现金折扣，则利用商业信用筹资没有实际成本。

②商业信用筹资限制少。

（2）商业信用筹资的缺点。商业信用的时间一般较短，如果企业取得现金折扣，则时间会更短，如果放弃现金折扣，则要付出较高的资金成本。

10.6.3　短期融资券

1. 短期融资券的含义

短期融资券，也称商业票据或短期债券，是由企业发行的无担保短期本票。在我国，短期融资券是指企业依照《短期融资券管理办法》的条件和程序在银行间债券市场发行和交易并约定在一定期限内还本付息的有价证券，是企业筹措短期（1 年以内）资金的直接融资方式。

2. 短期融资券的特征

我国的短期融资券具有以下特征：

（1）发行人为非金融企业；

（2）它是一种短期债券产品，期限不超过 365 天；

（3）发行利率（价格）由发行人和承销商确定；

（4）发行对象为银行间债券市场的机构投资者，不向社会公众发行；

（5）实行余额管理，待偿还融资券余额不超过企业净资产的 40%；

（6）可以在全国银行间债券市场机构投资者之间流通转让。

3. 短期融资券的种类

（1）按发行方式分类，可将短期融资券分为经纪人代销的融资券和直接销售的融资券。

经纪人代销的融资券，是指先由发行人卖给经纪人，然后再由经纪人卖给投资者的融资券。而直接发行融资券的公司通常是经营金融业务的公司或自己有附属金融机构的公司，一般有自己的分支网点和专门的金融人才，因此，有力量自己组织推销工作，从而节约了发行时应付给证券公司的手续费。

（2）按发行人的不同分类，可将短期融资券分为金融企业的融资券和非金融企业的融资券。

金融企业的融资券主要是指各大公司所属的财务公司、各种信托投资公司、银行控股公司等发行的融资券。这类融资券一般都采用直接发行方式。非金融企业的融资券是指那些没有设立财务公司的工商企业所发行的融资券。这类企业一般规模不大，多数采用间接方式来发行融资券。

（3）按融资券的发行和流通范围分类，可将短期融资券分为国内融资券和国际融资券。国内融资券是一国发行者在其国内金融市场上发行的融资券。发行这种融资券一般只要遵循本国法规和金融市场惯例即可。国际融资券是一国发行者在本国以外的金融市场上发行的融资券。发行这种融资券，必须遵循有关国家的法律和国际金融市场的惯例。

4. 短期融资券的发行程序

一般来讲，只有实力雄厚、资信程度很高的大企业才有资格发行短期融资券。在我国，短期融资券的发行必须符合《短期融资券管理办法》中规定的发行条件。

短期融资券的发行程序包括：

（1）公司做出发行短期融资券的决策；

（2）办理发行短期融资券的信用评级；

（3）向有关审批机构提出发行申请；

（4）审批机关对企业提出的申请进行审查和批准；

（5）正式发行短期融资券，取得资金。

5. 短期融资券筹资的优缺点

（1）短期融资券筹资的优点。

①短期融资券的筹资成本较低。在西方，短期融资券的利率加上发行成本，通常要低于银行的同期贷款利率。但在我国，目前由于短期融资市场刚建立，还不完善，因而有时会出现短期融资券的利率高于银行借款利率的情况。

②短期融资券筹资数额比较大。一般银行不会向企业发放大额短期借款，而发行短期融资券的数额往往较大，可以筹集更多的资金。

③发行短期融资券可以提高企业的信誉度和知名度。由于在市场上发行短期融资券的公司都是著名的大公司，因而一个公司如果能发行自己的短期融资券，说明该公司有较好的信誉；同时，随着短期融资券的发行，公司的威望和知名度也会大大提高。

（2）短期融资券筹资的缺点。

①发行短期融资券的风险比较大。短期融资券到期必须归还，一般不会有延期的可能。如果到期不归还，会对企业的信誉等产生较严重的后果，因此，风险较大。

②发行短期融资券的弹性比较小。只有当企业的资金需求达到一定数量时才能使用短期融资券，如果数量较小，则会加大单位资金的筹资成本。另外，短期融资券一般不能提前偿还，即使企业资金比较充裕，也要到期才能还款。

③发行短期融资券的条件比较严格。只有信誉好、实力强、效益高的企业才能使用短期融资券，而小企业和信誉不够好的企业不可能利用短期融资券来筹资。

10.6.4 应收账款的转让

1. 应收账款转让的含义

应收账款转让，是指企业将应收账款出让给银行等金融机构以获取资金的一种筹资方式。应收账款转让筹资数额一般为应收账款扣减以下内容后的余额。

（1）允许客户在付款时扣除的现金折扣；

（2）贷款机构扣除的准备金、利息和手续费。其中准备金是指因在应收账款收回过程中可能发生销货退回和折让等而保留的扣存款。

2. 应收账款转让的分类

应收账款转让按是否具有追索权可分为附加追索权的应收账款转让和不附加追索权的应收账款转让。其中，附加追索权的应收账款转让，是指企业将应收账款转让给银行等金融机构，在有关应收账款到期无法从债务人处收回时，银行等金融机构有权向转让应收账款的企业追偿，或按照协议规定，企业有义务按照约定金额从银行等金融机构回购部分应收账款，应收账款的坏账风险由企业承担；不附加追索权的应收账款转让，是指企业将应收账款转让给银行等金融机构，在有关应收账款到期无法从债务人处收回时，银行等金融机构不能向转让应收账款的企业追偿，应收账款的坏账风险由银行承担。

3. 应收账款转让筹资的优缺点

（1）应收账款转让筹资的优点。

①能及时回笼资金，避免企业因赊销造成的现金流量不足。

②能节省收账成本，降低坏账损失风险，有利于改善企业的财务状况，提高资产的流动性。

（2）应收账款转让筹资的缺点。

①筹资成本较高。

②限制条件较多。

10.7　长期筹资决策

10.7.1　权益资本筹资

权益资本，又称主权资本、权益资金，是企业依法筹集并长期拥有、自主支配的资本。我国企业主权资金，包括实收资本、资本公积金、盈余公积金和未分配利润，在会计中称"所有者权益"。权益资本筹资主要有吸收直接投资、发行股票、内部留存收益等。

1. 吸收直接投资

（1）吸收直接投资的含义。吸收直接投资，是指企业按照"共同投资、共同经营、共担风险、共享利润"的原则，直接吸收国家、法人、个人投入资金的一种筹资方式。企业采用吸收直接投资方式筹集的资金一般可分为三类：吸收国家投资、吸收法人投资、吸收个人投资。

（2）吸收直接投资的出资方式。

①以现金出资。以现金出资是吸收投资中一种最主要的出资方式。企业应尽量动员投资者采用现金方式出资。吸收投资中所需要投入现金的数额，取决于投入的实物、工业产权之外尚需多少资金来满足建厂的开支和日常周转需要。

②以实物出资。以实物出资就是投资者以厂房、建筑物、设备等固定资产和原材料、商品等流动资产所进行的投资。一般来说，企业吸收的实物应符合如下条件：第一，确为企业科研、生产、经营所需；第二，技术性能比较好；第三，作价公平合理。实物出资所涉及的实物作价方法应按国家有关规定执行。

③以工业产权出资。以工业产权出资是指投资者以专有技术、商标权、专利权等无形资产所进行的投资。一般来说，企业吸收的工业产权应符合以下条件：第一，能帮助研究和开发出新的高科技产品；第二，能帮助生产出适销对路的高科技产品；第三，能帮助改进产品质量，提高生产效率；第四，能帮助大幅度降低各种消耗；第五，作价比较合理。

④以土地使用权出资。投资者也可以用土地使用权来进行投资。土地使用权是按有关法规和合同规定使用土地的权利。企业吸收土地使用权投资应符合以下条件：第一，是企业科研、生产、销售活动所需要的；第二，交通、地理条件比较适宜；第三，作价公平合理。

（3）吸收直接投资的成本。吸收直接投资成本，是企业因吸收直接投资而支付给直接投资者的代价。吸收直接投资成本除不需考虑筹资费用外，其计算方法与普通股筹资基本相同。

（4）吸收直接投资的优缺点。

①吸收直接投资的优点。第一，有利于增强企业信誉。吸收直接投资所筹集的资金为自有资金，能够增强企业的信誉度和借款能力，对企业经营规模的扩大和企业实力的增强具有重要作用。第二，有利于尽快形成生产能力。吸收直接投资能获得直接投资者的先进设备和先进技术，有利于尽快形成生产能力，尽快开拓市场。第三，有利于降低财务风险。吸收直接投资可以根据企业的经营状况向投资者支付报酬，报酬支付比较灵活，财务风险较小。

②吸收直接投资的缺点。第一，资金成本较高。采用吸收直接投资方式筹集资金所需负担的资金成本较高，向投资者支付的报酬根据其出资的数额和企业实现利润的比率计算。第二，容易分散企业控制权。采用吸收直接投资方式筹集资金，投资者一般都要求获得与投资数量相等的经营管理权。如果企业的外部投资者较多，则投资者会有很大比例管理权，甚至会对企业实行完全控制，这是吸收直接投资的不利因素。第三，由于没有证券为媒介，产权关系有时不够明晰，不便于产权的交易。

2. 发行普通股

（1）股票的分类。

①按股东权利和义务的不同，可将股票分为普通股票和优先股票。普通股票简称普通股，是股份公司依法发行的具有平等的权利、义务、股利不固定的股票。普通股票具备股票的最一般特征，是股份公司资本的最基本部分。优先股票简称优先股，是股份公司发行

的、相对于普通股具有一定优先权的股票。这种优先权主要体现在股利分配和分取剩余财产权利上。从法律角度来说，企业对优先股不承担法定的还本义务，是企业自有资金的一部分。

②按股票票面是否记名，可将股票分为记名股票和无记名股票。记名股票，是指在股票上载有股东姓名或名称并将其记入公司股东名册的股票。记名股票要同时附有股权手册，只有同时具备股票和股权手册，才能领取股息和红利。记名股票的转让、继承都要办理过户手续。无记名股票，是指在股票上不记载股东姓名或名称，也不将股东姓名或名称记入公司股东名册的股票。凡持有无记名股票者，都可成为公司股东。无记名股票的转让、继承无须办理过户手续，只要将股票交给受让人，就可发生转让效力，移交股权。我国的《公司法》规定，公司向发行人、国家授权投资的机构和法人发行的股票，应当为记名股票；向社会公众发行的股票，可以为记名股票，也可以为无记名股票。

③按发行对象和上市地区，可将股票分为 A 股、B 股、H 股和 N 股等。在我国内地上市交易的股票主要有 A 股、B 股。A 股是以人民币标明票面金额并以人民币认购和交易的股票。B 股是以人民币标明票面金额，以外币认购和交易的股票。另外，还有 H 股和 N 股，H 股为在香港上市的股票，N 股是在纽约上市的股票。

（2）股票发行。我国的股份公司发行股票必须符合《中华人民共和国证券法》和《上市公司证券发行管理办法》规定的发行条件。股票的发行方式有公募发行和私募发行，公募发行有自销方式和承销方式，承销方式又分为包销和代销。

（3）股票上市。股票上市，指股份有限公司公开发行的股票经批准在证券交易所挂牌交易。

1）股票上市的有利影响。

①股票上市有助于改善财务状况。公司公开发行股票可以筹得自由资金，迅速改善公司财务状况，并有条件得到利率更低的贷款。另外，公司可以有更多的机会从证券市场上筹集资金。

②利用股票收购其他公司。一些公司常用出让股票而不是付现金的方式对其他企业进行收购。被收购企业也乐意接受上市公司的股票。因为上市的股票具有良好的流通性，持股人可以很容易地将股票出售而得到资金。

③利用股票市场客观评价企业。对于已上市的公司来说，每时每日的股市行情都是对企业客观的市场估价。

④利用股票可激励职员。上市公司可用股票作为激励职员特别是经营管理人员的有效手段。

⑤提高公司知名度，吸引更多的顾客。上市公司一般为社会所知，并被认为是经营优良。这会给公司带来良好的声誉，吸引更多的顾客，扩大公司的销售。

2）股票上市的负面影响。

①使公司失去隐私权。上市会使公司的隐私权消失。国家证券管理机构要求上市公司将关键的经营情况向社会公众公开。

②限制经理人员操作的自由度。公司上市后，其所有重要决策都需要经董事会讨论通

过，有些对企业至关重要的决策则须全体股东投票决定。股东们通常以公司赢利、分红、股价等来判断经理人员的业绩，这些压力往往使得企业经理人员只注重短期效益而忽略长期效益。

③公开上市需要很高的费用。这些费用包括资产评估费用、股票承销佣金、律师费、注册会计师费、材料印刷费、登记费等。这些费用的具体数额取决于企业的具体情况、上市过程的难易程度和上市融资的数额等因素。公司上市后还需花费一些费用为证券交易所、股东等提供资料，聘请注册会计师、律师等。

（4）普通股筹资的优缺点。

1）普通股筹资的优点。

①没有固定利息负担。公司有盈余，并认为适合分配股利时，就可以分配股利，公司盈余较少，或虽有盈余但资金短缺或有更有利的投资机会时，就可少支付或不支付股利。

②没有固定日期，不用偿还。利用普通股筹集的是永久性的资金，只有公司清算才需偿还，它对保证企业最低的资金需求有重大意义。

③筹资风险小。由于普通股没有固定到期日，不用支付固定股利，此种筹资实际上不存在不能偿还的风险，因此，风险最小。

④能增加公司的信誉。普通股股本与留存收益构成公司偿还债务的基本保障，普通股筹资既可以提高公司的信用价值，也可以为公司使用更多的债务资金提供了强有力的支持。

⑤筹资限制少。利用优先股或债券筹资通常有许多限制，这些限制往往会影响公司经营的灵活性，而利用普通股筹资则没有这种限制。

2）普通股筹资的缺点。

①资金成本较高。一般来说，普通股筹资的成本要大于债务资金成本。这主要是因为股利要从净利润中支付，没有抵税作用；另外，普通股的发行费用也比较高。

②容易分散控制权。利用普通股筹资，出售了新的股票，引进了新的股东，容易导致公司控制权的分散。

3. 留存收益筹资

（1）留存收益筹资的渠道。

①盈余公积。盈余公积，是指有指定用途的留存净利润，它是公司按照《公司法》规定从净利润中提取的积累资金，包括法定盈余公积金和任意盈余公积金。

②未分配利润。未分配利润，是指未限定用途的留存净利润。它有两层含义：一是这部分净利润没有分给公司的股东，二是这部分净利润未指定用途。

（2）留存收益筹资的优缺点。

1）留存收益筹资的优点。

①资金成本较普通股低。用留存收益筹资，不用考虑筹资费用，资金成本较普通股低。

②可保持普通股股东的控股权。用留存收益筹资，不用对外发行股票，由此增加的权

益资本不会改变企业的股权结构，不会稀释原有股东的控股权。

③可增强公司的信誉度。留存收益能够使企业保持较大的可支配的现金流，既可解决企业经营发展的资金需要，又能提高企业举债的能力。

2）留存收益筹资的缺点。

①筹资数额有限制。留存收益筹资主要来自于利润，如果企业经营亏损，则不存在这一渠道的资金来源。留存收益的比例高，会使股利支付减少，受到某些股东的反对。股东可能要求股利支付比率维持在一定的水平上。另外，留存收益过多，股利支付过少，可能会影响到今后的外部筹资。

②资金使用受限制。留存收益中某些项目的使用，如法定盈余公积金等，要受国家有关规定的制约。

10.7.2　长期负债筹资

1. 发行债券

债券是债券发行人依照法定程序发行的约定在一定期限还本付息的有价证券。

（1）发行债券的资格与条件。

①发行债券的资格。我国的《公司法》规定，股份有限公司、国有独资公司和两个以上的国有企业或者其他两个以上的国有投资主体投资设立的有限责任公司，有资格发行公司债券。

②发行债券的条件。《证券法》第十六条规定，公开发行公司债券，应当符合以下条件：股份有限公司的净资产不低于人民币 3 000 万元，有限责任公司的净资产不低于人民币 6 000 万元；累计债券余额不超过公司净资产的 40%；最近三年平均可分配利润足以支付公司债券一年的利息；筹集的资金投向符合国家产业政策；债券的利率不超过国务院限定的利率水平；国务院规定的其他条件。

公开发行公司债券筹集的资金，必须用于核准的用途，不得用于弥补亏损和非生产性支出。

上市公司发行可转换为股份的公司债券，除应当符合上述发行债券的资格与条件外，还应当符合《证券法》关于公开发行股票的条件，并报国务院证券监督管理机构核准。

（2）债券的还本付息。

①债券的偿还。债券偿还时间按其实际发生与到期日之间的关系，分为到期偿还、提前偿还与滞后偿还三类。

②债券的付息。债券的付息主要表现在利率的确定、付息频率和付息方式三个方面。利率的确定有固定利率和浮动利率两种形式；付息频率主要有按年付息、按半年付息、按季付息或按月付息和一次付息（利随本清、贴现发行）五种；付息方式有两种，一种是采取现金、支票或汇款的方式，另一种是息票债券的方式。

（3）债券的信用等级。公司公开发行债券通常需要由债券评信机构评定等级，债券的信用等级对于发行公司和购买人都有重要影响。国际上流行的债券等级是 3 等 9 级。AAA

级为最高级，AA 级为高级，A 级为上中级，BBB 级为中级，BB 级为中下级，B 级为投机级，CCC 级为完全投机级，CC 级为最大投机级，C 级为最低级。

（4）债券筹资的优缺点。

1）债券筹资的优点。

①资本成本较低。与股票相比，债券的发行费用较低，债券的利息可以抵税，所以公司实际负担的债券成本一般低于股票成本。

②可利用财务杠杆效应。债券的利息固定，当企业赢利增加时会有更多的收益可用于分配给股东或用于公司经营，从而增加股东和公司的财富。

③可保障股东的控制权。债券持有人只能收取本金和利息，不参与发行公司的管理决策，因此，公司发行债券不会像增发新股那样可能会分散对公司的控制权。

2）债券筹资的缺点。

①财务风险较高。债券有固定的到期日，需定期支付利息，当公司经营不景气或财务资金周转困难时，固定的支付会给公司带来更大的财务困难，有时甚至导致破产。

②限制条件多。发行债券的限制条件较多，而且比较严格，这样会约束公司债券筹资方式的使用。

③筹资数额有限。公司利用债券筹资一般受一定额度的限制。当公司的负债比率超过一定程度后，债券的成本要迅速上升，有时甚至会发行不出去。另外，我国《证券法》规定，发行公司流通在外的债券累计总额不得超过公司净资产的 40%。

2. 长期借款

长期借款是企业向银行和其他非银行类金融机构借入的期限在一年以上的借款，主要用于构建固定资产和满足长期流动资金占用的需要。

（1）长期借款的种类。

①按有无担保分为信用借款（无担保借款）和担保借款。信用借款是指以借款企业的信誉为依据而借入的款项，无须以某种财产作为抵押，又叫无担保借款；担保借款是指以一定的财产或一定的保证人作为担保而借入的款项。

②按偿还方式分为一次偿还借款和分期偿还借款。

③按借款的用途可分为基本建设借款、专项借款和流动资金借款。基本建设借款是指列入计划以扩大生产能力为主要目的的新扩建工程及其有关工程，因自筹资金不足，需要向银行申请的借款；专项借款是指企业因为专门用途而向银行申请借入的项款；流动资金借款是指企业为满足流动资金的需要而向银行借入的款项。

④按提供贷款的机构分为政策性银行贷款和商业银行贷款。政策性银行贷款一般是指向执行国家政策性贷款业务的银行取得的贷款；商业银行贷款是指向商业银行取得的贷款，主要满足企业日常生产经营的资金需要。

（2）长期借款筹资的程序。

①企业提出借款申请。企业要向银行借款，首先应提出申请，填写包括借款金额、借款用途、偿还能力、偿还方式等内容的借款申请，并提供借款人的基本情况、上年度的财

务报告等材料。

②金融机构进行审批。银行接到借款申请后，要对企业的申请进行审查，以决定是否对企业提供贷款。

③签订借款合同。申请批准以后，企业与金融机构应签订借款合同。借款合同的基本条款包括借款种类、借款用途、借款金额、借款利率、借款期限、还款资金来源及还款方式、保证条款、违约责任等。

④企业取得借款。双方签订合同后，贷款银行应按合同规定的日期发放贷款，企业便可以取得相应的资金。

⑤借款的归还。企业取得借款后，应按借款合同的规定按时足额归还借款本息。如果企业不能按期归还借款，应在借款到期之前，向银行申请展期，由贷款银行根据具体情况决定是否同意展期。

（3）长期借款的偿还方式。长期借款的到期期限和偿还特点因金融机构的不同而不同，通常在借款合同中有明确规定。一般金融机构要求企业按每季度或每半年分期偿还本息。借款的本金会随着借款的偿还而逐渐减少，实际利率大于名义利率，从而也会加大长期借款的筹资成本。

（4）长期借款筹资的优缺点。

1）长期借款筹资的优点。

①筹资速度快。向银行借款与发行证券相比，没有印刷、发行等过程，一般所需时间较短，可以迅速获取资金。

②成本较低。银行借款利息可以抵税，可减少企业税负成本；与债券相比，就我国目前的情况来看，银行借款利息比发行债券所支付的利息低，也没有大额的发行费用。

③弹性较大。在借款时，企业与银行直接商定贷款的时间、数额和利率；在用款期间，企业如因财务状况发生某些变化，亦可与银行再行协商，变更借款数量及还款期限等。

2）长期借款筹资的缺点。

①筹资风险较高。借款通常要到期还本付息，如果企业偿债能力较弱，则企业的筹资风险较高。

②限制条件较多。借款合同签订时一般会有限制性条款，如要求抵押等。

③筹集数量较少。与债券相比，采用长期借款筹资一般不能筹集到大量的资金。

3. 融资租赁

融资租赁是指实质上转移与资产所有权有关的全部或绝大部分风险和报酬的租赁。根据实质重于形式原则，资产创造的价值和承担的风险都属于承租人。我国在会计上把融资租赁定义为，在约定的期间内，出租人将资产的使用权让与承租人，以获取租金的协议。

（1）融资租赁的特征。融资租赁的主要特征是由于租赁物的所有权只是出租人为了使承租人履行偿还租金的承诺而采取的一种形式所有权，在合同结束时有可能转移给承租人，因此租赁物的购买由承租人选择，维修保养也由承租人负责，出租人只提供金融服务。融资租赁的实质是以租赁为媒介的金融交易，是一种特殊的金融工具。

融资租赁的一般特征可归纳为五个方面。

①租赁标的物由承租人决定，出租人出资购买并租赁给承租人使用，并且在租赁期间（包括租赁标的物的大部分使用寿命）内只能租给一个企业使用。

②承租人负责检查验收制造商所提供的设备，对该设备的质量与技术条件出租人不向承租人做出担保。

③出租人保留设备的所有权，承租人的权利是在租赁期间支付租金而享有使用权，并负责租赁期间设备的管理、维修和保养。

④租赁合同一经签订，在租赁期间任何一方均无权单方面撤销合同。只有设备毁坏或被证明为已丧失使用价值的情况下方能中止执行合同，无故毁约则要支付相当重的罚金。

⑤租期结束后，承租人对设备一般有留购、续租和退租三种选择，若要留购，购买价格由租赁双方协商确定。

（2）融资租赁的程序。

①选择租赁公司，提出租赁申请。企业在确定采用融资租赁方式取得设备的情况下，应认真选择租赁公司。企业应当了解租赁公司的以往经营业绩、业务情况、融资条件、租赁费用、信用等级等情况，并加以比较，选择最适合自己的租赁公司。承租人为了达到最有效的融资目的，选择最佳供货人和最适合的设备是关键的一步。承租人有能力自行选择的，可自行选择；如果承租人没有能力或能力不足以胜任，可以委托租赁机构代理选择，承租人应主要说明需要租入资产的名称、性能、数量、规格、生产厂商、交货地点等。租赁机构代理选择结果被承租人认可即生效。承租企业确定租赁公司以后，向租赁公司提出书面申请，并填写"租赁申请书"。

②承租企业与租赁公司洽谈。租赁公司收到申请后，应向承租企业介绍有关手续的办理程序、租金的计算方式、租金的支付期间与支付方式等。

③出租人对承租人的信用状况审查。在开展融资租赁以前，要满足两个基本条件：一是出租人对承租人的信用状况（包括承租人企业的产业特点、经营状况、财务报表、现金流量、项目情况、偿还能力、担保等）经审查后认可，并同意与其开展该项目的融资租赁交易；二是承租人必须对融资租赁的特点和实际运作有基本的认识和一定的了解，出租人和承租人双方能配合在一起开展工作。

④签订购货合同。购货合同是由承租人与出租人、供货商签订的重要文件。在委托租赁的情况下，由租赁公司向供货商订购，并签订订货合同，同时由承租人副签。

⑤签订租赁合同。经过租赁公司审查，认为切实可行后，承租企业与租赁公司进入实质性谈判阶段。若双方达成共识，则签订租赁合同。承租人与出租人签订的租赁合同是重要的法律文件，双方应对租赁合同的具体内容平等协商达成统一，租赁合同应重点协商租金、租金支付的方式、手续费率、租期、利息率等双方的权利、义务。

⑥设备的交接及货款支付。供货商应根据合同规定的日期将设备直接交给承租企业，企业负责验货、办理交接手续，租赁公司根据此情况向供货商支付设备借款。

⑦支付租金。承租企业按合同规定的租金数额、支付方式等，向租赁公司支付租金。

⑧维修保养。承租人可与租赁设备供货商签订维修保养合同，并支付有关费用。

⑨租赁期满租赁资产的处置。融资租赁合同期满时，承租企业应按租赁合同的规定，实行退租、续租或留购。租赁期满的设备通常都以低价卖给承租企业或无偿赠送给承租企业。

（3）融资租赁租金的计算。

1）融资租赁租金的构成。融资租赁租金包括设备价款和租息两个部分。设备价款是租金的主要组成部分，它由设备的买价、运杂费和途中的保险费等构成；租息是租赁公司的融资成本和租赁手续费。融资成本是指租赁公司为购买租赁设备所筹集资金的成本，即设备租赁期间的利息；租赁手续费包括租赁公司承办租赁设备的营业费用和一定的赢利。

2）租金的支付方式。

①按照租金支付时间的长短可分为年付、半年付、季付、月付。

②按照租金支付的先后可分为先付和后付。

③按照租金的金额可分为等额支付和不等额支付。

3）租金的计算方法。

①平均分摊法。平均分摊法是指按照约定的利率、手续费率和租金的支付次数，将购置成本（不包括期满承租方支付的买价）、利息、手续费平均分摊。

$$租金计算公式 = \frac{设备购置成本 + 租赁利息 + 租赁手续费}{租赁期内租金的支付次数}$$

【例 10-18】 A 公司 2005 年向某租赁公司租入设备一台，买价 100 万，租期 5 年。租赁公司要求的利息率为 8%，手续费率为 2%，租金为每年支付一次，按复利计算。计算每年应支付的租金。

解：租赁期内的利息 $= 100 \times (F/A, 8\%, 5) - 100 = 100 \times 1.469 - 100 = 46.9$（万元）

租赁期内的手续费 $= 100 \times 2\% = 2$（万元）

每年支付的租金 $= \dfrac{100 + 46.9 + 2}{5} = 29.78$（万元）

②年金法。年金法是利用年金现值的计算原理求得每年租金的计算方法。这种方法比较复杂，主要要考虑资金的时间价值，求得的结果更加客观。其中，租金根据支付方式又有先付和后付两种。

a. 先付租金，即每年年初支付租金，计算原理同预付年金。

$$每年支付的租金 = \frac{P}{[P/A, i, (n-1)] + 1}$$

【例 10-19】 续上例，假定双方约定的折现率为 10%。用年金法计算每年支付的租金。

解：每年支付的租金 $= \dfrac{100}{(P/A, 10\%, 4) + 1} = \dfrac{100}{3.170 + 1} \approx 23.98$（万元）

b. 后付租金，即每年年末支付租金，计算原理同普通年金。

$$每年支付的租金 = \frac{P}{(P/A, i, n)}$$

【例10-20】 续上例，假定双方约定的折现率为10%。计算每年应支付的租金。

解：每年支付的租金 $= \dfrac{100}{(P/A,\ 10\%,\ 5)} = \dfrac{100}{3.791} \approx 26.38$（万元）

（4）融资租赁的优缺点。

1）融资租赁的优点。

①融资租赁筹资速度较快。融资租赁避免了筹集资金的阶段，筹资速度较快。

②融资租赁与上述借款、股票等筹资方式相比，筹资的限制条件较少。

③融资租赁中的设备所有权归属于出租方，承租方避免了设备无形损耗带来的风险。

④租金的分期支付在一定程度上能够缓解承租方的财务压力，降低财务风险。

2）融资租赁的缺点。

①融资租赁的租金一般较高，筹资成本相对较高。

②租赁双方要严格按照租赁合同履行条约，承租方不经过出租人的同意，无权擅自处理租赁资产。

③如果企业发生财务困难，固定的租金支付条约也会给企业带来沉重的财务负担。

本章小结

本章主要介绍了资金成本、经营杠杆和财务杠杆、最优资本结构及资金的筹措方式等四部分内容。

1. 资金成本是筹资者在筹集和使用资金过程中所付出的代价，是企业进行筹资和投资决策时使用的一个重要标准，通常使用相对数来衡量其高低。

2. 通常在假定企业只销售一种产品且价格不变、单位变动成本和总固定成本在一定范围内保持不变的情况下分析杠杆效应。杠杆效应和风险程度通常用各种杠杆系数来反映。

3. 经营杠杆系数是指息税前利润的变动率相当于销售额变动率的倍数。

4. 财务杠杆系数是指普通股每股收益（EPS）的变动率相当于息税前利润变动率的倍数。

5. 综合杠杆系数是指每股收益变动率相当于产销量变动率的倍数。

6. 资本结构是公司筹资决策的核心问题。本章介绍了最优资本结构的含义和确定方法，即比较资金成本法和无差别点分析法。

7. 举债是企业筹集资金的重要方式，负债资金主要通过银行借款、发行债券、商业信用等方式来筹集。银行借款的信用条件主要包括信贷额度、借款抵押偿还条件等。债券的发行主体应具备一定的条件，以一定的方式发行。在采用商业信用形式销售产品时，销货单位往往都规定一些信用条件。

基础与提高

一 单项选择题

1. 某公司发行普通股 600 万元，预计第一年股利率为 14%，以后每年增长 2%，筹资费用率为 3%，该普通股的资金成本为（   ）。

   A. 14.43%　　　　B. 16.43%　　　　C. 16%　　　　D. 17%

2. 最优资本结构是指企业在一定时期使（   ）。

   A. 企业价值最大的资本结构

   B. 企业目标资本结构

   C. 加权平均资金成本最低的目标资本结构

   D. 加权平均资金成本最低、企业价值最大的资本结构

3. 某企业固定成本总额为 100 000 元，单位边际贡献为 5 元，2008 年销售量为 30 000 件，该企业经营杠杆系数为（   ）。

   A. 5　　　　　　B. 3　　　　　　C. 1/3　　　　　　D. 0.2

4. 在下列各项中，不属于商业信用融资内容的是（   ）。

   A. 赊购商品　　　　　　　　B. 预收货款

   C. 办理应收票据贴现　　　　D. 用商业汇票购货

5. 贴现法使借款企业受到的影响是（   ）。

   A. 增加了所需支付的借款利息额　　　B. 降低了实际借款利率

   C. 提高了实际借款利率　　　　　　　D. 增加了实际可用借款额

二 多项选择题

1. 企业的筹资渠道包括（   ）

   A. 银行信贷资金　　　　　　B. 国家资金

   C. 居民个人资金　　　　　　D. 企业自留资金

2. 发行债券筹集资金的原因主要有（   ）

   A. 债券成本较低　　　　　　B. 利用财务杠杆

   C. 保障股东控制权　　　　　D. 调整资金结构

   E. 降低负债比率

3. 相对于股票投资来说，债券投资的缺点包括（   ）。

   A. 市场流动性差　　　　　　B. 购买力风险大

   C. 没有经营管理权　　　　　D. 收入不稳定

4. 下列属于长期借款筹资的优点的是（   ）

   A. 筹资速度快　　　　　　　B. 成本较低

   C. 弹性较小　　　　　　　　D. 筹资风险较高

5. 下列关于财务风险的说法正确的有（   ）。

A. 财务风险是由于经营不善引起的

B. 财务杠杆放大了资产报酬变化对普通股收益的影响，财务杠杆系数越高，财务风险越大

C. 只要存在固定性资本成本，就存在财务杠杆效应

D. 在其他因素一定的情况下，固定财务费用越高，财务杠杆系数越大

三 简答题

1. 什么是资金成本？资金成本包括哪些内容？

2. 简述经营杠杆、财务杠杆、综合杠杆的原理。

3. 什么是边际资金成本？

4. 简述个别资金成本的含义。

5. 各种筹资方式的优缺点是什么？

四 计算分析题

1. 某企业按面值发行面值为 1 000 元、票面利率为 12％的长期债券，筹资费率为 4％，企业所得税税率为 30％，试计算长期债券的资金成本。

2. 某企业通过发行股票筹措资金，共发行 2 000 万股股票，每股面值 20 元，每股发行价为 42 元，发行手续费率为 4％，预计该股票的固定股利率为 12％，企业的所得税税率为 35％，则股票的资金成本为多少？

3. 某企业 2004 年全年销售产品 15 000 件，每件产品的售价为 180 元，每件产品变动成本为 120 元，企业全年发生固定成本总额 450 000 元。企业拥有资产总额 5 000 000 元，资产负债率为 40％，负债资金利率为 10％，企业全年支付优先股股利 30 000 元，企业所得税税率为 40％。分别计算经营杠杆系数、财务杠杆系数、综合杠杆系数。

五 解决问题

1. 寻找一家小型企业，对其筹资额进行成本测算。

2. 讨论如何利用筹资组合使资金成本最低？

3. 最优资本结构在实际企业中如何运用？

技能实训

一 实训项目

进行筹资成本计算。

二 实训方式

1. 阅读实训教材，进行资金成本计算，并进行筹资分析。

2. 每位同学把计算结果以书面材料形式上交。

3. 教师评分后总结。

实训材料

某企业拟筹资 2 000 万，可采取发行债券、发行普通股、银行借款、投资者投资四种筹资方式。

1. 发行债券 300 万，筹资费率为 3%，利率为 10%，所得税税率为 33%。

2. 发行普通股 800 万，筹资费率为 4%，第一年股利率为 12%，以后年增长率为 5%。

3. 银行借款 500 万，年利率为 8%，所得税税率为 33%。

4. 吸收投资者投资 400 万，第一年投资收益 60 万，预计年增长率为 4%。

实训分析

1. 计算各种筹资方式的资金成本率。

2. 计算加权平均的资金成本率。

案例讨论

筹措资金之争

某大型机械集团企业现有生产厂家 20 家，还有相应的物资、销售、物流、进出口等公司。公司打算开发一个新的高科技项目，这个项目的投资额预计为 2 亿元，生产能力为 4 万台。

项目改造完成后，公司的两个系列产品的各项性能可达到国际先进水平。现在项目正在积极实施中，但目前资金不足，准备 2010 年筹措 1 亿元资金。各位主管提出了不同的建议。

生产副总经理张伟说："目前筹集的 1 亿元资金，主要用于投资少、效益高的技术改造项目。这些项目在两年内均能完成建设并正式投产，到时将大大提高公司的生产能力和产品质量，估计这笔投资在投产后三年内可完全收回。所以应发行五年期的债券筹集资金。"

财务副总经理王超提出了不同意见，他说："目前公司全部资金总额为 10 亿元，其中自有资金为 4 亿元，借入资金为 6 亿元，自有资金比率为 40%，负债比率为 60%。这种负债比率在我国处于中等水平，与世界发达国家如美国、英国等相比，负债比率已经比较高了。如果再利用债券筹集 1 亿元资金，负债比率将达到 64%，显然负债比率过高，财务风险太大。所以，不能利用债券筹资，只能靠发行普通股股票或优先股股票筹集资金。"

但金融专家周明却认为，目前我国金融市场还不完善，一级市场刚刚建立，二级市场尚在萌芽阶段，投资者对股票的认识尚有一个过程。因此，在目前条件下要发行 1 亿元普通股股票十分困难。发行优先股还可以考虑，但根据目前的利率水平和市场状况，发行时年股息率不能低于 16.5%，否则无法发行。如果发行债券，因要定期付息还本，投资者的风险较小，估计以 12％的利息率便可顺利发行债券。

来自某研究中心的吴教授认为，目前我国经济处于繁荣时期，但党和政府已发现经济"过热"所造成的一系列弊端，正准备采取措施治理经济环境，整顿经济秩序。到时候某些行业可能会受到冲击，销售量可能会下降，盲目上马，后果将是十分严重的。

公司的销售副总经理李立认为，治理整顿不会影响公司的销售量。这是因为该公司生产的产品几年来销售情况一直很好，畅销全国 29 个省、市、自治区，市场上较长时间供不应求。

来自某大学的财务学者郑教授听了大家的发言后指出，以 16.5％的股息发行优先股不可行，因为发行优先股筹集资金所花费的筹集费用较多，把筹资费用加上以后，预计利用优先股筹集资金的资金成本将达到 19％，这已高出税后资金利润率，所以不可行。但若发行债券，由于利息可在税前支付，实际成本大约在 9％左右。他还认为，目前我国正处于通货膨胀时期，利息率比较高，这时不宜发行较长时期的具有固定负担的债券或优先股股票，因为这样做会负担较高的利息或股息。所以，郑教授认为，应首先向银行筹措 1 亿元的技术改造贷款，期限为一年，一年以后，再以较低的股息率发行优先股股票来代替技术改造贷款。

（资料来源：黑龙江八一农垦大学精品课程）

思考与讨论：

1. 该公司管理人员及有关专家提出的建议各有何优缺点？
2. 你认为该公司应当选择什么样的筹资方式？

附　录

附录1　复利终值系数表

期数	1%	2%	3%	4%	5%	6%	7%	8%	9%	10%
1	1.0100	1.0200	1.0300	1.0400	1.0500	1.0600	1.0700	1.0800	1.0900	1.1000
2	1.0201	1.0404	1.0609	1.0816	1.1025	1.1236	1.1449	1.1664	1.1881	1.2100
3	1.0303	1.0612	1.0927	1.1249	1.1576	1.1910	1.2250	1.2597	1.2950	1.3310
4	1.0406	1.0824	1.1255	1.1699	1.2155	1.2625	1.3108	1.3605	1.4116	1.4641
5	1.0510	1.1041	1.1593	1.2167	1.2763	1.3382	1.4026	1.4698	1.5386	1.6105
6	1.0615	1.1262	1.1941	1.2653	1.3401	1.4185	1.5007	1.5869	1.6771	1.7716
7	1.0721	1.1487	1.2299	1.3159	1.4071	1.5036	1.6058	1.7138	1.8280	1.9487
8	1.0829	1.1717	1.2668	1.3686	1.4775	1.5938	1.7182	1.8509	1.9926	2.1436
9	1.0937	1.1951	1.3048	1.4233	1.5513	1.6895	1.8385	1.9990	2.1719	2.3579
10	1.1046	1.2190	1.3439	1.4802	1.6289	1.7908	1.9672	2.1589	2.3674	2.5937
11	1.1157	1.2434	1.3842	1.5395	1.7103	1.8983	2.1049	2.3316	2.5804	2.8531
12	1.1268	1.2562	1.4258	1.6010	1.7959	2.0122	2.2522	2.5182	2.8127	3.1384
13	1.1381	1.2936	1.4685	1.6651	1.8856	2.1329	2.4098	2.7196	3.0658	3.4523
14	1.1495	1.3195	1.5126	1.7317	1.9799	2.2609	2.5785	2.9372	3.3417	3.7975
15	1.1610	1.3459	1.5580	1.8009	2.0789	2.3966	2.7590	3.1722	3.6425	4.1772
16	1.1726	1.3728	1.6047	1.8730	2.1829	2.5404	2.9522	3.4259	3.9708	4.5950
17	1.1843	1.4002	1.6528	1.9479	2.2920	2.6928	3.1588	3.7000	4.3276	5.0545
18	1.1961	1.4282	1.7024	2.0258	2.4066	2.8543	3.3799	3.9960	4.7171	5.5599
19	1.2081	1.4568	1.7535	2.1068	2.5270	3.0256	3.6165	4.3157	5.1417	6.1159
20	1.2202	1.4859	1.8061	2.1911	2.6533	3.2071	3.8697	4.6610	5.6044	6.7275
21	1.2324	1.5157	1.8603	2.2788	2.7860	3.3996	4.1406	5.0338	6.1088	7.4002
22	1.2447	1.5460	1.9161	2.3699	2.9253	3.6035	4.4304	5.4365	6.6586	8.1403
23	1.2572	1.5769	1.9736	2.4647	3.0715	3.8197	4.7405	5.8715	7.2579	8.9543
24	1.2697	1.6084	2.0328	2.5633	3.2251	4.0489	5.0724	6.3412	7.9111	9.8497
25	1.2824	1.6406	2.0938	2.6658	3.3864	4.2919	5.4274	6.8485	8.6231	10.835
26	1.2953	1.6734	2.1566	2.7725	3.5557	4.5494	5.8074	7.3964	9.3992	11.918
27	1.3082	1.7069	2.2213	2.8834	3.7335	4.8223	6.2139	7.9881	10.245	13.110
28	1.3213	1.7410	2.2879	2.9987	3.9201	5.1117	6.6488	8.6271	11.167	14.421
29	1.3345	1.7758	2.3566	3.1187	4.1161	5.4184	7.1143	9.3173	12.172	15.863
30	1.3478	1.8114	2.4273	3.2434	4.3219	5.7435	7.6123	10.063	13.268	17.449
40	1.4889	2.2080	3.2620	4.8010	7.0400	10.286	14.975	21.725	31.409	45.259
50	1.6446	2.6916	4.3839	7.1067	11.467	18.420	29.457	46.902	74.358	117.39
60	1.8167	3.2810	5.8916	10.520	18.679	32.988	57.946	101.26	176.03	304.48

续表

期数	12%	14%	15%	16%	18%	20%	24%	28%	32%	36%
1	1.1200	1.1400	1.1500	1.1600	1.1800	1.2000	1.2400	1.2800	1.3200	1.3600
2	1.2544	1.2996	1.3225	1.3456	1.3924	1.4400	1.5376	1.6384	1.7424	1.8496
3	1.4049	1.4815	1.5209	1.5609	1.6430	1.7280	1.9066	2.0972	2.3000	2.5155
4	1.5735	1.6890	1.7490	1.8106	1.9388	2.0736	2.3642	2.6844	3.0360	3.4210
5	1.7623	1.9254	2.0114	2.1003	2.2878	2.4883	2.9316	3.4360	4.0075	4.6526
6	1.9738	2.1950	2.3131	2.4364	2.6996	2.9860	3.6352	4.3980	5.2899	6.3275
7	2.2107	2.5023	2.6600	2.8262	3.1855	3.5832	4.5077	5.6295	6.9826	8.6054
8	2.4760	2.8526	3.0590	3.2784	3.7589	4.2998	5.5895	7.2058	9.2170	11.703
9	2.7731	3.2519	3.5179	3.8030	4.4355	5.1598	6.9310	9.2234	12.167	15.917
10	3.1058	3.7072	4.0456	4.4114	5.2338	6.1917	8.5944	11.806	16.060	21.647
11	3.4785	4.2262	4.6524	5.1173	6.1759	7.4301	10.657	15.112	21.199	29.439
12	3.8960	4.8179	5.3503	5.9360	7.2876	8.9161	13.215	19.343	27.983	40.038
13	4.3635	5.4924	6.1528	6.8858	8.5994	10.699	16.386	24.759	36.937	54.451
14	4.8871	6.2613	7.0757	7.9875	10.147	12.839	20.319	31.691	48.757	74.053
15	5.4736	7.1379	8.1371	9.2655	11.974	15.407	25.196	40.565	64.359	100.71
16	6.1304	8.1372	9.3576	10.748	14.129	18.488	31.243	51.923	84.954	136.97
17	6.8660	9.2765	10.761	12.468	16.672	22.186	38.741	66.461	112.14	186.28
18	7.6900	10.575	12.376	14.463	19.673	26.623	48.039	85.071	148.02	253.34
19	8.6128	12.056	14.232	16.777	23.214	31.948	59.568	108.89	195.39	344.54
20	9.6463	13.744	16.367	19.461	27.393	38.338	73.864	139.38	257.92	468.57
21	10.804	15.668	18.822	22.575	32.324	46.005	91.592	178.41	340.45	637.26
22	12.100	17.861	21.645	26.186	38.142	55.206	113.57	228.36	449.39	866.67
23	13.552	20.362	24.892	30.376	45.008	66.247	140.83	292.30	593.20	1178.7
24	15.179	23.212	28.625	35.236	53.109	79.497	174.63	374.14	783.02	1603.0
25	17.000	26.462	32.919	40.874	62.669	95.396	216.54	478.90	1033.6	2180.1
26	19.040	30.167	37.857	47.414	73.949	114.48	268.51	613.00	1364.3	2964.9
27	21.325	34.390	43.535	55.000	87.260	137.37	332.96	784.64	1800.9	4032.3
28	23.884	39.205	50.066	63.800	102.97	164.84	412.86	1004.3	2377.2	5483.9
29	26.750	44.693	57.576	74.009	121.50	197.81	511.95	1285.6	3137.9	7458.1
30	29.960	50.950	66.212	85.850	143.37	237.38	634.82	1645.5	4142.1	10143
40	93.051	188.88	267.86	378.72	750.38	1469.8	5455.9	19427	66521	*
50	289.00	700.23	1083.7	1670.7	3927.4	9100.4	46890	*	*	*
60	897.60	2595.9	4384.0	7370.2	20555	56348	*	*	*	*

计算公式：复利现值系数 $= (1+i)^n$，$S = P \cdot (1+i)^n$

P——现值或初始值；i——报酬率或利率；n——计算期数；S——终值或本利和

附录 2　复利现值系数表

期数	1%	2%	3%	4%	5%	6%	7%	8%	9%	10%
1	0.9901	0.9804	0.9709	0.9615	0.9524	0.9434	0.9346	0.9259	0.9174	0.9091
2	0.9803	0.9612	0.9426	0.9246	0.9070	0.8900	0.8734	0.8573	0.8417	0.8264
3	0.9706	0.9423	0.9151	0.8890	0.8638	0.8395	0.8163	0.7938	0.7722	0.7513
4	0.9610	0.9238	0.8885	0.8548	0.8227	0.7921	0.7629	0.7350	0.7084	0.6830
5	0.9515	0.9057	0.8626	0.8219	0.7835	0.7473	0.7130	0.6806	0.6499	0.6209
6	0.9420	0.8880	0.8375	0.7903	0.7462	0.7050	0.6663	0.6302	0.5963	0.5645
7	0.9327	0.8706	0.8131	0.7599	0.7107	0.6651	0.6227	0.5835	0.5470	0.5132
8	0.9235	0.8535	0.7894	0.7307	0.6768	0.6274	0.5820	0.5403	0.5019	0.4665
9	0.9143	0.8368	0.7664	0.7026	0.6446	0.5919	0.5439	0.5002	0.4604	0.4241
10	0.9053	0.8203	0.7441	0.6756	0.6139	0.5584	0.5083	0.4632	0.4224	0.3855
11	0.8963	0.8043	0.7224	0.6496	0.5847	0.5268	0.4751	0.4289	0.3875	0.3505
12	0.8874	0.7885	0.7014	0.6246	0.5568	0.4970	0.4440	0.3971	0.3555	0.3186
13	0.8787	0.7730	0.6810	0.6006	0.5303	0.4688	0.4150	0.3677	0.3262	0.2897
14	0.8700	0.7579	0.6611	0.5775	0.5051	0.4423	0.3878	0.3405	0.2992	0.2633
15	0.8613	0.7430	0.6419	0.5553	0.4810	0.4173	0.3624	0.3152	0.2745	0.2394
16	0.8528	0.7284	0.6232	0.5339	0.4581	0.3935	0.3387	0.2919	0.2519	0.2176
17	0.8444	0.7142	0.6050	0.5134	0.4363	0.3714	0.3166	0.2703	0.2311	0.1978
18	0.8360	0.7002	0.5874	0.4936	0.4155	0.3503	0.2959	0.2502	0.2120	0.1799
19	0.8277	0.6864	0.5703	0.4746	0.3957	0.3305	0.2765	0.2317	0.1945	0.1635
20	0.8195	0.6730	0.5537	0.4564	0.3769	0.3118	0.2584	0.2145	0.1784	0.1486
21	0.8114	0.6598	0.5375	0.4388	0.3589	0.2942	0.2415	0.1987	0.1637	0.1351
22	0.8034	0.6468	0.5219	0.4220	0.3418	0.2775	0.2257	0.1839	0.1502	0.1228
23	0.7954	0.6342	0.5067	0.4057	0.3256	0.2618	0.2109	0.1703	0.1378	0.1117
24	0.7876	0.6217	0.4919	0.3901	0.3101	0.2470	0.1971	0.1577	0.1264	0.1015
25	0.7798	0.6095	0.4776	0.3751	0.2953	0.2330	0.1842	0.1460	0.1160	0.0923
26	0.7720	0.5976	0.4637	0.3607	0.2812	0.2198	0.1722	0.1352	0.1064	0.0839
27	0.7644	0.5859	0.4502	0.3468	0.2678	0.2074	0.1609	0.1252	0.0976	0.0763
28	0.7568	0.5744	0.4371	0.3335	0.2551	0.1956	0.1504	0.1159	0.0895	0.0693
29	0.7493	0.5631	0.4243	0.3207	0.2429	0.1846	0.1406	0.1073	0.0822	0.0630
30	0.7419	0.5521	0.4120	0.3083	0.2314	0.1741	0.1314	0.0994	0.0754	0.0573
35	0.7059	0.5000	0.3554	0.2534	0.1813	0.1301	0.0937	0.0676	0.0490	0.0356
40	0.6717	0.4529	0.3066	0.2083	0.1420	0.0972	0.0668	0.0460	0.0318	0.0221
45	0.6391	0.4102	0.2644	0.1712	0.1113	0.0727	0.0476	0.0313	0.0207	0.0137
50	0.6080	0.3715	0.2281	0.1407	0.0872	0.0543	0.0339	0.0213	0.0134	0.0085
55	0.5785	0.3365	0.1968	0.1157	0.0683	0.0405	0.0242	0.0145	0.0087	0.0053

期数	12%	14%	15%	16%	18%	20%	24%	28%	32%	36%
1	0.8929	0.8772	0.8696	0.8521	0.8475	0.8333	0.8065	0.7813	0.7576	0.7353
2	0.7972	0.7695	0.7561	0.7432	0.7182	0.6944	0.6504	0.6104	0.5739	0.5407
3	0.7118	0.6750	0.6575	0.6407	0.6085	0.5787	0.5245	0.4768	0.4348	0.3975
4	0.6355	0.5921	0.5718	0.5523	0.5158	0.4823	0.4230	0.3725	0.3294	0.2923
5	0.5674	0.5194	0.4972	0.4761	0.4371	0.4019	0.3411	0.2910	0.2495	0.2149
6	0.5066	0.4556	0.4323	0.4104	0.3704	0.3349	0.2751	0.2274	0.1890	0.1580
7	0.4523	0.3996	0.3759	0.3538	0.3139	0.2791	0.2218	0.1776	0.1432	0.1162
8	0.4039	0.3506	0.3269	0.3050	0.2660	0.2326	0.1789	0.1388	0.1085	0.0854
9	0.3606	0.3075	0.2843	0.2630	0.2255	0.1938	0.1443	0.1084	0.0822	0.0628
10	0.3220	0.2697	0.2472	0.2267	0.1911	0.1615	0.1164	0.0847	0.0623	0.0462
11	0.2875	0.2366	0.2149	0.1954	0.1619	0.1346	0.0938	0.0662	0.0472	0.0340
12	0.2567	0.2076	0.1869	0.1685	0.1372	0.1122	0.0757	0.0517	0.0357	0.0250
13	0.2292	0.1821	0.1625	0.1452	0.1163	0.0935	0.0610	0.0404	0.0271	0.0184
14	0.2046	0.1597	0.1413	0.1252	0.0985	0.0779	0.0492	0.0316	0.0205	0.0135
15	0.1827	0.1401	0.1229	0.1079	0.0835	0.0649	0.0397	0.0247	0.0155	0.0099
16	0.1631	0.1229	0.1069	0.0930	0.0708	0.0541	0.0320	0.0193	0.0118	0.0073
17	0.1456	0.1078	0.0929	0.0802	0.0600	0.0451	0.0258	0.0150	0.0089	0.0054
18	0.1300	0.0946	0.0808	0.0691	0.0508	0.0376	0.0208	0.0118	0.0068	0.0039
19	0.1161	0.0829	0.0703	0.0596	0.0431	0.0313	0.0168	0.0092	0.0051	0.0029
20	0.1037	0.0728	0.0611	0.0514	0.0365	0.0261	0.0135	0.0072	0.0039	0.0021
21	0.0926	0.0638	0.0531	0.0443	0.0309	0.0217	0.0109	0.0056	0.0029	0.0016
22	0.0826	0.0560	0.0462	0.0382	0.0262	0.0181	0.0088	0.0044	0.0022	0.0012
23	0.0738	0.0491	0.0402	0.0329	0.0222	0.0151	0.0071	0.0034	0.0017	0.0008
24	0.0659	0.0431	0.0349	0.0284	0.0188	0.0125	0.0057	0.0027	0.0013	0.0006
25	0.0588	0.0378	0.0304	0.0245	0.0160	0.0105	0.0046	0.0021	0.0010	0.0005
26	0.0525	0.0331	0.0264	0.0211	0.0135	0.0087	0.0037	0.0016	0.0007	0.0003
27	0.0469	0.0291	0.0230	0.0182	0.0115	0.0073	0.0030	0.0013	0.0006	0.0002
28	0.0419	0.0255	0.0200	0.0157	0.0097	0.0061	0.0024	0.0010	0.0004	0.0002
29	0.0374	0.0224	0.0174	0.0135	0.0082	0.0051	0.0020	0.0008	0.0003	0.0001
30	0.0334	0.0196	0.0151	0.0116	0.0070	0.0042	0.0016	0.0006	0.0002	0.0001
35	0.0189	0.0102	0.0075	0.0055	0.0030	0.0017	0.0005	0.0002	0.0001	*
40	0.0107	0.0053	0.0037	0.0026	0.0013	0.0007	0.0002	0.0001	*	*
45	0.0061	0.0027	0.0019	0.0013	0.0006	0.0003	0.0001	*	*	*
50	0.0035	0.0014	0.0009	0.0006	0.0003	0.0001	*	*	*	*
55	0.0020	0.0007	0.0005	0.0003	0.0001	*	*	*	*	*

计算公式：复利现值系数 $= (1+i)^{-n}$，$P = \dfrac{S}{(1+i)^n} = S \cdot (1+i)^{-n}$

P——现值或初始值；i——报酬率或利率；n——计算期数；S——终值或本利和

附录3　年金终值系数表

期数	1%	2%	3%	4%	5%	6%	7%	8%	9%	10%
1	1.0000	1.0000	1.0000	1.0000	1.0000	1.0000	1.0000	1.0000	1.0000	1.0000
2	2.0100	2.0200	2.0300	2.0400	2.0500	2.0600	2.0700	2.0800	2.0900	2.1000
3	3.0301	3.0604	3.0909	3.1216	3.1525	3.1836	3.2149	3.2464	3.2781	3.3100
4	4.0604	4.1216	4.1836	4.2465	4.3101	4.3746	4.4399	4.5061	4.5731	4.6410
5	5.1010	5.2040	5.3091	5.4163	5.5256	5.6371	5.7507	5.8666	5.9847	6.1051
6	6.1520	6.3081	6.4684	6.6330	6.8019	6.9753	7.1533	7.3359	7.5233	7.7156
7	7.2135	7.4343	7.6625	7.8983	8.1420	8.3938	8.6540	8.9228	9.2004	9.4872
8	8.2857	8.5830	8.8923	9.2142	9.5491	9.8975	10.260	10.637	11.029	11.436
9	9.3685	9.7546	10.159	10.583	11.027	11.491	11.978	12.488	13.021	13.580
10	10.462	10.950	11.464	12.006	12.578	13.181	13.816	14.487	15.193	15.937
11	11.567	12.169	12.808	13.486	14.207	14.972	15.784	16.646	17.560	18.531
12	12.683	13.412	14.192	15.026	15.917	16.870	17.889	18.977	20.141	21.384
13	13.809	14.680	15.618	16.627	17.713	18.882	20.141	21.495	22.953	24.523
14	14.947	15.974	17.086	18.292	19.599	21.015	22.551	24.215	26.019	27.975
15	16.097	17.293	18.599	20.024	21.579	23.276	25.129	27.152	29.361	31.773
16	17.258	18.639	20.157	21.825	23.658	25.673	27.888	30.324	33.003	35.950
17	18.430	20.012	21.762	23.598	25.840	28.213	30.840	33.750	36.974	40.545
18	19.615	21.412	23.414	25.645	28.132	30.906	33.999	37.450	41.301	45.599
19	20.811	22.841	25.117	27.671	30.539	33.760	37.379	41.446	46.019	51.159
20	22.019	24.297	26.870	29.778	33.066	36.786	40.996	45.762	51.160	57.275
21	23.239	25.783	28.677	31.969	35.719	39.993	44.865	50.423	56.765	64.003
22	24.472	27.299	30.537	34.248	38.505	43.392	49.006	55.457	62.873	71.403
23	25.716	28.845	32.453	36.618	41.431	46.996	53.436	60.893	69.532	79.543
24	26.974	30.422	34.427	39.083	44.502	50.816	58.177	66.765	76.790	88.497
25	28.243	32.030	36.459	41.646	47.727	54.865	63.249	73.106	84.701	98.347
26	29.526	33.671	38.553	44.312	51.114	59.156	68.677	79.954	93.324	109.18
27	30.821	35.344	40.710	47.084	54.669	63.706	74.484	87.351	102.72	121.10
28	32.129	37.051	42.931	49.968	58.403	68.528	80.698	95.339	112.97	134.21
29	33.450	38.792	45.219	52.966	62.323	73.640	87.347	103.97	124.14	148.63
30	34.785	40.568	47.575	56.085	66.439	79.058	94.461	113.28	136.31	164.49
40	48.886	60.402	75.401	95.026	120.80	154.76	199.64	259.06	337.88	442.59
50	64.463	84.579	112.80	152.67	209.35	290.34	406.53	573.77	815.08	1163.9
60	81.670	114.05	163.05	237.99	353.58	533.13	813.52	1253.2	1944.8	3034.8

期数	12%	14%	15%	16%	18%	20%	24%	28%	32%	36%
1	1.0000	1.0000	1.0000	1.0000	1.0000	1.0000	1.0000	1.0000	1.0000	1.0000
2	2.1200	2.1400	2.1500	2.1600	2.1800	2.2000	2.2400	2.2800	2.3200	2.3600
3	3.3744	3.4396	3.4725	3.5056	3.5724	3.6400	3.7776	3.9184	4.0624	4.2096
4	4.7793	4.9211	4.9934	5.0665	5.2154	5.3680	5.6842	6.0156	6.3624	6.7251
5	6.3528	6.6101	6.7424	6.8771	7.1542	7.4416	8.0484	8.6999	9.3983	10.146
6	8.1152	8.5355	8.7537	8.9775	9.4420	9.9299	10.980	12.136	13.406	14.799
7	10.089	10.731	11.067	11.414	12.142	12.916	14.615	16.534	18.696	21.126
8	12.300	13.233	13.727	14.240	15.327	16.499	19.123	22.163	25.678	29.732
9	14.776	16.085	16.786	17.519	19.086	20.799	24.713	29.369	34.895	41.435
10	17.549	19.337	20.304	21.322	23.521	25.959	31.643	38.593	47.062	57.352
11	20.655	23.045	24.349	25.733	28.755	32.150	40.238	50.399	53.122	78.998
12	24.133	27.271	29.002	30.850	34.931	39.581	50.895	65.510	84.320	108.44
13	28.029	32.089	34.352	36.786	42.219	48.497	64.110	84.853	112.30	148.48
14	32.393	37.581	40.505	43.572	50.818	59.196	80.496	109.61	149.24	202.93
15	37.280	43.842	47.580	51.660	60.965	72.035	100.82	141.30	198.00	276.98
16	42.753	50.980	55.718	60.925	72.939	87.442	126.01	181.87	262.36	377.69
17	48.884	59.118	65.075	71.573	87.068	105.93	157.25	233.79	347.31	514.66
18	55.750	68.394	75.836	84.141	103.74	128.12	195.99	300.25	459.45	700.94
19	63.440	78.969	88.212	98.503	123.41	154.74	244.03	385.32	507.47	954.28
20	72.052	91.025	102.44	115.38	146.63	186.69	303.60	494.21	802.86	1298.8
21	81.699	104.77	118.81	134.84	174.02	225.03	377.46	633.59	1060.8	1767.4
22	92.503	120.44	137.63	157.42	206.34	271.03	469.06	812.00	1401.2	2404.7
23	104.60	138.30	159.28	183.60	244.49	326.24	582.63	1040.4	1850.6	3271.3
24	118.16	158.66	184.17	213.98	289.49	392.48	723.46	1332.7	2443.8	4450.0
25	133.33	181.87	212.79	249.21	342.50	471.98	898.09	1706.8	3226.8	6053.0
26	150.33	208.33	245.71	290.09	405.27	567.38	1114.6	2185.7	4260.4	8233.1
27	169.37	238.50	283.57	337.50	479.22	681.85	1383.1	2798.7	5624.8	11198
28	190.70	272.89	327.10	392.50	566.48	819.22	1716.1	3583.3	7425.7	15230
29	214.58	312.09	377.17	456.30	669.45	904.07	2129.0	4587.7	9802.9	20714
30	241.33	355.79	434.75	530.31	790.95	1181.9	2640.9	5873.2	12941	28172
40	767.09	1342.0	1779.1	2360.8	4163.2	7343.9	22729	69377	207874	609890
50	2400.0	4994.5	7217.7	10436	21813	45497	195373	819103	*	*
60	7471.6	18535	29220	46058	114190	281733	*	*	*	*

计算公式：年金终值系数 $= \dfrac{(1+i)^n}{i}$，$S = A \cdot \dfrac{(1+i)^n - 1}{i}$

A——每期等额支付（或收入）的金额；i——报酬率或利率；n——计息期数；S——年金终值或本利和

附录4　年金现值系数表

期数	1%	2%	3%	4%	5%	6%	7%	8%	9%	10%
1	0.9901	0.9804	0.9709	0.9615	0.9524	0.9434	0.9346	0.9259	0.9174	0.9091
2	1.9704	1.9416	1.9135	1.8861	1.8594	1.8334	1.8080	1.7833	1.7591	1.7355
3	2.9410	2.8839	2.8286	2.7751	2.7232	2.6730	2.5243	2.5771	2.5313	2.4869
4	3.9020	3.8077	3.7171	3.6299	3.5460	3.4651	3.3872	3.3121	3.2397	3.1699
5	4.8534	4.7135	4.5797	4.4518	4.3295	4.2124	4.1002	3.9927	3.8897	3.7908
6	5.7955	5.6014	5.4172	5.2421	5.0757	4.9173	4.7665	4.6229	4.4859	4.3553
7	6.7282	6.4720	6.2303	6.0021	5.7864	5.5824	5.3893	5.2064	5.0330	4.8684
8	7.6517	7.3255	7.0197	6.7327	6.4632	6.2098	5.9713	5.7466	5.5348	5.3349
9	8.5660	8.1622	7.7861	7.4353	7.1078	6.8017	6.5152	6.2469	5.9952	5.7590
10	9.4713	8.9826	8.5302	8.1109	7.7217	7.3601	7.0236	6.7101	6.4177	6.1446
11	10.3676	9.7868	9.2526	8.7505	8.3064	7.8869	7.4987	7.1390	6.8052	6.4951
12	11.2551	10.5753	9.9540	9.3851	8.8633	8.3838	7.9427	7.5361	7.1607	6.8137
13	12.1557	11.3484	10.6350	9.9856	9.3936	8.8527	8.3577	7.9038	7.4869	7.1034
14	13.0037	12.1062	11.2961	10.5631	9.8986	9.2950	8.7455	8.2442	7.7862	7.3667
15	13.8651	12.8493	11.9379	11.1184	10.3797	9.7122	9.1079	8.5595	8.0607	7.6061
16	14.7179	13.5777	12.5611	11.6523	10.8378	10.1059	9.4466	8.8514	8.3126	7.8237
17	15.5623	14.2919	13.1661	12.1657	11.2741	10.4773	9.7632	9.1216	8.5436	8.0216
18	16.3983	14.9920	13.7535	12.6593	11.6896	10.8276	10.0591	9.3719	8.7556	8.2014
19	17.2260	15.6785	14.3238	13.1339	12.0853	11.1581	10.3356	9.6036	8.9501	8.3649
20	18.0456	16.3514	14.8775	13.5903	12.4622	11.4699	10.5940	9.8181	9.1285	8.5136
21	18.8570	17.0112	15.4150	14.0292	12.8212	11.7641	10.8355	10.0168	9.2922	8.6487
22	19.6604	17.6580	15.9369	14.4511	13.1630	12.0416	11.0612	10.2007	9.4424	8.7715
23	20.4558	18.2922	16.4436	14.8568	13.4886	12.3024	11.2722	10.3711	9.5802	8.8832
24	21.2434	18.9139	16.9355	15.2470	13.7986	12.5504	11.4693	10.5288	9.7066	8.9847
25	22.0232	19.5235	17.4131	15.6221	14.0939	12.7834	11.6536	10.6748	9.8226	9.0770
26	22.7952	20.1210	17.8768	15.9828	14.3752	13.0032	11.8258	10.8100	9.9290	9.1609
27	23.5596	20.7069	18.3270	16.3296	14.6430	13.2105	11.9867	10.9352	10.0266	9.2372
28	24.3164	21.2813	18.7641	16.6631	14.8981	13.4062	12.1371	11.0511	10.1161	9.3066
29	25.0658	21.8444	19.1885	16.9837	15.1411	13.5907	12.2777	11.1584	10.1983	9.3696
30	25.8077	22.3965	19.6004	17.2920	15.3725	13.7648	12.4090	11.2578	10.2737	9.4269
35	29.4086	24.9986	21.4872	18.6646	16.3742	14.4982	12.9477	11.6546	10.5668	9.6442
40	32.8347	27.3555	23.1148	19.7928	17.1591	15.0463	13.3317	11.9246	10.7574	9.7791
45	36.0945	29.4902	24.5187	20.7200	17.7741	15.4558	13.6055	12.1084	10.8812	9.8628
50	39.1961	31.4236	25.7298	21.4822	18.2559	15.7619	13.8007	12.2335	10.9617	9.9148
55	42.1472	33.1748	26.7744	22.1086	18.6335	15.9905	13.9399	12.3186	11.0140	9.9471

期数	12%	14%	15%	16%	18%	20%	24%	28%	32%	36%
1	0.8929	0.8772	0.8696	0.8521	0.8475	0.8333	0.8065	0.7813	0.7576	0.7353
2	1.6901	1.6467	1.6257	1.6052	1.5656	1.5278	1.4568	1.3916	1.3315	1.2760
3	2.4018	2.3215	2.2832	2.2459	2.1743	2.1065	1.9813	1.8584	1.7663	1.6735
4	3.0373	2.9137	2.8550	2.7982	2.6901	2.5887	2.4043	2.2410	2.0957	1.9658
5	3.6048	3.4331	3.3522	3.2743	3.1272	2.9906	2.7454	2.5320	2.3452	2.1807
6	4.1114	3.8887	3.7845	3.6847	3.4976	3.3255	3.0205	2.7594	2.5342	2.3388
7	4.5638	4.2883	4.1604	4.0386	3.8115	3.6046	3.2423	2.9370	2.6775	2.4550
8	4.9676	4.6389	4.4873	4.3436	4.0776	3.8372	3.4212	3.0758	2.7860	2.5404
9	5.3282	4.9464	4.7716	4.6065	4.3030	4.0310	3.5655	3.1842	2.8681	2.6033
10	5.6502	5.2161	5.0188	4.8332	4.4941	4.1925	3.6819	3.2689	2.9304	2.6495
11	5.9377	5.4527	5.2337	5.0286	4.6560	4.3271	3.7757	3.3351	2.9776	2.6834
12	6.1944	5.6603	5.4206	5.1971	4.7932	4.4392	3.8514	3.3868	3.0133	2.7084
13	6.4235	5.8424	5.5831	5.3423	4.9095	4.5327	3.9124	3.4272	3.0404	2.7268
14	6.6282	6.0021	5.7245	5.4675	5.0081	4.6106	3.9616	3.4587	3.0609	2.7403
15	6.8109	6.1422	5.8474	5.5755	5.0916	4.6755	4.0013	3.4834	3.0764	2.7502
16	6.9740	6.2651	5.9542	5.6685	5.1624	4.7296	4.0333	3.5026	3.0882	2.7575
17	7.1196	6.3729	6.0472	5.7487	5.2223	4.7746	4.0591	3.5177	3.0971	2.7629
18	7.2497	6.4674	6.1280	5.8178	5.2732	4.8122	4.0799	3.5294	3.1039	2.7668
19	7.3658	6.5504	6.1982	5.8775	5.3152	4.8435	4.0967	3.5386	3.1090	2.7697
20	7.4694	6.6231	6.2593	5.9288	5.3527	4.8696	4.1103	3.5458	3.1129	2.7718
21	7.5620	6.6870	6.3125	5.9731	5.3837	4.8913	4.1212	3.5514	3.1158	2.7734
22	7.6446	6.7429	6.3587	6.0113	5.4099	4.9094	4.1300	3.5558	3.1180	2.7746
23	7.7184	6.7921	6.3988	6.0442	5.4321	4.9245	4.1371	3.5592	3.1197	2.7754
24	7.7843	6.8351	6.4338	6.0726	5.4509	4.9371	4.1428	3.5619	3.1210	2.7760
25	7.8431	6.8729	6.4641	6.0971	5.4669	4.9476	4.1474	3.5640	3.1220	2.7765
26	7.8957	6.9061	6.4906	6.1182	5.4804	4.9563	4.1511	3.5656	3.1227	2.7768
27	7.9426	6.9352	6.5135	6.1364	5.4919	4.9635	4.1542	3.5669	3.1233	2.7771
28	7.9844	6.9607	6.5335	6.1520	5.5016	4.9697	4.1566	3.5679	3.1237	2.7773
29	8.0218	6.9830	6.5509	6.1656	5.5098	4.9747	4.1585	3.5687	3.1240	2.7774
30	8.0552	7.0027	6.5660	6.1772	5.5168	4.9789	4.1601	3.5693	3.1242	2.7775
35	8.1755	7.0700	6.6166	6.2153	5.5386	4.9915	4.1644	3.5708	3.1248	2.7777
40	8.2438	7.1050	6.6418	6.2335	5.5482	4.9966	4.1659	3.5712	3.1250	2.7778
45	8.2825	7.1232	6.6543	6.2421	5.5523	4.9986	4.1664	3.5714	3.1250	2.7778
50	8.3045	7.1327	6.6605	6.2463	5.5541	4.9995	4.1666	3.5714	3.1250	2.7778
55	8.3170	7.1376	6.6636	6.2482	5.5549	4.9998	4.1666	3.5714	3.1250	2.7778

计算公式：年金现值系数 $= \dfrac{1-(1+i)^{-n}}{i}$，$P = A \cdot \dfrac{1-(1+i)^{-n}}{i}$

A——每期等额支付（或收入）的金额；i——报酬率或利率；n——计息期数；P——年金现值或本利和

参 考 文 献

[1] 龚韵笙. 现代旅游企业财务管理 [M]. 3 版. 大连：东北财经大学出版社，2008.

[2] 荆新，王化成，刘俊彦. 财务管理学 [M]. 北京：中国人民大学出版社，2006.

[3] 曹志军，林玉辉. 财务管理 [M]. 北京：机械工业出版社，2009.

[4] 孙班军. 财务管理 [M]. 2 版. 北京：中国财政经济出版社，2004.

[5] 中国注册会计师协会. 财务成本管理 [M]. 北京：中国财政经济出版社，2009.

[6] 李晓妮. 财务管理 [M]. 北京：中国经济出版社，2007.

[7] 田钊平. 财务管理 [M]. 北京：中国人民大学出版社，2007.

[8] 王士伟. 财务管理 [M]. 北京：中国财政经济出版社，2007.